西来蝴蝶 世纪之光

周瘦鹃翻译文学研究

王敏玲 著

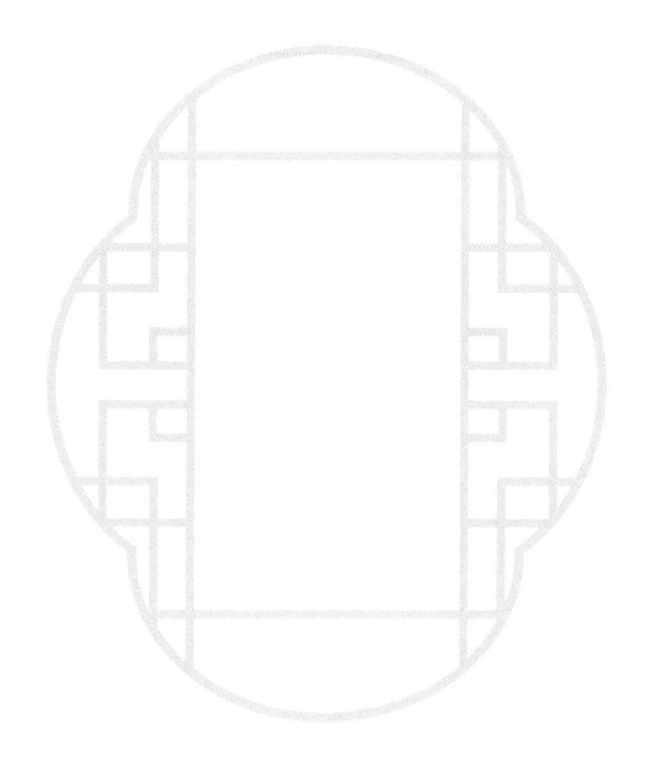

江苏高校哲学社会科学重点建设基地
吴文化传承与创新研究中心项目成果
（编号：2018ZDJD-B018）

江苏凤凰文艺出版社

图书在版编目（CIP）数据

西来蝴蝶 世纪之光:周瘦鹃翻译文学研究/王敏玲著.—南京:江苏凤凰文艺出版社,2022.3
ISBN 978-7-5594-5240-5

Ⅰ.①西… Ⅱ.①王… Ⅲ.①周瘦鹃(1895—1968)—文学翻译—研究 Ⅳ.①I206.6

中国版本图书馆CIP数据核字(2021)第240472号

西来蝴蝶 世纪之光:周瘦鹃翻译文学研究

王敏玲 著

出 版 人	张在健
责任编辑	孙楚楚
装帧设计	徐芳芳
责任印制	刘 巍
出版发行	江苏凤凰文艺出版社
	南京市中央路165号,邮编:210009
网 址	http://www.jswenyi.com
印 刷	江苏凤凰数码印务有限公司
开 本	880毫米×1230毫米 1/32
印 张	9
字 数	200千字
版 次	2022年3月第1版
印 次	2022年3月第1次印刷
书 号	ISBN 978-7-5594-5240-5
定 价	48.00元

江苏凤凰文艺版图书凡印刷、装订错误,可向出版社调换,联系电话 025-83280257

文坛巨匠周瘦鹃及其他

朱栋霖

王敏玲的博士论文即将出版，她研究周瘦鹃的外国文学翻译。

被贬称"鸳鸯蝴蝶派"的那批江南文人，早在20世纪20年代就被新文化人批得声名狼藉，新中国成立后他们成为需改造的"旧社会过来的旧文人"。周瘦鹃、范烟桥、程小青退居苏州，封箱搁笔。20世纪50年代苏州的环境是宽松的，隐居紫兰小筑的周瘦鹃经周恩来、陈毅、管文蔚（江苏省副省长）等一再鼓励，写了很多有关花木盆景、苏州风景的散文，在香港《大公报》的《姑苏书简》专栏发表。这位当年沪上文坛的"哀情巨子"下笔赞颂新中国、毛泽东，完全出自一位旧文人的真心感激之情。随后风暴刮来，三个七十多岁的老人最先被揪上市中心的察院场高台，与苏州反革命"三家村"周良、钱璎、顾笃璜一起被批斗。先前，我在街头、园林也偶见周、范二老，他们都戴墨镜，显得很神秘。据说墨镜可以护眼，称养目镜（周瘦鹃的女婿是眼科医师，应有一定道理）。1968年，周瘦鹃再次遭到冲击、打压、抄家，皆因他熟知20世纪30年代上海文坛，被张春桥点名。那时，张春桥以"狄克"笔名送稿《申报·自由谈》，周瘦鹃因其与文化特务有牵连而未用稿。张春桥派爪牙到苏州搜查逼供，周瘦鹃不愿再受辱，投入爱莲堂前的水井自尽，了其清洁。

四十多年前，我也曾多次走过甫桥西街（今名凤凰街）东的王长河头，紫兰小筑就藏在这条小巷里，是他一生心系所爱。乱砖砌成的矮矮的土坯墙就是周家花园的围墙。当初我以为这家修不起白粉墙,现在明白园主人要营造陶渊明归园田居的风格。他名其园"紫兰小筑"、书房"紫罗兰盦",额其厅"爱莲堂"。园中植古木名花,藏古今书画。他培植奇花奇草,爬远山登枯岭,挖掘枯树桩。他自称"一年无事为花忙",晨耕晚灌,剪叶裁枝,施肥除病,二十多年伺候那数百盆景,其毅力与劳累可想而知。他装点花木山水盆景有五六百盆,煞费苦心,奇思妙想构成异景妙境。"自出心裁的创作"成功之秘,在于周瘦鹃本人的文人心趣。他仿范宽、倪云林、张大千、齐白石画意,取吴门画派沈石田、文徵明、唐伯虎绘画理趣,将那野山老树桩与曲曲娇花相配合,配以古瓶,点缀各类文创小件。他的园中有五人墓畔五百年义士梅、怡园顾鹤逸老先生相赠的百龄绿萼老梅、清代潘祖荫遗物紫杜鹃花与大盆。他以宣德紫瓷椭圆盆养水仙,以乾隆白建窑浅水盆插一枝朱砂梅,以雍正黄窑大胆瓶插莲花,以陈曼生旧砂壶插一枝黄菊花,现今听来不免令人啧啧赞叹。紫兰小筑的花木盆景园艺吸引了中外宾客,周恩来、朱德、叶剑英、陈毅、李先念等先后访问,田汉赠诗,上海科教电影厂将他的盆景艺术拍摄成纪录片。

  去年春我再度造访紫兰小筑。周瘦鹃故居已被列为保护单位,他的女儿——"花布小鞋上北京"的周全在精心维护。爱莲堂、紫兰台、梅丘、弄月池尚在,凤来仪室西窗外也有素心寒梅挺立,红白紫薇依然绽放,那株花朵红润、小如指甲的孩儿莲树还在,玩月池畔的大红石榴如火,紫兰台上还是那株绿梅,紫罗兰年年开花。只是那堵土墙已改为白粉墙,周围车水马龙,热闹非凡,难觅的是已故园主那颗逝去的心。

周瘦鹃曾写下一百多篇花木盆景散文，集结为《花前琐记》《花花草草》《花前续记》《行云集》四集出版。1981年金陵书画社从中选篇，编为《花木丛中》，上海文化出版社合四集为《拈花集》。周瘦鹃文笔优雅灵动，因为写的是他心中所爱、亲历亲为之事，故读来亲切有味。文中常常夹以古来文坛轶事，诗文流传为辅，颇富情趣与知识。1950年代至今的散文大都已不堪读，周瘦鹃花木盆景散文是此中唯一翘楚，可吟读品味之作。我选《夏天的瓶供》一篇入《中国现代文学作品选》，意在希望今天的大学生懂得一点文人情趣。

侦探小说家程小青的"茧庐"在望星桥下塘。那一带是旧式殡仪所，一排排房子都是停放死者、入殓开吊做道场用的，充斥着披麻戴孝的女人的哀哀哭声，整天阴气森森。侦探小说家就把家宅安在那里。到程家还需走过一条又长又窄的小弄，两边是枯藤斑驳的高墙，小巷深处一扇紧闭的小木门内是程家独宅，重击数下门才开，真有点进入侦探小说中的惊险感觉。从1917年始，他大部分的霍桑探案小说诞生于此地。

程小青自学成才，成为中国侦探小说巨擘，被称为"中国的柯南道尔"。为了创作侦探小说，他作为函授生，参加美国大学函授科，进修犯罪心理学与侦探学，学习西欧侦探理论。他结合中国社会实际，创作了《江南燕》《珠项圈》《黄浦江中》《八十四》《轮下血》《裹棉刀》《恐怖的话剧》《雨夜枪声》《白衣怪》《催命符》《索命钱》《新婚劫》《活尸》《逃犯》《血手印》《黑地牢》《无头案》等三十余部侦探小说，一看书名就感受到侦探味十足。

程小青的儿子（程育德）与儿媳（邓媛），是我高中时的化学、生物老师。程育德老师留学英国，斯文灵秀，戴一副金丝边眼镜，穿一身浅色中山装，行动敏捷，思维灵活，应如其父。邓媛老师出身名门名校，服饰淡雅讲究，轻声细语。两人都是谦谦君子，礼貌随和，一心追随时代，程育德老师讲话总是滴水不漏，抓不到任何岔子，而且诚恳。"文革"开始，他就率先自己贴自己大字报，检讨父亲程小青与家庭问题。有人举报有一位班上同学的妈妈在程家帮佣，要她妈妈揭发程家问题。班上气氛一下子紧张起来。这位程家帮佣说先生师母（指程小青夫妇）为人很好，从不克扣工钱，对底下人很和气照顾。

1950年代程小青隐居家中，只是挂一个江苏作家协会会员的空名，外面的事情一概推却。有一次，苏州中学的学生请他做讲座。他立马拒绝："实在没啥好说。侦探小说是旧社会的产物，写的人混口饭吃；看的人戒戒厌气。不入流品，难登大雅之堂，算不上文学作品。你们中学生应该多读毛主席的书，鲁迅先生的书，老区作家的书，如赵树理、丁玲、周立波、马烽、西戎，还有苏联作家高尔基、法捷耶夫、肖洛霍夫、奥斯特洛夫斯基，好书勿勿少，千万不要看我程小青那些胡编乱造的劳什子。误人子弟，罪孽深重啊！"再三推不掉，他脑筋一转，说："哎哟哟，我牙疼！我给医生约好，今天要去拔牙，满口牙都要拔光，一个也不留。""没有了牙齿，可成了无耻（齿）之徒，哪能出门见人呢！""装好了牙齿，我一定到你们学校去。当然，要半年以后啦！"侦探小说家有其敏感性。

1962年，《人民文学》副主编陈白尘莅苏登门约稿，程小青终于写了一篇《赖债庙》，记叙虎丘后山一座旧庙，为苦难百姓说话。1966年他逃不掉清算,铁拳抓住了他的圆滑,《赖债庙》成了罪证。

程小青女儿程育真是美籍华文作家,在纽约办华文报。程育真早年在上海的东吴大学读书时就写小说,与张爱玲、苏青同时代。她与汤雪华、施济美等几位东吴大学女学生出身家庭小康,信仰基督教,被称为"上帝的女儿"。她们的创作传承冰心的文风,温文尔雅,思考人生的小不幸,最早被谭正璧编入《当代女作家小说选》,2007年人民文学出版社编辑出版她们的作品合集《小姐集》。

1976年程小青去世,我曾陪同范伯群先生到程宅悼唁。

苏州"三老"的另一位范烟桥,他家就在我老家东头的温家岸,那是临顿路河下塘(苏州称河的东与南侧岸为上塘,西与北侧岸为下塘)。1962年电影《早春二月》陶岚(谢芳饰)河边送别萧涧秋(孙道临饰)的场景就在那里拍摄,三十秒的成片拍了三天,我班初中生也看了三天。我初中三年上学,每天往返四次都要经过范宅门口,墙门上方砖雕门额上书"邻雅旧宅"。这里是元代顾阿瑛的雅园一角,苏州人称这地块为"雅园里",假山、池塘、小桥、古树、花草都有,范烟桥有诗称:"一角雅园风物旧,海红花发艳于庭。"范烟桥到观前文化局上班,都要经过我家门前,他与周瘦鹃一样戴墨镜,满脸疙瘩(其实是他喝酒过度,皮肤严重过敏)。直到1966年夏天,范家媳妇走过我家门前,悄悄告诉我祖父,她公公整天闷声不吭,一个人躲在假山里烧书。不久范烟桥胃出血,抑郁而终。

范烟桥多才多艺,小说、电影、诗、小品文、猜谜、弹词无不通谙,还善书法绘画,是红极一时的"江南才子"。他一生著述颇丰,有《孤掌惊鸣记》《烟丝》《中国小说史》《范烟桥说集》《吴江县乡土志》《唐伯虎的故事》《鸥夷室杂缀》《林氏之杰》《明星实录》《离鸾记》《苏州景物事辑》等。创作与改编电影剧本《乱世英雄》《西厢记》《秦淮世家》《三笑》《长相思》《解语花》等。他撰写的《西厢记》插曲《拷红》《月圆花好》,由周璇演唱红遍江南。他助舅父严宝礼在《文汇报》编文艺副刊。还为评话演员唐耿良编写评话本。1932年、1946年,范烟桥两度受聘东吴大学讲授小说课程,撰写讲义《中国旧派小说史》十万字。他把小说划分为两大类:一类是旧派小说,包括鸳鸯蝴蝶派、武侠小说,代表人物周瘦鹃等;一类是新派小说,即政治小说、平民小说,代表人物鲁迅等。他任职苏州文化局局长,主持创建苏州博物馆。晚年,他整理毕生诗文创作。一场熊熊烈焰,付诸雅园假山一缕青烟。

从晚清徐枕亚到民国包天笑、周瘦鹃、程小青、范烟桥,以苏州作家为中心,沪上掀起一个近代市民通俗文学潮流。近四十年来,在范伯群先生主持下,苏州大学现代文学学科主攻近现代通俗文学研究,曾经被贬抑的"鸳鸯蝴蝶派"获得了恰当的学术评价。2011年王敏玲考入苏州大学攻读博士学位,考虑到她外语专业出身,主教英语,我建议她研究周瘦鹃的外国文学翻译。

早在民国初年周瘦鹃就开始翻译介绍西方小说。1916年周瘦鹃翻译、1917年中华书局集印的《欧美名家短篇小说丛刊》三册,介绍了包括高尔基《叛徒的母亲》在内的欧美二十多个作家的作品,被当时任职教育部社会教育司主管其事的鲁迅先生发现。鲁迅与周作人曾于1909年出版《域外小说集》,售出四十一本,遂告失败。鲁迅看到同样是介绍欧洲弱小民族文学的《欧美名家短篇小说丛刊》，于是赞扬其为"昏夜之微光，鸡群之鸣鹤"，并亲笔给中华书局签发嘉奖证书。1950年周作人（笔名鹤生）在上海《亦报》发表《鲁迅对周瘦鹃译作的表扬》说"后来周君不再见有译作出来了"，显系不确。此后，周瘦鹃仍不断有翻译作品问世，1936年大东书局出版《世界名家短篇小说全集》四册八十篇，该套书囊括了苏联、波兰、捷克、匈牙利、罗马尼亚、保加利亚等国作品。

周瘦鹃对翻译本选择具备前瞻性的时代目光，他很早就对弱小民族国家的作品积极介绍和推广，而选取的小说题材以符合大众审美品位为主，如言情小说、伦理小说、爱国小说、侦探小说以及秘史轶事类小说，他还介绍美国电影与电影知识。在后期的译作选择中，他紧跟新文学的步伐，翻译了很多优秀作家如莫泊桑、巴比塞、契诃夫以及弱小民族国家的作品，同时还翻译戏剧，诸如易卜生、安德烈耶夫的剧本。周瘦鹃译作将目光聚焦于普通民众的疾苦，展示了现代人道主义关怀。托尔斯泰的博爱思想、安德烈耶夫的反思思想、高尔基的无产阶级人道主义思想，以及巴比塞、莫泊桑和契诃夫的人道主义思想，都在他的笔下熠熠生辉。

他的译笔，无论选材、叙述，还是其中传达的翻译思想，都展示出20世纪初期翻译界的时代特色。他始终引领文坛潮流所具有的前瞻性的目光，呈现了传统走向现代的历史轨迹。

周瘦鹃译作之多及其翻译生涯之久，即使在同时代新文学家中也不多见。鲁迅、郭沫若、巴金、李劼人的翻译与创作相伴随，但绝大多数新文学作家、左翼作家不懂外语。大量的翻译使周瘦鹃掌握了外国小说的写作技巧，在叙事角度、叙事时间、叙事结构方面借鉴了外国小说的特点，并选择应用到自己的小说创作中。翻译，对周瘦鹃文学创作和影视评论显然都会产生深远影响。这难道还不值得研究？

王敏玲以自身的英语专长细读与比较周瘦鹃译作及英文原作，有的还取他人同名中译本进行对比（如潘家洵的易卜生同名译本），寻绎辩证其高下。2015年她提交了博士学位论文《周瘦鹃翻译研究新阐释》。对周瘦鹃的翻译成就一向没人下功夫，只是不断重复鲁迅对他的那句评语。王敏玲对研究对象作出了细致深入的分析与阐释，提出了许多独到的见解，可见此番她下力之勤。

例如，她阐释周瘦鹃前后期译作之不同成就与特点。在戏剧翻译方面，周瘦鹃能够根据戏剧本身的特点适当调整翻译，与潘家洵的翻译本比较而言，他的译本在语言上更加精炼，接近生活，富有节奏感，体现动作性，能够展现人物的性格特征。

王敏玲的博士论文也终于对周瘦鹃的翻译成就与价值作出了深入恰当的评价：

> 周瘦鹃对民初及五四时期的翻译界作出了巨大的贡献。他的译作较早地拥有了"现代性"的标识，同时使中国翻译、编辑及出版标准进入了新的阶段。就翻译家而言，他处于承前启后的特殊地位，初期跻身于第一代传统文学翻译家（以梁启超、林纾为代表）的行列，传承了他们的翻译风格；后期则紧随第二代现代文学翻译家（以周氏兄弟、胡适等翻译家为代表）的足迹，作为文学翻译的先驱，开创了中国现代翻译文学的新局面。

她的结论："周瘦鹃是20世纪早期具有开拓精神和影响力

的短篇小说翻译巨匠。"

  周瘦鹃不仅是著名的通俗文学家，创作了海量小说，影响广泛，还创作剧本，是最早的现代剧作家之一。1910年他就写了五幕话剧本《爱之花》（后被改编为电影《美人关》），这早于胡适1919年创作的独幕剧《终身大事》。周瘦鹃是个名编辑，历任中华书局、《申报》《新闻报》等出版社、报刊社的编辑和撰稿人，十余年主持《申报》文艺副刊，独力主编《礼拜六》周刊和《紫罗兰》。张爱玲最早将《沉香屑·第一炉香》投稿到《紫罗兰》，可见《紫罗兰》之被文界看重，而周瘦鹃也是最早发现才女作家的伯乐。他编写电影剧本，最早介绍好莱坞与电影理论，是我国最早的影评人。当然，他还是我国早期著名的文学翻译家。

  周瘦鹃，焉得不称现代文坛巨匠。

2019年11月8日
于读万卷堂

目 录

绪论 …………………………………………………… 1

第一章　周瘦鹃翻译生态系统 …………………………… 17

第二章　周瘦鹃译作题材的适应性选择 ………………… 61
　　第一节　早期的题材选择 …………………………… 63
　　第二节　后期的题材选择 …………………………… 74

第三章　周瘦鹃翻译策略的适应性选择 ………………… 83
　　第一节　早期翻译策略：归化为主，异化为辅 …… 86
　　第二节　后期翻译策略：异化为主，归化为辅 …… 132

第四章　周瘦鹃翻译思想的适应性选择 ………………… 159
　　第一节　早期翻译思想：以情为尊，尚雅求精 …… 161
　　第二节　后期翻译思想：人道关怀，忠实通达 …… 173

第五章　周瘦鹃文学创作的适应性选择 ………………… 195
　　第一节　小说叙事 …………………………………… 197
　　第二节　散文创作 …………………………………… 206
　　第三节　影戏话书写 ………………………………… 218

第六章　周瘦鹃的翻译成就 ……………………………… 233
　　第一节　翻译作品的现代性 ………………………… 235
　　第二节　翻译贡献 …………………………………… 243

结语 …………………………………………………… 249

参考文献 ……………………………………………… 255

后记 …………………………………………………… 273

绪论

一、选题理由、目的与学术价值

（一）选题理由

清末民初翻译小说很大一部分是由鸳鸯蝴蝶派作家翻译的。从目前的角度看，很多作品都显得生硬、不成熟，但它们的确是近代中国传统文学、现代文学与外国文学第一次发生碰撞的结晶，这就使它们获得某种后代作品很难企及的特殊的历史价值。作为此派的代表人物，吴地文人周瘦鹃不仅是作家、办报人还是翻译家。周瘦鹃步入文坛之初，是靠翻译起家的。据不完全统计，周瘦鹃一生的译作是418篇。他的翻译作品涉及国别广泛，除欧美等大国的作品外，他还译介了许多弱小民族国家的作品；翻译的作家汇集了英、法、俄、美等一系列著名作家。虽然以"哀情巨子"著称，但其翻译题材选择涉猎极广，有言情小说、爱国小说、伦理小说、侦探小说、秘史轶事小说和社会小说等，此外，他还涉足影戏小说和戏剧的翻译。这些作品又都发表在为当时广大市民所追捧的《礼拜六》《小说月报》《紫罗兰》等报纸杂志上，因而影响是深远的。

近年来，这位才华横溢、著作等身的大文豪才逐渐受到人们的关注。但从目前的研究现状来看，对周瘦鹃的大量研究主要集中在对他的小说、主办的报刊以及市民作家这一身份的考察，对其翻译作品的研究也局限在对他特定文本的翻译方法的探讨，以及翻译小说对他的小说创作的影响。然而从一定程度上来说，周瘦鹃的翻译作品的历史价值要远远高于他的创作作品。抛开通俗作家的身份，从翻译家的角度对周瘦鹃翻译小说和翻译思想的研究还没有全面展开，对他在翻译史上的地位也没有一个中肯的评价，这是促使笔者进行此次研究的缘由。

（二）研究目的

1. 此次研究的目的是还原当时的历史现状，再现周瘦鹃译作的"历史价值"，展现周瘦鹃的翻译思想，总结他在中国翻译史上作出的贡献和产生的影响。

2. 目前大量的研究都是借助西方的翻译理论，很少有学者从国内的翻译理论视角进行研究，这主要源于学者对西方理论的盲目崇拜。季羡林曾指出："西方形而上学的分析已快走到尽头，而东方的寻求整体的综合必将取而代之。"① 以分析为基础的西方翻译理论具有片面性和局限性，并且各个理论之间相互排斥，不能将翻译活动放置在一个全面的、系统的环境中进行分析，因此必将带来研究的不彻底。本研究运用清华大学胡庚申教授提出的翻译适应选择论，将文本放置在宏观翻译生态系统下进行综合分析，力求得到较为客观的研究成果。

3. 通过考察周瘦鹃的翻译及创作活动，窥见中国文学的现代化转型过程。

（三）学术价值

1. 通过对周瘦鹃的翻译作品的分析，总结周瘦鹃的翻译思想，考察他对翻译界的贡献，将周瘦鹃载入中国翻译家的史册，填补中国翻译史的空白。

2. 运用翻译适应选择论，将文本放置在宏观的翻译生态系统下进行综合分析，验证国内翻译理论的合理性和有效性，以期推动我国翻译理论的建设和翻译事业的蓬勃发展。

3. 考察吴地文风对周瘦鹃翻译及创作风格的影响，探讨中国文学的现代化转型过程。

二、研究现状及现存问题

（一）研究现状

1. 从不同的视角进行研究：如李德超在博士论文 *A Study of Zhou Shoujuan's Translation of West Fiction* 里从叙述视角、叙述评论和翻译小说的特色对周瘦鹃早期和后期的翻译小说进行总结和阐释，

---

① 王秉钦：http://edu.163.com/11/1216/10/7LD0J9B500293L7F.html.

创建了周瘦鹃翻译小说的叙述模式。蒋芬、王伟以民国初年的文化语境为视角，从译者的人生观、宗教信仰、爱国主义思想、审美观和伦理道德等意识形态出发，结合周瘦鹃的翻译实践说明特定时代的文化语境是如何作用于译者翻译实践活动的。周玥以多元系统理论为支撑对周瘦鹃发表在《礼拜六》中的作品进行研究，考察周瘦鹃的翻译与当时的社会背景的密切联系，以及翻译对他的文学创作的影响。郭高萍运用勒菲弗尔的"操控理论"，从译语文化的意识形态、赞助者和诗学三方面对周瘦鹃的短篇小说译作进行分析，探讨在民国初期传统与现代、东方与西方文化碰撞的语境中周瘦鹃的翻译实践活动，以及他在谋求文化融合方面所作的努力。蒋芬分析了诗学对周瘦鹃翻译的影响。王雅玲对周瘦鹃的翻译策略、翻译风格和语言特点进行了一定的研究，并根据勒菲弗尔的"操控理论"，以周瘦鹃的翻译作品《欧美名家短篇小说丛刊》为例，研究了意识形态和诗学对周瘦鹃翻译文本的操控。

2. 对特定的文本进行研究：周羽在硕士论文《五四前周瘦鹃的文学翻译——中国近代文学的个案研究》中以周瘦鹃为个案，重新评价周瘦鹃五四前翻译所取得的成就，得出他在当时外国小说翻译领域的贡献仅次于林纾和周氏兄弟的结论。王斌在《周瘦鹃对莫泊桑作品的翻译与解读》中认为受鸳鸯蝴蝶派"消遣、娱乐"文学观的深刻影响，周瘦鹃在翻译莫泊桑的作品时，为了吸引读者，往往任意增删原文，按照自己的意愿在译文里添油加醋、插科打诨，极尽戏谑之能，其译作歪曲了原文的主旨，造成国人对莫泊桑的误解。肖爱云撰写的《被历史遮蔽的一种：周瘦鹃及其翻译小说》，以《礼拜六》的翻译作品为例，考察了周瘦鹃翻译小说的特点。陈晨、张璘对照《欧美名家短篇小说丛刊》英文原文，发现周瘦鹃的译本中存在着大量与原文不尽吻合的变动，正是通过这种叛逆，周瘦鹃完成了对原作的本土化改造，使之既基本合乎中国传统伦理价值观念，又遵从于读者的阅读习惯和审美趣味。阎一菲选择从《欧美名家短篇小说丛刊》的作品分析周瘦鹃的翻译风格，认为他的选材充满了无法摆脱的哀情,虽对作品适当地进行了意译,但整体上忠于原著。李德超、王克非在《译注及其文化解读——从周瘦鹃译注管窥民初的小说译介》一文中从描述性角度出发,对清末民初时期知名小说家和周瘦鹃早期翻译作品中的译注细加梳理,考察译注形式、种类和对象,总结分布频率,并尝试揭示译注中反映出来的当时对译注功能的看法,一窥 20 世纪初中国对外国小说的接受与传播。陈建华对周瘦鹃的影戏小说进行了研究,通过对"新女性"形象、"震撼"的美感经验与抒情语言表述等方面的分析,揭示出这些影戏小说是如何游走于文字与图像、伦理与美学、文言与白话之间的。李今通过分析周瘦鹃汉译《简·爱》的言情化改写及其大规模策划出版古今中外的"言情"作品的行为,呈现出《简·爱》在译入语境中的变异形态、译者所属的文化派别及其文学观念如何操纵着他对译本及其作者形象的建构和改编,也揭示出从清末民初到五四时期关于恋爱婚姻所形成的"言情"和"爱情"、旧与新的两套话语,并由此梳理和辨析了言情小说发展的线索及其与五四爱情作品的根本性区别。

3. 与其他翻译家的比较研究:如台湾大学潘少瑜的博士论文《清末民初翻译言情小说研究——以林纾与周瘦鹃为中心》,介绍了以林纾和周瘦鹃为代表的清末民初的翻译家翻译言情小说的特色和手法,以及翻译言情小说的影响特点。另外禹玲在《翻译文学的生活化——胡适与周瘦鹃翻译风格的共同性》中对胡适和周瘦鹃的翻译风格进行比较研究,发现他们的翻译都采用了保留原作本意,注重译作贴近生活、关照实际的策略,吸引了众多读者的兴趣,使有着陌生文化背景的外国作品最大程度上被国人接受。

(二)现存问题

1. 对影响周瘦鹃的翻译的因素没有作全面的考虑:目前的研究主要是以西方的翻译理论展开,同时研究的视角过于狭窄,没有综合考虑影响周瘦鹃译作选择和翻译策略的清末民初的社会、政治、文化、翻译界、出版体制、读者、赞助人和译评人等因素及作者的个人因素。

2. 对周瘦鹃翻译作品的研究具有片面性，没有全面考察：研究对象集中在周瘦鹃1917年出版的《欧美名家短篇小说丛刊》和《礼拜六》中的短篇翻译小说和言情小说译作，没有全面涵盖周瘦鹃各个时间段的译作，因此研究不能全面反映周瘦鹃的译作特征。另外，对于周瘦鹃的戏剧翻译至今没人研究。

3. 对周瘦鹃的翻译思想没有形成全面总结：从目前的综合分析看来，周瘦鹃在不同的时期呈现出不同的翻译风格和特点，但个别的研究只是对其翻译作品的文本特征进行总结，未对周瘦鹃各个时期的翻译思想进行深入探讨。

4. 对周瘦鹃散文创作与外国文学的影响之间的关联未作出研究，同时他的影戏小说和电影评论之间的关系也未有人予以探讨。

5. 对周瘦鹃在翻译界的地位没有作出准确定位：无论从周瘦鹃的翻译数量还是其译作的覆盖范围来看，其对清末民初翻译事业都是功不可没的，但是学术界至今只是从通俗作家的角度对其翻译作品进行研究，没有从翻译家的角度对他进行准确的评定。

本课题大量搜集周瘦鹃各个时期的译作，重点以翻译适应选择论为视角，全面综合地审视周瘦鹃翻译作品的主题倾向，同时深入分析周瘦鹃的译作在不同时期作出的呈现在语言、文化和交际层面的适应性选择，以及梳理造成这些译作选择的深刻的社会、历史、文化和个人原因；探讨周瘦鹃在前后不同时期翻译思想的适应性选择，研究翻译生涯对他的小说创作、散文创作以及电影评论的影响，展示其译作蕴含的现代性，对他为早期翻译界作出的贡献和应有的历史定位予以公允的评价。

三、研究思路

本研究着重以历史的、功能的和文化的描述与具象的文本分析两条主线进行。

历史的、功能的和文化的描述主要探讨文本之外的制约因素，如翻译的时代背景、文化动因、出版机制、赞助人、评议者和读者，以及译者个人的经历和意识形态。从这些制约因素寻找周瘦鹃翻译小说的选择倾向及其翻译策略。

具象的文本分析旨在对周瘦鹃的翻译作品进行全面分析，分析其在不同时期的翻译策略，总结其各个阶段的翻译思想。

从研究的架构来看，本研究不局限于对文本审美性的阅读，还将视野延伸到文本背后，研究文学翻译选择的倾向和动机；同时，不局限于文本本身，还关注文本所引发的任何评论、序跋、评注和期刊批评，及其造成的辐射意义。

四、 理论基础

本研究主要运用胡庚申教授的翻译适应选择论，将翻译作品置于宏观的时代背景中，结合微观的文本分析，对周瘦鹃的翻译作品进行全面的分析。

翻译适应选择论：以达尔文"适应/选择"学说的基本原理和思想为指导，以"翻译即适应与选择"的主题概念为基调，以"译者为中心"的翻译理念为核心，是能够对翻译本体作出新解的翻译理论范式。这一理论，有三个重点概念需要解释：

(一) 译者中心理念

翻译适应选择论将翻译定义为"译者适应翻译生态环境的选择活动"，翻译定义中出现了"译者""适应""选择"，表明翻译活动中无论是"适应"还是"选择"，都是由"译者"完成的。"译者为中心"的理念首次明确地置入到翻译的定义之中，使译者的地位和作用得以实质性地凸显。[1] 译者为中心的翻译适应选择论认为，正是由于译者的不同"适应"和译者的不同"选择"才产生了不同的译品；译品的不同也正是由于译者在翻译过程中"适应"和"选择"

---

[1] 胡庚申：《翻译适应选择论》，武汉：湖北教育出版社，2004年，第97页。

的不同表现所致。换句话说，译品的不同，主要不是由于读者的不同所致，而是由于不同的译者在翻译过程中"适应"和"选择"的不同表现所致，即由于译者的不同所致。①

这一"译者为中心"的翻译理念可作如下图示：

```
                        译者
        ┌────┬──────┬───────┬──────┬─────┐
      作者  原文  适应性选择转换  译文  读者……
        └────┴──────┴───────┴──────┴─────┘
        ┌─────────────────────────────────┐
        │  语言 ↔ 交际 ↔ 文化 ↔ 社会……      │
        └─────────────────────────────────┘
```

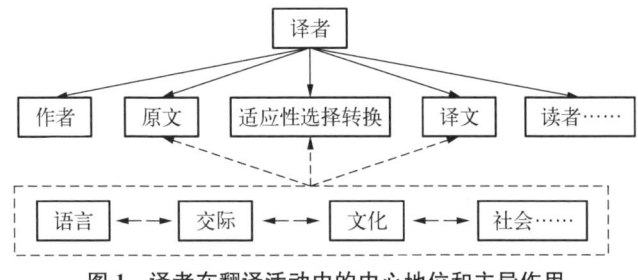

图 1　译者在翻译活动中的中心地位和主导作用

"图 1"中，"译者"居上，是翻译活动的"主导"和"统帅"。在译者的主导和统帅之下，"作者""原文""适应性选择转换""译文""读者"等串联并行，构成翻译活动的一个循环过程。在这一过程中，"适应性选择转换"是关键，它是译者适应与选择的操作环节。"读者"一项中的省略号（……），表明了上述循环过程中还有其他相关的或潜在的因素，例如出版商、委托人、资助者、译评者等。最低一层虚框中的"语言""交际""文化""社会"，则是翻译过程中需要重点选择转换的视角，而其他一些不能忽视的因素（如美学的、哲学的、人类学的等）则包括在"社会"一项的省略号（……）之中，这些因素，连同上述翻译活动循环过程中的种种因素一起，构成了由译者主导的、相互关联的整体。

在翻译操作的过程中，一切适应与选择行为都要由译者作出决定和实施操作，包括在译文选择过程中，译者以"代言"翻译生态环境的"身份"具体实施对译文的选择，最终产生译文。因此，对

---

① 胡庚申：《翻译适应选择论》，武汉：湖北教育出版社，2004 年，第 90 页。

于产生译文来说,这时的译者就是真正的"主宰"。从这个意义上说,没有译者就没有译文;而离开了译者也就谈不上翻译了——作者与读者之间的交流、讲话者与听话人之间的交流也就无法实现了。译者在翻译行为中起着"主导"作用①,以至"译有所为"地创生译文、影响译语的文化和社会。②

(二)翻译生态系统

根据胡庚申的观点,"翻译生态环境更为明确地是指原文、源语和译语所构成的世界,即语言、交际、文化、社会,以及作者、读者、委托者等互联互动的整体。'翻译生态环境'构成的要素包含了源语、原文和译语系统,是译者和译文生存状态的总体环境,它既是制约译者最佳适应和优化选择的多种因素的集合,又是译者多维度适应与适应性选择的前提和依据。近几年,'翻译生态环境'的定义更为宽泛,是指由所涉文本、文化语境与'翻译群落',以及由精神和物质所构成的集合体。翻译生态环境既有大环境、中环境、小环境之分,也包括物质环境和精神环境等。可以这么说,对于翻译而言,译者以外的一切都可以看作是翻译的生态环境;同时,每个译者又都是他人翻译生态环境的组成部分"③。

译文的产生过程大体上可以分为两个阶段:"翻译生态环境"选择译者和"翻译生态环境"选择译文。根据"自然选择"的基本原理,在"翻译生态环境"选择译者的阶段里,重点是以原文为典型要件的翻译生态环境对译者的选择。同时,这个阶段也可以看作是译者对翻译生态环境的适应,即译者适应。进一步根据"自然选择"的基本原理,在"翻译生态环境"选择译文的阶段里,重点是以译者为典型要件的翻译生态环境对译文的选择。换句话说,这个阶段

---

① 胡庚申:《翻译适应选择论》,武汉:湖北教育出版社,2004年,第100页。
② 胡庚申:《翻译适应选择论》,武汉:湖北教育出版社,2004年,第98页。
③ 胡庚申:《生态翻译学的研究焦点与理论视角》,《译论研究》,2011年,第5—9页。

就是译者以"代言"翻译生态环境的"身份"实施选择,而选择的结果就产生了译文(详见图 2)。

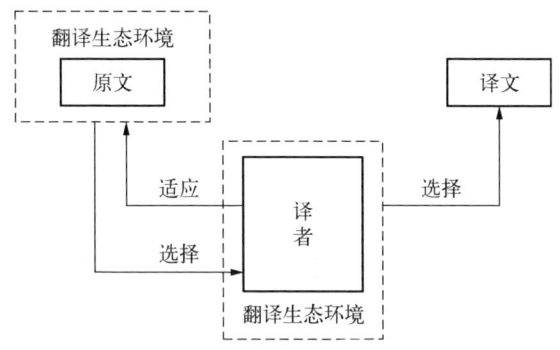

图 2 "适应"与"选择"的翻译过程

(三) 多维度适应选择

翻译适应选择论的基础理论将翻译方法简括为"三维"转换,即在"多维度适应与适应性选择"的原则之下,相对地集中于语言维、文化维和交际维的适应性选择转换。所谓"语言维的适应性选择转换",即译者在翻译过程中对语言形式的适应性选择转换。这种语言维的适应性选择转换是在不同方面、不同层次上进行的。所谓"文化维的适应性选择转换",即译者在翻译过程中关注双语文化内涵的传递与阐释。这种文化维的适应性选择转换在于关注原语文化和译语文化在性质和内容上存在的差异,避免从译语文化观点出发曲解原文,基于此,译者在进行原语语言转换的同时,会关注适应该语言所属的整个文化系统。所谓"交际维的适应性选择转换",即译者在翻译过程中关注双语交际意图的适应性选择转换。这种交际维的适应性选择转换,要求译者除语言信息的转换和文化内涵的传递之外,要把选择转换的侧重点放在交际的层面上,关注原文中的交际意图是否在译文中得以体现。显而易见,所谓"三维"转换,主要是发生在翻译操作层面的,也是应用研究的一个焦点。①

总括起来说,从"适应"与"选择"的视角解读翻译过程,翻译就是译者的适应与译者的选择。翻译适应选择论将翻译定义为"译者适应翻译生态环境的选择活动":译者"适应"的是原文、原语和译语所呈现的"世界"(即翻译生态环境);译者"选择"的是对翻译生态环境的适应度和对译本最终的行文。②

本研究旨在以译者为中心,考察周瘦鹃的翻译生态环境,以及这些因素对他选择翻译作品的题材造成的影响;从语言维、文化维和交际维等多维视角探究周瘦鹃在不同时期对翻译策略作出的适应性选择;接着总结他在不同时期顺应时代潮流形成的翻译思想,以及翻译生涯对他的文学创作造成的适应性改变;最后将他对翻译界的贡献作出中肯的评价。

五、 研究方法

本选题运用了下列方法进行研究:

(一)语料库方法:将周瘦鹃的全部翻译作品和搜索到的原著作品建成 Word 文档,按照时间、题材、期刊等内容做成 Excel 表格,纲举目张,便于统计和查询,充分实现定量研究与定性研究的有机结合。在实际论证过程中,定量研究与定性研究齐头并进,互为补充,以说明问题为目的。

(二)因果溯源法:周瘦鹃的翻译作品在其时代为何颇受欢迎?本研究将提出问题、分析问题、解决问题,层层深入研究。本着历史精神,将对周瘦鹃翻译的探究与历史背景、历史条件及实际的影

---

① 胡庚申:《生态翻译学的研究焦点与理论视角》,《译论研究》,2011 年,第 5—9 页。
② 胡庚申:《适应与选择:翻译过程新解》,《四川外语学院学报》,2008 年,第 24 卷第 4 期。

响力相结合,将周瘦鹃的翻译置于宏大的历史背景中进行体察,根据文本实情得出最终结论。

(三)文献学方法:主要关注国内外文学史上的相关文献、相关成果和具体记载,实现理论剖析与实证研究相结合,分析阐述周瘦鹃翻译作品的文化价值。

六、篇章结构

绪论:简要叙述周瘦鹃的生平,对其翻译成果进行概述。回顾目前的研究成果,发现研究的不足,指出研究的意义。

第一章:介绍周瘦鹃的翻译生态系统。包括从政治、经济和文化方面勾勒当时的历史背景;从域外小说的大量翻译、出版体制、赞助人、读者和译评者等方面概括当时的翻译界状况;从家庭环境、情感经历、吴地士风和作家的编者身份探讨周瘦鹃的意识形态,以及这些因素对其翻译事业的影响。通过这样的宏观和微观分析,掌握民初到五四时期整体的社会生态,了解其间的各种因素对周瘦鹃的翻译产生的影响,不孤立地、单一地对其作出评价。

第二章:探讨译作题材的适应性选择。前期周瘦鹃受到时代需求、出版体制、读者审美以及他个人家庭环境和情感经历的影响,侧重选择言情、爱国和军人、伦理、侦探、秘史轶事等题材的作品翻译。出于对弱小民族国家的同情,他还翻译了许多弱小民族国家的作品。在当时翻译界"商业化"倾向比较明显的情况下,这些作品展示了以启蒙为核心的现代审美观,促使传统文学向现代文学的转型和嬗变。同时出于对电影的热爱以及电影有"开启民智"的功能的考虑,他将外国电影翻译成小说,即"影戏小说"。五四时期以来受人道主义思潮的影响,也由于自身的贫苦出身,他更多地将目光投向普通民众,翻译了一系列反映社会问题和底层人民生活的作品,例如莫泊桑、契诃夫、巴比塞等人的短篇小说以及易卜生和安德烈耶夫的戏剧。总的来说,周瘦鹃的译作选择具有深刻的时代和个人经历的烙印，也展示了传统如何走向现代的历史轨迹。

第三章：分析翻译策略的适应性选择。周瘦鹃的早期翻译采用"归化为主，异化为辅"的翻译策略。在语言维方面以浅近文言翻译为主，这主要是由于当时的白话文本身不够完善，读者又以传统读书人为主，兼及林纾和南社成员对旧文学的提倡以及赞助商的要求。在文化维方面，题目和文本较多地采用归化策略，题目翻译顺应了文学惯例、从众心理、社会效应、功利目的、新兴文化和社会潮流；文本内容上突显孝道、回归礼教、宣扬爱国、归化宗教。在交际维层面采用以全知叙事视角为主的翻译策略，未能真实地实现原语作者的交际意图。这一时期主要采用的翻译方法是增译、漏译、改译和注释。其后期的翻译作品采用"异化为主，归化为辅"的翻译策略，语言维运用白话文进行翻译，偏重于新词汇的输入和欧化语法的使用。文化维采用文外补偿和硬译的方法引入原语文化。交际维则根据原文，采用如第一人称、第三人称的叙事角度，忠实地再现原语作者的交际意图。

第四章：总结周瘦鹃的翻译思想。在早期阶段，他以新小说家的身份进行翻译，思想观念上呈现出旧派文人的特点，其中吴地士风在其翻译思想上得以体现，具体表现为"以情为尊，尚雅求精"；后期周瘦鹃高举反帝爱国的旗帜，积极投身到民族救亡的行列，同时关注普通的下层劳动人民，在翻译思想上表现为"人道关怀，忠实通达"。

第五章：研究周瘦鹃的翻译生涯对他的文学创作及影视观念的影响。首先翻译小说作品对他的小说创作影响很大，改变了他的传统叙事模式，使他的小说创作在叙事角度、叙事时间、叙事结构等方面融合了西方小说的写作技巧，具有了现代文学的特征；他的散文创作受西方小品文的影响，花木散文具有兰姆"闲话风"的特点，游记散文和欧文的散文有相同之处，表达了热爱自然和回归自然的心态。他的歌颂新中国的散文则反映了他一方面作为吴地文人对闲适隐匿的生活的追求，一方面积极向主流政治靠拢过程中的矛盾心态。影戏小说的创作可以看出他由电影延展出的观点：他意识到电影对启迪民智的巨大作用，积极创作伦理电影；对战争电影的介绍反映出他对电影要更加真实地再现生活，以达到早日停战的目的的主张；在影戏小说写作中，他提倡将名著改编成电影；在编剧方面注重情节的引人入胜；在写作手法方面，他注重电影拍摄的画面效果和造型元素。

第六章：探讨周瘦鹃的翻译地位。首先，他的译作较早地具有了"现代性"的特征，体现在翻译语符、翻译体裁、翻译主题以及翻译策略等方面。其次，从翻译作品的数量、翻译的态度和建立翻译体例方面阐释周瘦鹃的历史贡献。最后，指出20世纪初期周瘦鹃跻身第一代传统文学翻译家（以梁启超、林纾为代表）的行列，传承了他们的翻译风格，后期则紧随第二代现代文学翻译家（以周氏兄弟、胡适等五四翻译家为代表）的足迹，作为文学翻译的先驱，开创了中国现代翻译文学的新局面，是20世纪早期具有开拓精神和影响力的短篇小说翻译巨匠。

结语：对本文的主要结论进行回顾，对一些发现及启示进行总结，在承认本研究存在不足之处的同时，对未来的后续研究提出设想。

七、创新之处

（一）研究视角不同：摒弃以往以西方翻译理论为视角进行研究的方法，选择中国的翻译适应选择论为研究方法，旨在将周瘦鹃的翻译文本放在宏观的翻译生态环境中考察，研究他的翻译文本选择倾向和翻译策略，探讨促使其作出选择的背后因素。

（二）总结翻译思想：对文本进行微观分析，总结其不同时期的翻译思想。指出在其早期翻译阶段，江南士风为周瘦鹃翻译作品中的主导思想，以"尊情尚雅"为特色；后期由于五四运动的影响，周瘦鹃的翻译作品体现出人道主义思想，翻译方法上注重忠实和通达。

（三）探讨吴地文风在周瘦鹃早期译作选择、翻译思想以及文学创作中的体现。

（四）研究外国散文家对周瘦鹃散文创作的影响，以及从他的影戏作品看其早期的电影观念。

（五）评定翻译地位：探讨周瘦鹃对翻译界作出的贡献，还原历史，对他在翻译界的地位作出综合全面中肯的评价。

第一章 周瘦鹃翻译生态系统

根据范伯群先生的观点，周瘦鹃步入文坛之初是靠翻译起家的。在《礼拜六》创刊前，据不完全统计，周瘦鹃在刊物上发表了58篇文章，其中翻译或根据外国材料编撰的共有46篇，之外他还用"闺秀丛话"（杂谈）的形式，连续刊登了若干外国小故事。因此，说周瘦鹃是"靠翻译起家"是有充分依据的。周瘦鹃的翻译是从1911年开始到1947年左右结束，总共约有418篇翻译作品。[①] 他的翻译作品涉及国家广泛，有英国、法国、美国、俄国、德国、意大利、匈牙利、西班牙、瑞士、丹麦、瑞典、荷兰、塞尔维亚、芬兰；翻译的作家汇集了狄更斯、哈代、兰姆、伏尔泰、大仲马、左拉、莫泊桑、巴比塞、霍桑、马克·吐温、托尔斯泰、高尔基、契诃夫、歌德等著名作家。虽然以"哀情巨子"著称，但其翻译题材选择涉猎极广，有言情小说、爱国小说、伦理小说、侦探小说、秘史轶事小说、社会小说和弱小民族国家作品等。体裁除小说外，还有影戏等。这些作品又都发表在当时为广大市民所追捧的《礼拜六》《小说月报》《小说大观》《小说月报》《紫罗兰》等报纸杂志上，对外国小说的介绍和推广起到了积极的作用。周瘦鹃的翻译生涯处在一个新旧交替的时代，即晚清向五四过渡的时期，因而他的翻译作品见证了当时翻译界的历史变迁。

翻译适应选择论认为译者在翻译过程中对翻译文本的判断、翻译环境的适应、生存质量的追求等具有下意识的、自然的、最基本的去适应和选择的内在能力。[②] 考察周瘦鹃的翻译生态环境，其影响因素主要体现在以下几个方面：

一、译者对"需要"的适应/选择

对于翻译来说，适应的目的是求存、生效，适应的手段是优化

[①] 范伯群：《周瘦鹃论》，《周瘦鹃文集·小说卷》，上海：文汇出版社，2011年，第15页。

[②] 胡庚申：《翻译适应选择论》，武汉：湖北教育出版社，2004年，第101页。

选择。对于译者来说，为了生存、发展，他就要对所处的环境作出多方面的适应和选择。其中，适应个人的生存需要、实现自己的生存价值就是一个重要方面。这也是译者在翻译过程中致力于适应和选择的一个内在的动因和目标。

人在社会生活中形成的现实需要，可分为低级需要和高级需要；低级需要是以对物的占有为表征的。美国人本主义心理学家马斯洛（H. Maslow）就曾把人的需要从低级到高级分成五个梯级，其中生理需要是最基本的，最高的需要是自我实现的需要。① 人的高级需要则以精神的满足为标志，并往往表现为对某种理想的追求、职业的兴趣、成就的需要和对事业的奉献。"作为与动物不同的人的存在，不管是在其发展的初级阶段，还是高级阶段，都是有理想追求的。"②

另外情感和兴趣是译者进行翻译活动必不可少的，是译者"追求"的需要。同时情感和兴趣的作用也是无数译者为翻译事业孜孜不倦奋斗的动力所在。对成就的需要，也是实现自我生存价值的一种表现，它可以推动人去从事或完成他认为重要的工作，这是翻译家以最有效和最完整的方式表现其潜力、实现其本质的需要。

这种从低级需要到高级需要的追求，是生物界中人类的本能。对于翻译来说，是译者生存、发展、实现自我生存价值的本能需要；是译品生效、长存、再生的自然追求。从译者为中心的翻译适应选择论角度来看，译者从事翻译活动时的心理过程是：尽量适应翻译的生态环境，努力表现自己的适应能力；主动优化多维的选择/转换，不断追求较高的整合适应选择度。③

周瘦鹃六岁丧父，全靠母亲替人家缝补来支撑家计。1910年，年仅十五岁的周瘦鹃在《小说月报》发表了自己的处女作《爱之花》，挣得十六元（银圆）后，信心大增。在他十八岁读完了本科三

---

① [美]马斯洛：《人的潜能和价值》，北京：华夏出版社，1987年，第257页。
② 钱津：《生存的选择》，北京：中国社会科学出版社，2001年，第Ⅳ页。
③ 胡庚申：《翻译适应选择论》，武汉：湖北教育出版社，2004年，第103—104页。

年后，学校让他留校教英文，但是因为年纪轻，他"常常要陪学生们'吃大菜'"（学生们戏称犯规后被校长召去训斥为"吃大菜"）。关于这段时期，他记述道："天天如坐针毡，真的是怨天怨地，于是硬硬头皮，辞职不干了。那时文艺刊物正如风起云涌，商务印书馆有《小说月报》，中华书局有《中华小说界》，有正书局有《小说时报》，中华图书馆有《礼拜六》《游戏杂志》，日报如《申报》《时报》，也很注重小说。我一出校门，就立刻正式下海，干起笔墨生涯来；一篇又一篇地把创作或翻译的小说、杂文等，分头投到这些刊物和报纸上去，一时稿子满天飞，把我'瘦鹃'这个新笔名传开去了。尤其是《礼拜六》周刊，每月四期，每期必写一篇，一个月所得稿费，总有好几十元，远胜于做小先生活受罪，于是……由我独个儿来挑这一家生活的担子了。"①

可见周瘦鹃从事翻译创作起初是为着生存需要，但这一切也源于当时具有现代意义的稿酬制度的建立。稿酬现象在东汉时期已经存在，当时称为润笔，多是文人替官府或显贵们撰写文稿所获赏赐，但文人多不以获"润笔"为荣。及至近代，文人的稿酬意识都很淡薄。晚清时期，随着出版业的日益繁荣，文艺作品的商品化程度不断提高，具有现代意义的稿酬制度开始确立起来。1902年11月，梁启超创办《新小说》杂志，提前半月在《新民丛报》上刊出了《新小说社征文启》，在这篇启事中，首次对小说创作的稿酬标准做了明确标示。自著本：甲等每千字酬金四元（银圆，下同——编者注），乙等三元，丙等二元，丁等一元五角；译本：甲等每千字酬金二元五角，乙等一元六角，丙等一元二角。而对于"杂记、笑语、游戏文章、杂歌谣、灯谜、酒令、楹联等类"，不奉酬金，"委若录入本报某号，则将该号之报奉赠一册，聊答雅意"②。新小说社征稿启事

---

① 周瘦鹃：《笔墨生涯五十年》，《文汇报》（香港），1963年4月24《姑苏书简》专栏。
② 周利荣：《鸳鸯蝴蝶派与民国出版业》，《出版史料》，2005年第2期。

的出现,是近代稿酬制度出版形成的标志。

因此,可以说周瘦鹃走上翻译作家的道路,最初源于经济物质的需要。然而随着翻译的作品越来越多,受读者认可和欢迎的程度越来越高,书局加大了对他的作品进行包装和宣传的力度,之后他又得到鲁迅先生的表彰,自我价值得以实现。他曾写道:

> 当时中华书局当局似乎还重视我这部《欧美名家短篇小说丛刻》,一九一七年二月初版,先出平装本(三册),后又出精装本(一册),我自己收藏着的,就是这样一册精装本。只因经过了四十年,书脊上的隶书金字,已淡之欲无,而浅绿色的布面也着了潮,变了色了。不意到了一九一八年二月还再版了一册,这对于那时年青的我,是很有鼓励作用的。①

这些都是激励着周瘦鹃在其创作生涯中始终不放弃翻译活动的主要原因。即便在新中国成立后,尽管接触不到更多的英文文学作品,他也还打算继续从事翻译活动。他曾撰文写道:

> 近年来,我不再从事翻译,因为没有机会读到英美进步作家的作品;其他各国的文字,又苦于觌面不相识,那就不得不知难而退了。如果要重弹旧调,只得乞灵于古典文学,我想英译本中,也还有不少未曾译过的各国名作,只要用一番沙里淘金的工夫,也许能淘到一些金的。②

二、译者对"能力"的适应/选择

胡教授认为从译者对"内"适应的角度来看,为了提高译品"整合适应选择度"的目的,译者总是在可能的情况下,(从消极方面来说)尽量不译那些自己无把握或把握不大的作品;(从积极的方

---

① 周瘦鹃:《我翻译西方名家短篇小说的回忆》,《雨花》,1957年6月1日。
② 周瘦鹃:《我翻译西方名家短篇小说的回忆》,《雨花》,1957年6月1日。

面来说）尽量选择那些与自己的能力相适应、相匹配的作品去翻译。①

从英文水平方面来说，周瘦鹃从小就刻苦学习，他因优异的成绩和良好的表现从私塾到高中都是免费就读的。十六岁那年考取当时以英文功底扎实著称的上海名校——民立中学②。在民立中学就读期间，周瘦鹃如饥似渴地阅读外国名家的原著，并开始尝试写小说和翻译一些欧美名家的作品。然而在毕业临考之际，他突然大病一场，无法参加毕业考试，但校方鉴于他平时成绩优秀，破例给他发了毕业证书，还聘他为英文老师："苏校长留我在本校教预科一年级（相当于初一的程度——引者注）的英文，给了我一只饭碗。"③可以看出周瘦鹃通过自己的勤奋努力，英语水平应该高于这所"以英文功底扎实"闻名的学校中的普通毕业生，否则校方就不会聘任他当英文老师了。

周瘦鹃自己可以独立轻松地阅读英语原文的报纸杂志，他的很多翻译小说是在看了当时原版英文杂志接触了第一手资料后进行翻译的。例如1927年7月至1930年6月他在《紫罗兰》中开辟《少少许集》，专门翻译契诃夫的小小说，在介绍契诃夫时提道："去春愚发宏愿，欲于二三年间搜集中西短篇小说集千种，成一个人之短篇小说小图书馆。因于募集欧美俱备外，复邮购柴氏（契诃夫——引者注）全集英译本于英京伦敦，得十三卷，都二百零三篇。开卷读之，爱不忍释。"④他在1918年8月26日《先施乐园报》刊发的

---

① 胡庚申：《翻译适应选择论》，武汉：湖北教育出版社，2004年，第104页。
② 熊月之主编的《上海通史·第10卷·民国文化》中对民立中学有这样的介绍："1903年苏本立昆仲奉父遗命创办……该校以英文功底扎实著称，毕业生除进大学深造外，多在海关、银行、邮政等部门工作。1918年曾在江苏省教育会（其时上海属江苏省——引者注）列表调查中荣居第一。"
③ 周瘦鹃：《笔墨生涯五十年》，《文汇报》（香港），1963年4月24日《姑苏书简》专栏。
④ 周瘦鹃：《少少许集》，《紫罗兰》，1929年7月1日第4卷。

《贫富之界》的前言,其中也写道:"予近自美国购得毛柏霜集十卷,中有短篇一百九十余种,均为氏生平杰构。此篇为其压卷之作,冷隽可味,故译之。"①

从译作种类的选择方面来说,译者应选择符合自己风格的作品。王佐良就曾说过:"就译者来说,个人的条件决定了适应于译何种性质的语言,不宜于译另外性质的。他应该选择与自己风格相近的作品来译,无所不译必然出现劣译。"②乔曾锐在《译论:翻译经验与翻译艺术的评论和探讨》一书中也写道:"不懂诗的人不要译诗,没有文学修养的人不要搞文学翻译,分析能力和思想条理性不强的人,不宜搞政治著作的翻译。对某一专业只具有一些皮毛知识的人,最好不要接受翻译该专业著作的任务,勉强去做,是收不到好效果的。"③

周瘦鹃以"哀情巨子"闻名文坛,他一生创作了大量作品,内容涉及哀情小说、爱国小说、伦理小说及社会问题小说,这些小说与他的翻译小说是相得益彰、同步成长的。同时他自己也创作过剧本,处女作《爱之花》就是根据《浙江潮》上的一篇笔记改编的一个八幕话剧。另外,他还把看过的外国电影翻译成小说,即"影戏小说",为他今后的剧本创作打下了基础。之后他陆续创作了一些剧本,如1924年,编写了第一部电影剧本《水火鸳鸯》,由新大陆影片公司出品,程步高导演,汪仲贤说明,张伟涛摄影,汪曼丽、汪小达、陆韫贞等主演。1926年,周瘦鹃任大中华百合影片公司编辑,编写电影剧本《真爱》《还金记》《一夜豪华》等,这些都有助于他进行戏剧翻译。

---

① 周瘦鹃:《贫富之界·前言》,《先施乐园报》,1918年8月26日。
② 王佐良:《翻译:思考与笔试》,北京:外语与外语教育出版社,1989年,第73页。
③ 乔曾锐:《译论:翻译经验与翻译艺术的评论和探讨》,北京:中华工商联合出版社,2000年,第65页。

三、译者对"环境"的适应/选择

考察周瘦鹃的翻译生态环境,不得不考虑他所处的交际圈,即鸳鸯蝴蝶派。他的所有文学活动都和这个文化圈子密不可分。具体从当时的时代背景、伦理文化和翻译界状况来分析。

(一) 时代背景

1. 政治因素

1840年鸦片战争爆发后,随着西方列强入侵的不断深入,传统的闭关自守、故步自封的观念让位于"师夷长技""中体西用"等新的思潮,中国晚清历史上的翻译活动也因此开始起步。最初以器物翻译,也就是翻译西方的科学著作为主。1895年甲午战争失败后,"变法维新"取代了"师夷长技"的口号,戊戌变法把变革逐渐从器物层面深化到制度层面。出于政治变法的需要,这时期的翻译以介绍西方的政治、经济、法律、社会制度的著作为主。戊戌变法的失败证明自上而下的政治改革行不通,于是面向下层社会的文化启蒙运动开始展开。梁启超、严复、林纾等人都曾强调以小说,尤其是翻译小说来启发民智、改良社会。小说和政治目的相结合使小说的地位发生改变,小说作为一种文学体裁,从文学结构的边缘被推向了中心,翻译小说的地位也随之改变。新的一批翻译家也随之被推到了时代的前列。

在这股文学翻译高潮中,以"鸳蝴派"为代表的通俗文学作家承担了中国近代外国文学翻译的主要工作,成为当时文学翻译的主力军之一。他们积极译介有别于传统文学的新内容和新体裁。据粗略统计,在五四前与翻译挂上钩的通俗文学作家竟达三十多位。下面的名单是仅就五四之前而言,基本上按照他们翻译外国小说的先后顺序排序:包天笑、周桂笙、陈景韩(冷血)、徐卓呆、许指严、王蕴章(西神)、李涵秋、张春帆、恽铁樵、周瘦鹃、贡少芹、张毅汉、徐枕亚、严独鹤、胡寄尘、程瞻庐、陈蝶仙(天虚我生)、李定夷、程小青、叶小凤、李常觉、陈小蝶、朱瘦菊、陆澹安、姚民哀、许瘦蝶、吴绮缘、王钝根、顾明道、闻野鹤等。① 当时中国的教育体系已经纳入外语课程，通俗文学作家中的许多人都在新式学校掌握了不错的外语知识，这使他们有机会接触、翻译外国文学作品。翻译外国小说对一些作家来说成了他们谋生的方式。包天笑在《钏影楼回忆录·译小说的开始》里说翻译小说成了一种"补助生活"的副业。②

通俗文学作家翻译的小说包括言情、侦探、科学、军事、社会等三十余种类型，涉及英、美、法、俄、日、德等二十多个国家的作品。根据日本学者樽本照雄编的《清末民初小说年表》统计，从1912年至1917年，通俗文学作家翻译的小说总数在500种左右，约占这一时期翻译小说总数的三分之一。翻译小说发表最多的1915年里，总数为347种，通俗小说家翻译的就有110种，其中周瘦鹃一人在这一年就发表了49种译作。③

2. 职业作家的出现

1905年，科举制度废除，对当时中国埋头苦读的读书人来说无疑是一个沉重的打击，断了其晋升之阶。但是对江南地区的读书人来说，影响没有那么巨大。因为以上海为中心的江南地区，此时一大批报馆、印书局等大众媒体正纷纷成立，为他们提供了新的用武之地，成就了中国现代媒体的第一代媒体人和职业作家。鸳鸯蝴蝶派就是中国最早的一批媒体型职业作家。

中国传统的文学创作都是个人感怀的叙事表达，其作品一般是作家个人出资出版或者是其弟子整理出版，不涉及市场运作和经济报酬。与传统的文学创作不同的是，新诞生的职业作家是以从事创

---

① 范伯群、汤哲声、孔庆东：《20世纪中国通俗文学史》，北京：高等教育出版社，2006年，第93页。
② 包天笑：《钏影楼回忆录·译小说的开始》，北京：中国大百科全书出版社，2009年，第175页。
③ 禹玲、汤哲声：《翻译文学的引入与中国通俗文学的转型》，《长江大学学报》，2010年第33卷第2期。

作为专门职业，从而获得经济报酬的作家。创作小说可以获得报酬，这无疑给长期以来视舞文弄墨为闲适之事的中国文人以巨大的刺激，同时解决了生计问题。于是，鸳鸯蝴蝶派的作家们就成了专门以创作文学为生的职业作家①。职业作家的出现对中国现代文学的影响极为深刻。从职业性质上说，虽然职业作家都有着自己独立的文学叙述方式和思想理念，但是当文学创作成为谋生的手段时，他们就必须使其创作与市场相结合。文学创作不再是什么副业，而是一种工作，是经济的来源，其中所产生的强烈的创作动力是不言而喻的。就创作数量来说，短短数十年间的中国现代文学毫不逊色于发展了几千年的中国古代文学。周瘦鹃就曾真实地描绘到：

> 一连几年，我就做了一个文字劳工，也可说是一部写作机器，白天写写停停，晚上往往写到夜静更深，方始就睡。像这样大批生产，大批推销，当时就被称为多产作家，而在文艺界站定了脚跟。②

在市场的引导下，作家们的文学创作很容易庸俗化；但是为赢得更多的读者，作家们也会绞尽脑汁翻新花样，创作风格多样的作品，老产品的市场饱和了，就拿出新产品来更替。随着观念的变化、视野的开阔和身份的转型，首批鸳鸯蝴蝶派职业作家使吴地文学在

---

① 在相当长一段时期内，创作文学作品的收入不菲，作家是一个名利双收的职业，专职写作也就成了一个热门的行业。以1904年的稿费价格计算，上海报界文章的价格是"论说：每篇五元，而当时一个下等巡警的工资每月只有八元，一个效益较好的工厂的工人工资每月也是八元。在报章上连载小说，收入似乎特别好，同样以1904年的小说市价为例，一般作家的稿费是千字两元，名家的稿费是千字三至五元（如包天笑是千字三元，林琴南是千字五元），以每月写稿两万字计算（这一字数对当时的作家来说并不算多），每月的收入也有四十元以上了。更何况这些作家都是笔耕不辍，同时为数份报纸、刊物写稿，其收入是可想而知的"。（范伯群、汤哲声、孔庆东：《20世纪中国通俗文学史》，北京：高等教育出版社，2006年，第116页）
② 周瘦鹃：《笔墨生涯五十年》，《文汇报》（香港），1963年4月24日《姑苏书简》专栏。

其手中完成了现代化的集体转身。

3. 出版业

清末民初（约1897—1927），印刷技术不断得到提高，发生了从雕版印刷向机器大规模印刷（包括石印、铅字印刷等）的重大转变，随之而来文化生产的形态和机制也呈现出前所未有的变化，具有现代意义的印刷出版机构出现了，官办、外商创办、民办出版机构雨后春笋般地纷纷建立。据初步统计，仅上海一地就有近百家（约略九十六家），全国有二百多家。上升期的出版业为旧式文艺的出版提供了物质基础和便利条件。在当时，世界书局出版最多的是消闲杂志，同时也大量推出鸳鸯蝴蝶派创作及翻译的作品。鸳鸯蝴蝶派文学的形成与发展固然和晚清社会发展、大都市的日益繁荣、市民群体的扩张密切相关，然而新出版业的创办与发展无疑对这一文学流派的壮大起了巨大的催动作用。

同时鸳蝴派也推进了出版业的蓬勃发展。20世纪20年代鸳鸯蝴蝶派推动着近代出版业的发展到达一个小高潮期。如有的学者所言：由他们主办、编辑的期刊约13种，小报和大报副刊不下50种。他们的作品，据不完全统计，仅长篇言情小说、社会小说就有1043部，如果把该派作者所写的武侠、侦探、历史宫闱小说全部计算在内，则共有1980部；短篇小说结集出版80多部，散见于各种杂志、报刊的更不可胜数。①

他们还直接参与近代出版业的活动。鸳鸯蝴蝶派主要成员，如王钝根、包天笑、江红蕉、周瘦鹃、徐枕亚、孙玉声、范烟桥、恽铁樵、吴双热、许啸天、郑逸梅、刘半农、李定夷、陈蝶仙等，绝大部分都直接从事过编辑出版工作，有的还参与了十几家报刊的出版，曾经长期在中国近代出版业中占据重要地位。如著名的《申报·自由谈》，在黎烈文接编以前的几任主编，可以说基本上都是鸳

---

① 田本相：《鸳鸯蝴蝶派言情小说集粹·序》，向燕南、匡长福：《鸳鸯蝴蝶派言情小说集粹》，北京：中央民族学院出版社，1993年。

鸳蝴蝶派作家与编辑,尤其创始人王钝根在1911年创刊时所定的鸳鸯蝴蝶派方针和风格,后来的继任者大抵只能萧规曹随,陈蝶仙与周瘦鹃主编时间更达十六年之久(1916—1932)。鸳鸯蝴蝶派在中国近代出版史上曾经是一股很大的势力,这或许正是这一文学流派及其相应的出版业得以兴盛的一个原因。

4. 读者

鸳鸯蝴蝶派拥有广泛的读者与他们自身的市场定位有很大的关系。他们有很对路的市场眼光,对于自己的读者十分了解,既有着广泛的读者基础,也为近代出版创造了巨大的读者群。

鸳蝴派的基本受众是能够识文断字的世俗平民。这些世俗平民大多生活在商品经济发达的大都市中,以上海最为集中。都市生活的细化分工将人们从辛勤的劳动中解放出来,人们的基本生存需求能够得到满足,时间也宽松起来,心境逐渐变得轻松而闲适,开始追求消遣与游戏的放松方式,小说就是他们寻找趣味的方式之一。鸳鸯蝴蝶派的作品在这时很受欢迎,究其原因,是他们的作品更多地契合了大众读者的心理需求及情感特点。

人们由于整日忙于追求更丰富的物质需求和处理各种人际关系,更多地将目光集中于物的世界和人的世界,因而很少进行自我观照和反省,心理世界相对比较匮乏。鸳派作家所描写的正是世俗大众所关注的物和人的世界。各种游乐场所的声色犬马、租界的繁华、政界的权谋之术、小人物的悲欢离合……社会中的众生百态在鸳派作品中都可找到。世俗大众读这些作品时都是津津有味、不知疲倦的,在这些作品中他们找到了释放生存焦虑的出口,得到了极大的感官刺激和心理满足,毕竟这是能与他们产生共鸣的世界。可以说,世俗大众的生活因思想的匮乏变得极其简单,而在这种简单的生活中形成的情感必然是单一的、缺乏深度的。他们会哀人所哀、乐人所乐,却很容易事过情迁,缺乏对人物心灵的深刻体验。鸳派小说正符合了世俗大众的这一情感特点。作品中没有什么尖锐的内在情感冲突,看不到人的灵魂,所以大众接受起来毫无困难。而新文学小说的情感带有异域色彩,那种苦闷颓唐的西方世纪末情绪,只能是现代知识层特有的情感。对这种情感的理解只能由具备特定人格、知识储备的主动参与阐释型读者完成,这种读者是为寻求对话而阅读的,必定要进入人物的心灵世界。而世俗大众作为与之相对的被动消遣型读者只是为消遣而读,无意也无力参与到小说的对话过程中,他们宁愿选择不须深入阐释的对象。化鲁(胡愈之)就曾指出:

> 他们似乎对于供消遣的闲书,特别欢迎。所以如《礼拜六》《星期》《晶报》之类的闲书,销路都特别的好。我亲见有许多人,他们从来不关心时事,从来不看报纸里的新闻记载,但因为他们要看《自由谈》,要看《快活林》,要看李涵秋的小说,要看梅兰芳的剧评,所以都要买一份报纸看看。①

在中国现代文学和近代出版的生长期中,鸳鸯蝴蝶派所拥有的读者比新文学的读者曾经广泛得多,对于国民文化程度的提高还是起了作用的。在城市中,新生的市民阶层喜欢阅读鸳鸯蝴蝶派的作品,例如周瘦鹃就在他与张爱玲的第一次会晤中记述道:"随又和她谈起《紫罗兰》复活的事,她听了很兴奋,据说她的母亲和她的姑母都是我十多年前《半月》《紫罗兰》和《紫兰花片》的读者,她母亲正留法学画归国,读了我的哀情小说,落过不少眼泪,曾写信劝我不要再写,可惜这一回事,我已记不得了。"② 而且底层社会的人们也是喜欢阅读的,车夫都可阅读鸳鸯蝴蝶派的作品。当时商务印书馆创刊设在东方图书馆供读者阅览的《江湖奇侠传》都给读者读烂了,只好更换,到1932年该馆毁于炮火时竟更换了十几次。鲁迅的母亲很喜欢读鸳鸯蝴蝶派的作品,鲁迅曾给母亲寄过张恨水的作品《金粉世家》和《美人恩》,周太夫人很喜欢,鲁迅又寄了张恨水和程瞻庐的作品。鲁迅在1934年8月31日致母亲的信中说:"小说

---

① 化鲁:《中国的报纸文学》,《文学旬刊》,1922年7月21日第44期。
② 周瘦鹃:《写在紫罗兰前头(三)》,《紫罗兰》,1943年5月1日第2期。

已于前日买好，即托书店寄出，计程瞻庐作的二种，张恨水作的三种，想现在当已早到了。"①

《小说月报》革新后，过去的市民读者群反映"看不懂"。东枝的《小说世界》一文中说："可怜他们真的不懂，并不是有意要挖苦人。但我虽然同情他们，我却没有法子帮助他们，除了'看不懂只有不看'这一法。"②鲁迅在《关于〈小说世界〉》一文中回敬道："现在的新文艺是外来的新兴思潮，本不是古国的一般人们所能轻易了解的，尤其是在这特别的中国。"③

《小说月报》革新后，大批前期《小说月报》的读者需要有他们这一阶层的阅读刊物，周瘦鹃与王钝根看准了这一时机，就将停刊了五年的《礼拜六》于1921年3月复刊。在第103期周瘦鹃代表编辑室发言时说："本刊小说，颇注重社会问题、家庭问题，以极诚恳之笔出之。"④ 在《礼拜六》的后一百期中，社会题材的作品明显增多，周瘦鹃就在上面发表了许多莫泊桑、巴比塞等的反映社会问题和人性的作品。这也看出五四大潮对《礼拜六》作者群产生了一定的影响，他们也感到杂志在既定的市民通俗文学路子的前提下，应该有所更新。

因而，与其说是鸳派作品造就了一批被动消遣型读者，不如说这是绝大多数市民读者的自觉选择，大众读者乐于也安于做此种读者。而新文学所造就并需要的主动阐释型读者只可能集中于狭小的文化精英层。毕竟阐释需要专门的知识与技巧，这是新文学与一般读者之间一条难以逾越的鸿沟，使得新文学只能在知识圈内获得较多的读者，出了圈子就举步维艰。在新文学没有跨越这一障碍之前，鸳派文学在大众接受上必定是占尽先机的。与准确的市场定位相联

---

① 鲁迅：《致母亲》，《鲁迅全集·书信》（第12卷），北京：人民文学出版社，1981年，第509—510页。
② 东枝：《小说世界》，《晨报副刊》，1923年1月11日。
③ 鲁迅：《关于〈小说世界〉》，《晨报副刊》，1923年1月15日。
④ 周瘦鹃：《编辑室启事》，《礼拜六》，1921年4月3日第103期。

系，鸳鸯蝴蝶派的作品创造了一个巨大的文化（出版）消费市场和文化（出版）消费群体，并成功地开创了一个大众享受文化、消费文化商品的时代。

5．资助人

根据勒菲弗尔的定义："赞助人是指任何可能有助于文学作品的产生和传播，同时又可能妨碍、禁止、毁灭文学作品的力量。赞助人的实施者，可以是个人、一群人、宗教教派、皇室贵族、政党、政府机构、民间或政府的协会、学会、出版商、学校、报刊和电视及其他媒体。"① 赞助的作用是为原作者和译者提供生活上的保障、政治上的庇护，使其创作或翻译跟当时的意识形态保持一致，并使其获得相应的社会地位。

周瘦鹃是个幸运儿，在他初出茅庐之际，就得到两位前辈的照顾和提携，即包天笑与陈景韩（冷血）。1911年他在《妇女时报》上发表第一篇文章，当时该刊的主持人就是包天笑。当包天笑从书信中知道周瘦鹃在1912年大病一场，又知他家庭清寒，便预支一笔稿费给他，并在信中说，以后他投稿，不论是否发表，即优先付报酬。但周瘦鹃直到两年后，即1913年9月才第一次到《时报》馆拜访包天笑。之后他们成了忘年交，对周瘦鹃说来，包天笑可谓亦师亦友的长者。而《小说时报》起始是由陈景韩与包天笑轮值编辑的。陈景韩兼管《申报·自由谈》时，邀请周瘦鹃每天给他写一篇小品文。后来陈景韩出任《申报》总主编，及时将周瘦鹃推荐给《申报》老板史量才，让年轻的周瘦鹃主编《申报·自由谈》。

另外的赞助人就是书局。与鸳鸯蝴蝶派有着密切关系的两家较大的书局是大东书局和世界书局。这两家书局，按他们对读者市场的定位，将一群鸳蝴派作家聚拢在自己麾下，出版发行了一批独具特色的杂志书刊，从而在出版市场上占据了一席之地。书局的介入，加大了

---

① 转引自李志奇：《"赞助人"对晚清翻译活动的影响》，《新乡师范高等专科学校学报》，2007年第21卷第4期。

流行小说的出版量，对当时流行小说的创作无疑是巨大的推动力。

20世纪20年代以后，中国的出版业进入了繁荣阶段，书局之间的竞争也日趋激化。为了扩大业务，它们都采用了出版通俗小说的手法争取读者，并展开了激烈的竞争。书局有更雄厚的资金支持和更完备的发行网络，对有实力的作家他们给予大力的包装和支持，推出他们的作品。周瘦鹃就是他们大力扶持的作家之一。例如1916年4月，周瘦鹃与严独鹤等合译的《福尔摩斯侦探案全集》由中华书局出版。这部书虽用文言译成，但受到读者广泛的欢迎，再版达数十次。这部译作的"翻译规范"实际上是次年周瘦鹃出版《欧美名家短篇小说丛刊》的样本。1917年2月《欧美名家短篇小说丛刊》由中华书局初版，分上、中、下卷；1918年2月，由中华书局再版，改名为《欧美名家短篇小说丛刻》。

1919年，周瘦鹃的译著合集《世界秘史》由上海中华图书集成公司初版，内容系欧美国家的稗官野史及名人轶事，有欧阳予倩等十位作家为之写序。其中《拿破仑帝后之秘史》曾由欧阳予倩改编为话剧，演于上海新舞台。剧本易名为《拿破仑之趣事》，由夏月润饰拿破仑，欧阳予倩饰皇后，汪优游饰奈伯格伯爵，夏月珊饰勒佛勃尔公爵，周凤文饰公爵夫人，扮演者皆为当时的著名演员，可谓盛极一时。

1922年4月11日，在《半月》第1卷第15期封底刊登广告《周瘦鹃的新计划》："瘦鹃办《半月》，总算已成功了。如今异想天开又想办一种个人的小杂志，定名《紫兰花片》……每月出版一次，装成袖珍本，玲珑小巧，很为特别。材料专取瘦鹃个人的新旧小作品，篇篇有精彩的，所有排法编制都很新颖，注重一个'美'字……"[1] 大东书局能为周瘦鹃投资出版个人刊物，可见当年周瘦鹃的号召力。正如郑逸梅所评估的"几乎红得发紫"[2]。6月，他的个

---

[1] 周瘦鹃：《周瘦鹃的新计划》，《半月》，1922年4月第1卷第16期。
[2] 郑逸梅：《记紫罗兰庵主周瘦鹃》，《大成》（香港），1982年11月1日第108期。

人小杂志《紫兰花片》创刊号出版，全书用桃林纸精印，64开本，四页五幅彩色插图均为周瘦鹃钟爱的紫罗兰色，二十八篇文章均为他一人的著译，还请谢之光等画家为其作插图。杂志出版后在文坛轰动一时，许多文人墨客纷纷题咏。

1925年大东书局出版了由周瘦鹃和张舍我合译的《福尔摩斯新探案全集》，收侦探作品九篇，共四册，全用白话译出，由周瘦鹃作序，销路很好。不久大东书局又把周瘦鹃主持翻译的"反侦探小说"法国作家勒白朗的《亚森罗苹案全集》推上了文坛，全集包括小说二十八种，其中长篇十种，短篇十八种，分订二十四册。周瘦鹃译了其中的大部分作品。全集由周瘦鹃、袁寒云、包天笑、程小青等六人作序，销路也很好。周瘦鹃在《序》中说：

> 亚森罗苹者，勒氏理想中之怪杰也；有时为巨盗、为巨窃；有时则又为侦探、为侠士。其出奇制胜，变幻不测，乃如神龙之夭矫半天也。吾人平昔读侦探小说，虽布局极曲折，而略加思索，便可知其结果为何；惟罗苹诸案，则多突兀出人意表，非至终卷，不能知其底蕴。其思想之窈曲幽微，几类出于神鬼。此亚森罗苹诸案之所以难能可贵也。①

由此可见，在周瘦鹃的翻译创作生涯中，书局对他的包装是不遗余力的，也使得他的写作生涯如鱼得水，并促进他不断地根据市场，顺应时代进行反思和创新，达到文学创作生涯的辉煌阶段。

6. 评论人

周瘦鹃的译作一直受到翻译界同仁的赞扬，范烟桥在《最近十五年之小说》里对他褒奖道："以前翻译域外小说，多数为长篇巨制，且亦仅以诸名家所作为限。民六周瘦鹃译欧美名家短篇小说为丛刊三册，于是域外小说之大概，与短篇小说之精义，国人稍稍注

---

① 周瘦鹃：《福尔摩斯新探案全集·序》，上海：大东书局，1925年。

意矣……"① 这对一个走上文坛不久初次出版个人译作的年轻作家来说是个极大的鼓舞，为其今后在翻译界大显身手开辟了道路。

尤其是鲁迅在 1917 年《教育公报》第 15 期上对《丛刊》的评价：

> 凡欧美四十七家著作，国别计十有四，其中意、西、瑞典、荷兰、塞尔维亚，在中国皆属创见，所选亦多佳作。又每一篇署著者名氏，并附小像略传。用心颇为恳挚，不仅志在娱悦俗人之耳目，足为近来译事之光。唯诸篇似因陆续登载杂志，故体例未能统一。命题造语，又系用本国成语，原本固未尝有此，未免不诚。书中所收，以英国小说为最多，唯短篇小说，在英文学中，原少佳制，古尔斯密及兰姆之文，系杂著性质，于小说为不类。欧陆著作，则大抵以不易入手，故尚未能为相当之绍介；又况以国分类，而诸国不以种族次第，亦为小失。然当此淫佚文字充塞坊肆时，得此一书，俾读者知所谓哀情惨情之外，尚有更纯洁之作，则固亦昏夜之微光，鸡群之鸣鹤矣。②

这段评论相当客观，且赞誉有加，指出此书为"纯洁之作"，"鸡群之鸣鹤"，并把这本书送往北京教育部审定登记，并颁布了奖状。周作人也提道："鲁迅对清末上海文坛上的一般作者，并不重视，只有一人却在例外，并且相当尊重，那就是周瘦鹃。"③

早期周瘦鹃的翻译作品大多以意译为主，这一翻译方式得到了陈蝶仙的认可。他在为《丛刊》写"序"时表扬了这种译风：

> 欧美文字，绝不同于中国，即其言语举动，亦都扞格不入，若使直译其文，以供社会，势必如释家经咒一般，读者几莫名

---

① 范烟桥：《最近十五年之小说》，芮和师、范伯群等：《鸳鸯蝴蝶派文学资料》，福州：福建人民出版社，1984 年，第 245 页。
② 鲁迅、周作人：《鲁迅、周作人对本书的评语》，周瘦鹃：《欧美名家短篇小说》，长沙：岳麓书社，1987 年。
③ 周作人：《鲁迅与清末文坛》，《文汇报》，1956 年 10 月 3 日。

其妙。等而上之，则或如耶稣基督之福音，其妙乃不可言。小说如此，果能合于社会心理否耶？要不待言矣……欧美小说，使无中国小说家为之翻译，则其小说亦必不传于中国，使译之者而为庸乎，则其小说虽传，亦必不受社会之欢迎。是故同一原本，而译笔不同；同一事实，而趣味不同，是盖全在译者之能参以己意，尽其能事……人但知翻译之小说，为欧美名家所著，而不知其全书中，除事实外，尽为中国小说家之文字也。①

这是一则比较典型的倡导意译的文字。但大概从1918年后，周瘦鹃在翻译时，直译的翻译策略逐渐占了上风。这也是由中国译界逐渐从早期的意译风格走向较为成熟的直译风格的影响所致。

胡适先生也对周瘦鹃的译作进行了肯定，在周瘦鹃对他们的一次会面的记述中可以看出胡适对周瘦鹃译作的鼓励和支持：

接着胡先生问我近来做甚么工作，我道："正在整理年来所译的短篇小说，除了莫泊桑已得四十篇外，其余各国的作品，共八十多篇，包括二十个国，预备凑成一百篇，汇为一编。"胡先生道："这样很好，功夫着实不小啊。"我道："将来汇成之后，还得请先生指教。"②

总的来看，周瘦鹃的译作得到了翻译界同仁的认可和支持，主要是他的译作不仅符合了时代的潮流特色，也在不断地反思中展现了超前的翻译理念，因此既得到传统翻译家的鼓励，又得到现代翻译家的认可，这使得他的译作被文艺界广泛接受。

（二）文化伦理

中国五千年的历史孕育了博大精深的中国文化，这些文化对传统知识分子的影响是深远的。作为吴地文人的一分子，又处在五四新旧交替的转折时代，周瘦鹃不可避免地受到这些文化伦理思想的

---

① 天虚我生：《欧美名家短篇小说丛刊·序》，长沙：岳麓书社，1987年。
② 周瘦鹃：《胡适之先生谈片》，《上海画报》，1928年10月27日第406期第2版。

冲击，形成了他自己的人文伦理思想。

1. 吴地文化的传承

周瘦鹃是苏州人，他所属的鸳鸯蝴蝶派的成员大多来自吴地，即太湖流域的苏州、无锡、常州等地区，悠久的文化历史使吴地为这个文学流派提供了丰富的文化资源。这些在吴地出生成长的作家办报纸、写小说的活动区域虽然主要在上海，与上海的文化有着密切的联系，但是他们是吴文化培育出来的群体，始终根植在吴文化的土壤之中，也始终保持着与吴文化的血缘关系。这个作家群体的形成是吴地教育发达、人文荟萃的文化传统的结晶，来之于深厚的吴文化渊源，体现了吴文化尚文重教的文化性格，因此，鸳鸯蝴蝶派就是吴地文学在新时期的延续。吴文化在历史的发展演绎过程中逐渐形成了自己独特的文化特征。

1.1 消闲文化

娱乐之功用在中国传统小说发轫之时就存在着，甚至是中国传统小说的发生动机。诗言志，文载道，而小说则是"街谈巷语道听途说者之所造也"。鸳蝴派小说从一开始就具有消闲功能的烙印，这源于其深厚的文化渊源，即深受宋元明清以来兴盛于吴地的话本、拟话本小说的影响，特别是直接受到冯梦龙所纂辑的话本之集大成"三言"的影响。冯梦龙是通俗文学的倡导者，将通俗文学定位于"民间性情之响"。他指出通俗小说能够满足任何百姓读者的需要。《警世通言》的序言写道："于是乎村夫稚子，里妇估儿，以甲是乙非为喜怒，以前因后果为劝惩，以道听途说为学问。而通俗演义一种，遂足以佐经书史传之穷。"《醒世恒言》的序言对"三言"的命名做了如下解释："明者，取其可以导愚也；通者，取其可以适俗也。恒则习之而不厌，传之而可久。"[1] 导愚、适俗、久传，这三者正是冯梦龙所倡导的通俗小说的理想宗旨。因此，冯梦龙把"三言"比作"僧家因果说法，度世之语"，比作"村醪市脯""所济者众"。

---

[1] 冯梦龙：《警世通言·序》，北京：华夏出版社，2008年。

如果我们把鸳蝴派的小说主张与冯梦龙的倡导者言相比较一下，就可以发现二者是多么相像。《游戏杂志》（1913年）序曰："故本杂志搜集众长，独标一格，冀藉淳于微讽，呼醒当世。顾此虽名属游戏，岂得以游戏目之哉。"①《消闲钟》（1914年）发刊词云："作者志在劝惩，请自伊始。诸君心存游戏，盍从吾游。"②《礼拜六》（1914年）出版赘言云："晴曦照窗，花香入座。一编在手，万虑都忘。劳瘁一周，安闲此日，不亦快哉。"③《小说新报》（1915年）发刊词云："纵豆棚瓜架，小儿女闲话之资；实警世觉民，有心人寄情之作也。"④ 有醒世与警世之志，劝惩与游戏并存，休闲与快感兼得，这就是将鸳蝴派作家集合在一起的共同旨趣。此宗旨来自冯梦龙"三言"一脉，是"三言"在吴地文人学子中留下的文化烙印。

在20世纪初，当工商业发达、都市兴起以后，鸳蝴派作为一个落魄于民间的文人群体，作为一个活跃于报界杂志界的自由撰稿人群体，继承了吴地隐逸文化的传统，就成为闲适文化的一种表征而崛起。正如郑逸梅所回忆的那样："大概自1914年起，在文坛上忽然掀起一股出版文化娱乐性质刊物的热潮，大有铺天盖地之势。内容形形色色，有图画、刺绣、烹饪、魔术、灯谜、游戏、日用小常识等。在小说方面也多以娱乐为主，如侦探、讽刺、言情、武侠等许多类别。这股热潮之所以形成，源于当时人们认为革命已经成功，可以大事娱乐一番了的心态。"⑤ 鸳蝴派就是闲适文化的产物，他们的作品也成为闲适文化的一个方面。

周瘦鹃也顺应时事，在《快活》杂志的祝词里，也表达了这种心态：

---

① 爱楼：《序》，《游戏杂志》，1913年11月30日第1期。
② 李定夷：《发刊词》，《消闲钟》，1914年5月第1集第1期。
③ 王钝根：《出版赘言》，《礼拜六》，1914年6月6日第1期。
④ 李定夷：《发刊词》，《小说新报》，1915年3月第1期。
⑤ 郑逸梅：《早年的文化娱乐刊物》，《文化娱乐》，1993年第6期。

> 现在的世界，不快活极了。上天下地充满着不快活的空气，简直没有一个快活的人。做专制国的大皇帝，总算快活了，然而小百姓要闹革命，仍是不快活。做天上的神仙，再快活没有了，然而新人物要破除迷信，也是不快活。至于做一个寻常的人，不用说是不快活的了。在这百不快活之中，我们就得感谢《快活》的主人，做出一本《快活》杂志来，给大家快活快活，忘却那许多不快活的事。①

1921年6月，他与赵苕狂合编《游戏世界》月刊。该杂志栏目繁多，除插图，计有特刊、专载、说苑、谈荟歌场、名著、趣海、谐林、艺府、余兴、杂俎、补白……从第16期起，添设问题小说、三分钟小说等。周瘦鹃撰《发刊词》揭示了对游戏的深层理解：

> 列位！我虽是个书贾，也是国民的一分子，自问也还有一点热心！当这个风雨如晦的时局，南北争战个不了，外债亦借个不了，什么叫做护法？什么叫做统一？什么叫做自治？名目固然是光明正大的，内中却黑暗得了不得。……我们无权无势，只好就本业上着想，从本业上做起：特地请了二三十位的时下名流，各尽所长的分撰起来，成了一本最浅最新的杂志，贡献社会，希望稍稍弥补社会的缺陷！这就是本杂志的宗旨。……但是这（游戏）两个字，我们中国一般咬文嚼字，脑筋内装满头巾气的老师、宿儒，向来把这两个字当作不正经代表的名词教诲子弟，当作洪水猛兽的警戒。……列位！须知道孔圣人所说的"游于艺"，就是三育中发挥智育的意思。诗人所说的"善戏谑兮"，就是古来所说"庄言难入，谐言易听"的意思，可见这两个字，真是最正经的。——我们这本杂志，就同人的知识，同人的经验，东掇西拾的杂凑起来，似乎尚在那"筚路褴褛""草昧开辟"的时代。——但是宗旨所在，就那智育上、体育上

---

① 周瘦鹃：《祝词》，《快活》（旬刊），1923年第1期。

能得稍稍有点儿发明,增进游戏的本能,为社会将来生活的准备,借此鸡口的"詹詹之言",唤醒那假惺惺的护法家、统一家、自治家,牛后的大吹特吹,这不是本杂志的"不鸣则已,一鸣惊人"么?①

"五四"新文学运动,吸取外国文学的营养,则完成了集言志、载道于一身的文学革命。在清末民初填补文学空白的鸳蝴派当然也受到小说革命的影响,甚至在与新文学角逐文坛以后也受到新文学的影响,顾及文学的社会功能,在20世纪30年代国难当头之时亦提出"文化救国"的口号,但依然以消遣性和传奇性作为招牌,另成一派,与新文学共存于文坛,拥有大量读者。

1.2 情文化

鸳蝴派深受汤显祖的"唯情"论、冯梦龙的"情教"观的影响。针对宋明理学的"性善情恶"论,汤显祖认为"人生而有情""世总为情""性无善无恶,情有之"②。在他看来,情就是志,情就是礼。情、志、礼是统一的,只要发乎性情,自然就止乎礼仪。他还将"情"看作超越时空的生命存在。情不仅是社会的存在,而且是自然的存在。"天机者,天性也;天性者,人心也。"③ 人情本于人心,人心根于天性,天性出于天机。因此,"人情"比程朱理学所推崇的"天理"有更根本、更重要、更广阔的价值,更具有哲学本体论的意义。汤显祖将"情"同艺术联系起来,他更感受到一切艺术创作都是"情"的活动,是"情"造就了文学艺术。戏曲直接向观众展示生活,更是情感的产物。他以"情"为核心的戏剧观,确立了"情"的崇高地位,这与传统的"文以载道"之说是大相径庭的。

冯梦龙和汤显祖一样都反对理学,不以理或太极为宇宙本原,在情与理的关系方面,不是尚理节情,而是以情为本,以情为尚,

---

① 周瘦鹃:《发刊词》,《游戏世界》,1921年第1期。
② 汤显祖:《汤显祖诗文集》,上海:上海古籍出版社,1979年,第1127页。
③ 汤显祖:《汤显祖诗文集》,上海:上海古籍出版社,1979年,第1207页。

他所谓的"性情",其实是人之真情,与汤显祖的"情"是完全一致的。他认为:"天地若无情,不生一切物,一切物无情,不能环相生,生生而不灭,由情不灭故,四大皆幻设,惟情不虚假。"① 冯梦龙认为"情"虽非世界本原,但是宇宙生成中的重要环节和决定性的因素,"万物生于情,死于情"②。

民国初年风气渐开,鸳鸯蝴蝶派也受到新思潮的影响,开始产生了恋爱自由的新意识。他们不满封建包办婚姻,而是欲与礼教抗争,但由于礼教空气过于浓厚,再加上他们个性气质的柔顺与温和,往往怯于行动,因而只能在作品中尽情宣泄其恋爱失败的悲伤与哀怨。在民国初年特定的时代氛围笼罩下,这些爱情梦幻纷纷涌现,才子佳人小说再次流行就不足为怪了。民初言情小说中的主人公虽然不再是状元或官宦人家的小姐,而只是普通书生或小家碧玉,没有职业和身份优势,但一定是"钟天地之灵秀而生"(《恨不相逢未嫁时》)。才子必貌美,长于诗文,富有文学情怀;佳人必气质娴雅,能诗善文,美丽多情。佳人与才子见面,颇具浪漫色彩。然而与明末清初才子佳人小说的"大团圆"结局不同,鸳鸯蝴蝶派哀情小说的结局总以悲剧收场。关于这一点,鲁迅在《上海文艺之一瞥》一文中谈到民初鸳鸯蝴蝶派作品时曾有描述:

"这时新的才子佳人小说便又流行起来,但佳人已是良家女子了,和才子相悦相恋,分拆不开,柳荫花下,像一对蝴蝶、一双鸳鸯一样,但有时因为严亲,或者因为薄命,也竟至于悲剧的结局,不再都成神仙了……"③

到了五四时期,悲剧意识进一步加强。首先,1917—1927年间正是中国社会和文化的转型期,社会背景十分复杂,内忧外患的状况令新一代的知识分子忧国忧民。留学海外的经历和知识分子的使

---

① 冯梦龙:《情史·序》,杭州:浙江古籍出版社,1983年。
② 冯梦龙:《情史·情通类·总评》,杭州:浙江古籍出版社,1983年。
③ 鲁迅:《上海文艺之一瞥》,《文艺新闻》,1931年7月27日及8月3日。

命感使他们开始反思和打破旧传统，重新估定一切价值，呼唤个性解放。引进外来文学、发动文学革命是他们实践人生理想和社会理想的方式。然而，改变积习已久的传统，唤醒沉睡的国民是一个步履艰辛的过程。知识分子进行文化革新、文学革命的艰难历程，他们以天下为己任的责任感带来的焦灼感以及不时产生的失望感和挫败感使得他们具有悲剧心理意识，五四知识分子的笔下时常透露出这种情绪。"郎损"（沈雁冰）调查了发表在1921年4、5、6三期《小说月报》的一百二十余篇创作小说，发现爱情小说占了大半，且结局以悲剧居多。其次，对西方"悲"的人生哲学和美学思想的引进为知识分子找到了思想的落脚点。鲁迅、王国维等都受到叔本华、尼采的影响。如叔本华认为世界上的万事万物都是"生命意志"的表象，生命意志的根本就在于追求和满足，追求和满足的过程必然会导致生活的痛苦。再次，晚清时期对西方悲剧作品的引进，已经开启了中国翻译和创作悲剧的源头。林纾所译《巴黎茶花女遗事》风行神州，"可怜一卷《茶花女》，断尽支那荡子肠"①。另有《黑奴吁天录》也表现了种族和民族悲剧，等等。

　　基于以上原因，新文学家们借助西方悲剧，变革传统文学中的大团圆模式，为现代文学输入一种新的审美观也就水到渠成。茅盾、郭沫若等剖析中国人心态和性格等方面的原因，追溯产生"团圆主义"的历史根源，对其进行无情的抨击和彻底否定。在文学翻译中，无论是小说还是戏剧，对悲剧的引进都是不遗余力。歌德的《少年维特之烦恼》、易卜生的《玩偶之家》等都是五四时期重量级的翻译作品，不但在读者中引起了强烈反响，而且对作家的创作实践起到了很大的启迪作用，产生了一大批优秀的悲剧作品，如《伤逝》《沉沦》等。

　　在这样的时代氛围中，鸳鸯蝴蝶派的言情小说整体呈现出一种特有的悲剧情怀，即其情调是凄婉的，其境界是凄清的，其结局是

---

① 王栻：《严复集》（二），北京：中华书局，1986年，第365页。

悲惨的。各种苦情、凄情、悲情、怨情、惨情、愁情、痴情、忏情、奇情、幻情小说上市,文坛一片哀哀戚戚之声。其中又以周瘦鹃最为著名,被封为"哀情巨子"。周瘦鹃在《说觚》中曾经说过:"予生而多感,好为哀情小说,笔到泪随,凄入心脾。"① 周瘦鹃的自我表白,代表着鸳蝴派很多作家的艺术感觉,而徐枕亚的言情小说《玉梨魂》也正是该派的开山之作。

1.3 雅文化

一般认为,雅文化属于上层文化和精英文化,在知识阶层和上层统治集团中流行。对于江南文化而言,由于其形成过程中有士人文化因子的注入,可以说江南文化在其形成之初就与精英文化密不可分,江南文化在整体上就是雅文化的代表。魏晋、六朝以后,江南文化从最初的原始、质朴、野性向尚雅求精的方向转变。无论在生活习俗,包括家居、饮食等,还是在戏曲、文学、园林艺术、建筑艺术、刺绣等诸多方面都充分体现出这种特点。江南人从普通平民到文人士大夫,在生活情调和欣赏趣味上多追求清雅境界。江南多种艺术形式也都不同程度地体现着江南人对"雅"的审美追求:如苏州昆曲的典雅之美和苏州园林的幽雅之美等。再者,对于江南文人而言,他们在博古、藏书、书画、清玩上都显示出博雅趣味,浸润着"雅"的神韵,透露出"雅"的风采。张岱年曾言:"吟诗作画、舞剑操琴、纹枰对弈,是风流名士的爱好,是雅文化的标志。"② 鸳蝴派作家都是美的信徒,生活都有追求雅致的倾向。他们中的大多数都秉承着传统读书人寄情花木,把玩金石、古诗词典籍等种种雅癖。他们在对各种美和雅的事物的欣赏、玩味和沉迷中,为自己营造了一种审美化、艺术化的人生。周瘦鹃一生以花木为良友,他认为"生平原多恨事,而这颗心寄托到了花花草草上,顿觉躁释矜

---

① 周瘦鹃:《说觚》,《小说丛谈》,上海:大东书局,1926年10月。
② 张岱年、程宜山:《中国文化与文化论争》,北京:中国人民大学出版社,1990年,第133页。

平，脱却了悲观的桎梏"①。周瘦鹃寄情花草的闲情雅致令郑逸梅赞赏不已，他认为周瘦鹃的高旷芳洁、超逸脱俗足以与沈三白相比："周子瘦鹃，今之沈三白也。"②郑逸梅、范烟桥及程小青也都迷恋花木。郑逸梅曾说："予为衣食谋，走尘抗俗，幽之不能，何韵之有，然视花苦命，闻有名种，则不惮舟车之劳，寒暑之酷，而以一领其色香为乐。"③范烟桥的居所花木扶疏，清雅宜人，程小青也在院中广植名花，四季如春。

除花木之外，鸳蝴派作家也喜欢集藏雅物，玩味典籍。郑逸梅就曾说：

> 我有集藏癖：一、名人尺牍，以清末民初为多，间有若干通是明末清初的，我兼收并蓄着，甚至时人的手札，也都搜罗，除掉钢笔写的不留。二、折扇，约一百柄，都是配着时人书画，装上扇骨的，每岁从用扇子起，至废扇止，每天换一柄，不致重复。三、册叶，有书有画，但书难请教，因此书多画少，书占十分之八，画占十分之二。其他如印章哟，名刺哟，古泉哟，稀币哟，我都贪多务得，实在生活太苦闷，无非借此排遣而已。④

程小青喜欢收藏名人字画，袁寒云对古币、古印和古玉的收藏到了痴迷的程度。周瘦鹃喜欢沉浸在典籍中，收集大量反映闲情逸致的词句，编为《清闲集》。他自言："踽踽软红十丈中，俗尘可扑，恨意马之不羁，苦心猿之难制，哭啼杂糅，歌哭无端，顾后瞻前，不知死所；无已，则唯沉浸于昔人典籍中，清其所清、闲其所闲、聊求心目之清闲而已。"⑤他曾花费三年的精力搜集嵌有"银屏"二

---

① 周瘦鹃：《我与中西莳花会》，《永安》，1940年12月1日第20期。
② 纸帐铜瓶室主人：《记香雪园》，《永安》，1942年6月1日第38期。
③ 郑逸梅：《记静思庐之昙花》，《永安》，1942年8月1日第40期。
④ 纸帐铜瓶室主人：《自说自话》，《永安》，1949年1月1日第116期。
⑤ 周瘦鹃：《嚼蕊吹香录》，《永安》，1940年10月1日第18期。

字的词，辑为《银屏词》，以寄托对前女友周吟萍的相思之情。他经常对着《银屏词》流连不已："花初月午，偶一讽诵，则复神往于红楼翠幕间，银屏银屏，赋我梦思已。"① 他收藏了大量的古花架、花盆。他记述道："上海的骨董②商人投其所好，也往往以古盆卖给日本人，可得善价。我以为这也是吾国国粹之一，自己要种花木，而没有一个好好的古盆，岂不可耻！所以在太平洋战争爆发以前的几年间，我专和日本人竞买，尽我力之所及，不肯退让。在广东路的两个骨董市场中，倒也薄负微名，我每到那里，他们就纷纷把古盆向我兜揽。一连几年，大大小小的买了不少，连同战前在苏州买到的，不下百数。就中有明代的铁砂盆，有清代萧昭明、杨彭年、陈文卿、陈用卿、爱闲老人、钱炳文、陈贯栗、陈文居、子林诸名家的作品，盆底都有他们的钤印，盆质紫砂、红砂、白砂，甚么都有，这就算是我的传家之宝了。"③

在文学方面，吴地文学也呈现出"清雅"的风格。在清修《四库全书》收录江苏省自晋至清代的重要诗文集208种，四库管臣给这些诗文集所下的风格评语中，出现频率最高的三个词依次为："雅"，44次；"清"，27次；"丽"，20次。④ 清末民初，骈文小说大行其道。刘师培在反对桐城派古文时指出：

> 近代文学之士，谓天下文章，莫大乎桐城，于方、姚之文，奉为文章之正轨；由斯而上，则以经为文，以子史为文。由斯以降，则枵腹蔑古之徒，亦得以文章自耀，而文章之真源失矣。惟歙县凌次仲先生，以《文选》为古文正的，与阮氏《文言说》相符。而近世以骈文名者，若北江、容甫，步趋齐梁；西堂、

---

① 周瘦鹃：《嚼蕊吹香录》，《永安》，1940年5月1日第13期。
② 今常写作"古董"。
③ 周瘦鹃：《杨彭年手制的花盆》，范伯群主编：《周瘦鹃文集·散文卷》，上海：文汇出版社，2011年，第177页。
④ 赵孝萱：《"鸳鸯蝴蝶派"新论》，兰州：兰州大学出版社，2004年，第228页。

其年，导源徐庾、即谷人、巽轩、稚威诸公，上者步武六朝，下者亦希踪四杰。文章正轨，赖此仅存。而无识者流，欲别骈文于古文之外，亦独何哉？①

骈文为文学正宗的观念使得骈文得到清末民初文人的大力推崇，并引领了民国初年以吴地文人为首的鸳鸯蝴蝶派小说的兴盛。"文言小说文体的辞赋化"堪称清末文言短篇小说的一种趋势。陈平原在对民初的骈文小说进行评价时，这样写道：

> 我还是将清末民初大批言情小说作为明末清初才子佳人小说的嫡传。相对简单的人物关系，不枝不蔓且近乎程式化的情节推进，单纯而强烈的情感体验，纯洁得有点天真的爱情观念（相对于所处时代），大众化的理想表述，雅驯的文字追求，再加上十万字左右的篇幅（太短难以展开悲欢离合，太长又嫌小说架构过于简单无法承载）和以少男少女为潜在的读者，徐枕亚们其实可作为古代中国才子佳人小说到当代中国言情小说（尤其是台湾和香港的若干畅销书作家）的过渡桥梁。②

可见，骈俪精美、声韵和谐的骈文是"雅"文学的体现，这种趋势反映在翻译小说上则是译者过分追求译笔雅驯，后文会进一步阐释。

2."士大夫"的使命感

贯穿中国近代文学、现代文学的主要思想力量，那股激荡澎湃的精神的大潮，是忧国忧民、民族救亡、民族振兴的精神，是具有现代意义的爱国主义、民主主义、人道主义的思想力量。充溢于文学中的这种崇高悲壮的民族精神，由现实激发的这种思想力量与文化精神，同中华民族的传统文化精神有血缘关系。这种具有现代意

---

① 刘师培：《文章源始》，《中国近代文学大系·文学理论集·1》，上海：上海出版社，1995年，第304页。
② 陈平原：《清末民初言情小说的类型特征》，《陈平原小说史论集》，石家庄：河北人民出版社，1997年，第1644页。

义的爱国主义、民主主义、人道主义，紧随传统文化精神，尤其是儒家文化中的民本思想、人文主义，"以天下为己任""天下兴亡，匹夫有责"的伦理精神，与之有着血脉传承的因缘。

儒家文化对理想的人格道德的设计，成为中国历代知识分子群体认同与不断汲取的精神力量。这种精神力量指导、制约与支撑了中国历代志士仁人，使他们不管经受怎样的艰难困顿、颠沛流离、生死存亡，始终以社稷百姓为重、爱国爱民、忧国忧民，"天下兴亡，匹夫有责"，奔走呼号，身体力行，悲壮献身，强有力地提高了中华民族的生存能力。它还养育了中国现代知识分子以民族兴亡、民生疾苦为己任的现代忧患意识与爱国主义。以振兴中华为宏伟志愿的中国现代知识分子群体的心灵深处，回响的正是"天下兴亡，匹夫有责"这一类古老文化的名言。很少有一个国家的知识分子群体，与国家兴亡、民生疾苦如此胶着为一体；也很少有一个民族的现代文学有如中国现代文学，同民族存亡、社会政治如此难舍难分，结下不解之缘。创作主体的群体心态决定了中国现代文学的思想基调。①

对于近代知识分子来说，"救亡意识"主要来自他们的"忧患意识"。知识分子认为，西方列强的瓜分不仅造成土地的瓜分，而且造成中国文化在西方强势文化面前开始逐渐崩溃，传统的道德与价值系统面临严重危机、发生动摇的局面。所以，有先进思想的文人们认为必须对中国传统文化进行适度的调整与改造，来构建一种能够应对西方文化挑战的新的文化价值。那么，就当时中国知识分子的认识来看，在西学逐渐盛行的背景下，如何对传统观念与价值进行变革，是摆在面前十分迫切的任务。特别是到了19世纪末20世纪初，知识分子越来越相信中国仅靠"洋务"上的物质改造是无法摆脱西方的控制的，重要的是要在思想上对中国人进行启蒙，使中国人完成由"旧

---

① 范伯群、朱栋霖：《1898—1949 中外文学比较史》，南京：江苏教育出版社，2007年，第60页。

民"到"新民"的转变。旧文学毫无疑问是不适应新的要求的，那么引进外国文学就成了改造国民的一条重要出路，于是翻译外国小说就成了近代知识分子走上救亡之路的一条重要途径。爱国小说的翻译也就成了翻译家们的关注重点。施冰厚在《爱国小说的借镜》一文中指出：

> 西方一国家有大难当前之日，必有若干激励爱国之文学出现。初不必作者有意"以文载道"，而其作品自收奋感人心之功。盖文学为时代之反映，情感之产儿。情动于中，遂形于言。真正伟大之作家，必不漠然于其"周围"，而能呼吸感觉其时代之空气，喷发而出之。每能惊天地泣鬼神，永垂不朽于世界焉……足以激励爱国之小说，其艺术有正反二面。或写亡国惨痛，读之触目惊心，令人愤慨，或写爱国事迹，可以感奋。然无论如何，欲创造深刻之印象，固不能仅以此单纯之观念，就事实陈铺之即已。必有内容，有深度，始可言"动人"。①

虽然，施冰厚通过西方文学指出爱国小说的重要性，然而接纳与同化西方民主主义、人道主义、个性主义观念的文化基础，正是传统的精神力量。中国传统文化中的民本思想与人文主义，已经汇成一股潮流，一直贯通到中国近现代文学的发展中，后者所实践的民主主义与人道主义，是对传统的扬弃、传承与发展。

3. 传统文化的现代转型

近百年来中国翻译伦理研究或者更确切地说译者道德研究所表现出的以上特征，是对中国知识分子曾产生巨大影响甚至仍在发挥作用的个体心性儒学在翻译伦理研究中的投射。在中国传统伦理思想中占据主干地位的儒家伦理思想一直凸显以下两大主题："以仁为核心的道德理想主义的个体心性儒学"和"以礼为核心的伦理中

---

① 施冰厚：《爱国小说的借镜》，芮和师、范伯群等：《鸳鸯蝴蝶派文学资料》，福州：福建人民出版社，1984年，第98页。

主义的社会政治儒学"。前者非常强调道德教育和道德修养，后者则将一切社会政治要素化约为伦理问题。①

在对传统文化观念的开掘与转化中，鸳蝴派作家形成了区别于五四文学吸收外来文化资源实现现代转型的另一种潜在传统。这一时期他们对西方文化价值观念的幻灭与对本土文化的认同，首先与当时的社会政治背景密切相关。众多鸳蝴派作家都是政治活动的积极关注者，甚至是参与者，但是民国的建立及沉沦的社会现实却让他们普遍感到失望，他们普遍地对西方民主、自由价值理念产生了幻灭感。

其次，外来文化观念的冲击与动荡不稳的国家现实，使以儒学为核心的旧道德呈现崩溃之势，整个社会没有了固定的标准，人们的价值观念呈现失衡状态。总之，民国名存实亡的残酷现实、理想图景的幻灭以及社会道德的沦丧，使一代知识分子，包括鸳蝴派作家在内，普遍地对西方民主共和思想感到失望，甚至有人还全盘否定了整个西方文化系统，这种情绪在1914年第一次世界大战之后变得更为显著，由此以"发明国学，保存国粹"为宗旨的国粹主义思潮大行其道。不少南社成员都直接参与了国粹主义代表刊物《国粹学报》的创办，而鸳蝴派作家又几乎都是南社成员。他们宣扬复古主义思潮，通过鸳蝴派小说的文本叙事，极力彰显坚守本土文化的姿态，在思想上表现出挽救民心的欲望。这是基于对中国现状的反思与回应，最终指向的是民族与国家的复兴，因此，这仍是服膺于晚清以来文学发展的重要命题，即思想启蒙与民族国家认同，但如果脱离了时代文化背景与文人心态，就只能简单地将鸳蝴派的回归传统解读为旧派文人的食古不化。应当注意，作为一种复古主义思潮，它并不是食古不化，单纯地将传统主义思想定于一尊，而是认为在西方文明大量输入之时，不能弃国粹而偏重欧化。

---

① 王大智：《翻译与翻译伦理——基于中国传统翻译伦理思想的思考》，北京：北京大学出版社，2012年，第12页。

鸳蝴派作家在小说创作中呈现出对传统道德的回归与认同，这与20世纪初的复古主义思潮相契合，同时也构成了整个时代知识分子对文化现状思考的一部分。他们认为西方启蒙主义价值观念，起码在目前的社会、文化、国民人格现状下，不能将中国带入一种稳定、有序的现代社会，于是在对传统文化及伦理道德观念的开掘与改良中，他们为转型社会开出了药方。在对儒家传统"礼"的观念的坚守方面，清末民初的鸳鸯蝴蝶派作家以文学史所冠名的娱乐、游戏、消遣的文学形态，呈现出对转型社会价值规范的期望以及重建的理想，而小说中女性形象的建构以及"情"与"礼"冲突模式的设置，表现出对传统伦理道德的认同。

首先，鸳蝴派作家在对传统文化的开掘中，看中"礼"的本义，即实现一种和谐的、规范的人际关系。包括鸳蝴派作家在内的一代知识分子普遍认为，西方文化价值观念在转型期的中国不但没能建立起一套完善的社会、文化秩序，反而让整个社会的文化信仰瞬时颠覆，在社会急需一套价值规范时，他们借重传统文化中的伦理道德，然而"伦理本身是一个抽象的概念，它必须通过具体的道德规范，如忠、孝、节、义，才能起到调剂人际关系的作用"[①]，于是他们继承、发展了"孝""节"等具体的人伦道德规范，并将"孝"放置在首位，作为在西方启蒙主义思潮冲击下的社会秩序与信仰重建的依据。但在秩序的重建过程中，鸳蝴派从最基本的家庭人伦关系着手，以此作为最终实现整个国家、社会有序状态的基础。所以在他们的作品中，作为理想妻子的标准，首要的便是要行"孝"道；维系父母儿女之间的人伦关系的也是"孝"，并非西方的"平权"。由此可见，对于以家庭人伦秩序为本、基于人性情感的"孝"，鸳蝴派作家认为不但不是社会转型的阻力，反而应当是现代社会所必需的，他们也认为处于危机中的社会需要依靠这种人伦秩序得以恢复发展。

---

① 宋克夫：《论章回小说中的人格悲剧》，《文艺研究》，2002年第6期。

同样，作为鸳蝴派小说模式之一的"情"与"礼"的冲突，他们常常将其置换为人性与"父母之命"的冲突，其实"情"与"礼"的冲突模式与最终以"礼"胜"情"的结局，并不能简单地归结为是对人性的压抑，这并不符合鸳蝴派作家的本意。实际上，这种冲突更应当解读为张扬个性自由的西方启蒙主义价值理念与传统文化的"孝"之间的对决，鸳蝴派作家更多地是将这种"情"的张扬，作为一种受西方价值观影响的文化符号进行标识，所以他们在小说中一再批评这种观念误人，李定夷更是在《霣玉怨》之后，写了《伉俪福》《双缢记》等小说来制约前者中充盈的自由观念。

应当注意，鸳蝴派对传统文化的指认，并非一种简单的依附，他们也做了新的开掘，如对"节"的思想，他们强调的是其作为一种规范和协调人与人之间的秩序存在，而不是对人性的压制。周瘦鹃在《十年守寡》一文中，对小说中王夫人的"失节"表示了充分的同情，"王夫人的罪，是旧社会喜欢管闲事的罪，是格言'一女不事二夫'的罪"[①]，痛斥了封建社会对人性的压抑。在《娶寡妇为妻的大人物》中，他写道："娶寡妇为妻，在我们中国是一件忌讳的事，而在欧美各国，却稀松平常，不足为奇。不要说是普通的人，便是他们历史上的大人物，也不少娶寡妇为妻的。"[②]他列举了美国国父华盛顿、法国怪杰拿破仑、英国海军第一伟人奈尔逊和美国前总统威尔逊等多人，他们都是娶寡妇为妻，这"既无损于本人的名誉，也无碍于本人的事业。我国只为人人脑筋中有了不可娶寡妇的成见，而寡妇也抱了不可再醮的宗旨，才使许多'可以再嫁'的寡妇都成了废物……与其如此，那何妨正大光明的再醮呢？然而要寡妇再醮，那么非提倡男子娶寡妇为妻不可。"[③]

由此看来，他们反对的并不是人性本身，而是在西方自由文化理

[①] 周瘦鹃：《十年守寡》，《礼拜六》，1912年6月4日第112期。
[②] 周瘦鹃：《娶寡妇为妻的大人物》，《上海画报》，1926年5月10日第109期第2版。
[③] 周瘦鹃：《娶寡妇为妻的大人物》，《上海画报》，1926年5月10日第109期第2版。

念影响下不加限制的个性自由的观念。总之，鸳蝴派作家并非一味坚守传统，他们对传统采取拾遗补阙的态度，并对儒家价值体系中某些弊端和过分之处予以去除，以此作为现代社会转型必需的价值规范。

在中国现代文学史上，以鸳蝴派作家为代表的开掘传统文化资源、实现传统的非对抗性转化的文化发展路径一直是作为潜流存在的，它同样也是一种与历史同构的方式，只不过其同构的价值维度与启蒙文学不同而已。尽管其创作不脱娱乐、休闲的本色，并因处在过渡时期，不可避免地将传统中的某些糟粕也保留了下来，但他们却以自身独特的方式作出对社会文化转型的思考，所以还是可以认为鸳鸯蝴蝶派在民族文化传统的基础上呈现出一种现代性追求。①

4. 审美主体化

"五四"新文化运动的伟大成就就是对"人"的发现，它热情呼唤人的觉醒、个性的发掘。自古以来，中国的普通民众受教育的机会很少，因而传统文学掌握在统治者和知识分子手中，作品很少涉及普通民众的悲欢离合。外来文学和思想观念的引进使中国传统文学长久以来固守的模式得到改变，个性觉醒要求文学把"人"自身作为审视的对象并挖掘其内心世界。五四时期作家的审美主体和审美对象朝向平民化方向发展。不管是翻译还是创作都不再是"英雄豪杰的事业，才子佳人的幸福，因为英雄豪杰、才子佳人，是世上不常见的人。普通男女是大多数，我们也便是其中的一人，所以其事更为普遍，也更为切己。我们不必讲偏重一面的畸形道德，只应讲人间交互实行的道德。因为真的道德，一定普遍，决不偏枯"②。

鲁迅在1907年所著的《文化偏至论》中，就介绍了许多外国作家和哲学家的思想。他尤其推崇尼采的超人意志，崇尚主体精神，突出主体个性。鲁迅认为发扬主体个性对于国家的凝聚力十分重要，"个性张，

---

① 鲁毅:《论清末民初鸳鸯蝴蝶派作家的文化选择》,《船山学刊》, 2011年第3期。
② 周作人:《平民文学》,《中国新文学大系·建设理论集》(影印本), 上海: 上海文艺出版社, 2003年, 第211页。

沙聚之邦，由是转为人国"，国家强盛"其首在立人，人立而后凡事举；若其道术，乃必尊个性而张精神"。① 周作人于1918年发表《人的文学》，标示出新旧文学的区别。1919年又提出"平民文学"的主张，强调文学是人性的、人类的，对文学革命起到了极大的推动作用。对人或主体问题的关注，是现代美学的基本理论倾向，也是浪漫主义美学的基本特征。

外国文学的引进促进了审美视角的转换，审美视角的转换又促进了中外文学的融合和交流。五四时期对浪漫主义文学的引进可以说是不遗余力，拜伦、雪莱、歌德等作家及其作品深受中国译者的欢迎，译作在五四青年中广为流传。这无疑增强了译者的信心，鼓舞了他们翻译和创作的热情。从郭沫若的诗歌中，我们常常可以看到雪莱、歌德和惠特曼的影子。郁达夫说："现代的中国小说，已经接上了欧洲各国的小说系统，而成为世界文学的一条枝干。"② 审美视角转变的内在动因就是五四个性精神的觉醒和对人的发现，他们认为真正的艺术作品，"唯一不可缺的就是个性——艺术的结晶，便是主观——个性的情感"③。五四时期文学语言、形式的变革，思想内容的人性化发展，对外来文学的积极译介都为审美主体普遍化奠定了坚实的基础，为文学翻译、文学创作拓展了广阔天地。

（三）翻译界状况

1905年到五四前后，近代翻译文学一直保持了兴盛。这种兴盛，有前面提到过的政治、思想文化方面的原因，也有受西方小说别具魅力的文学因素刺激的原因。

1. 翻译理论

晚清译者在言说与实践方面的矛盾，与那个时代的译者缺乏理

---

① 鲁迅：《文化偏至论》，《鲁迅全集》（第1卷），北京：人民文学出版社，1973年，第54页。
② 郁达夫：《现代小说所经过的路程》，《郁达夫文集》（第6卷），广州：花城出版社，1983年，第106页。
③ 冰心：《从"五四"到"四五"》，《文艺研究》，1979年5月15日创刊号。

论自觉不无关系。他们对翻译理论的认识尚停留在感性阶段,并没有要发展翻译理论来宏观控制、微观指导翻译实践的意识和欲求。他们对翻译应该忠实原文的认知可以说是出于译者的本能,但这难以抗拒特定的翻译目的、本土传统文化实例和伦理观念等因素对外来新生事物的排斥力,因而他们在言说与实践层面存在矛盾;另一方面,晚清译者并没有认识到或并不承认他们在言说与实践层面的矛盾。后世对晚清翻译中的增删改译甚是不满,但当时的译者对自己的翻译却是充满信心,"连表面的谦虚都难得一见"①。晚清译者对翻译理论和翻译实践的探索应该是继承和发展了佛经翻译理论。就翻译实践来说,晚清是一个繁荣时期,而就翻译理论来说,晚清却处于初级阶段。文学翻译活动在晚清尚属新鲜事物,对它的研究尚停留在与翻译实践紧密相连的层面,缺乏理论的梳理、总结与升华,更谈不上什么理论建设。晚清对后世影响最大的翻译理论当属严复所出、高度概括的"信达雅"说。耐人寻味的是,令后人瞩目的"信达雅"说在晚清译者中并没有引起太多反响,应用者更是寥寥。"信达雅"的提出与失落并不是偶然的,胡翠娥博士将其归纳为三点:信达雅是思想革命的副产品,无论是译者还是读者,其关注的焦点是能否通过翻译救国保种,而非什么翻译方法策略;翻译活动首先是在文化领域受到欢迎或抵制,对于语言转化层面相关理论的关注在晚清时期尚未提上日程;"信达雅"说是严复基于个人经验的感受归纳,并非为同代人或后代人制定的标准。②

"信达雅"失落的各种原因,反映的不仅仅是"信达雅"说的个别现象,而是一个时代翻译发展的大致趋势、理论发展的主要走向。严复的"信达雅"说产生于晚清,但对晚清文学翻译并未起到什么实质性作用,这也从侧面体现了晚清翻译理论发展的不充分。

到了五四时期,这一状况得到改善。在这期间,译者的理论自

---

① 胡翠娥:《文化翻译与文化参与》,南开大学 2003 届博士学位论文。
② 胡翠娥:《文化翻译与文化参与》,南开大学 2003 届博士学位论文。

觉不断加强，以往的翻译理论不断得到认可和完善，新的翻译理论层出不穷，出现了"百花齐放，百家争鸣"的局面。其中主要有鲁迅的"宁信而不顺"的翻译思想，周作人的"直译"观，赵景深的"宁错而务顺，毋拗而仅信"的翻译主张，陈西滢的"神韵"观，瞿秋白的"信顺统一"的思想，郭沫若的"风韵译"思想。这种现象和局面促进了翻译文体的彻底变革，从而推动了传统翻译思想的重大转变。

2. 翻译方法

晚清的翻译方法包括"豪杰译"（梁启超和后世的研究者称之为"意译"）和"直译"，两种翻译方法共同存在于晚清的翻译实践之中，但以前者为主。"豪杰译"法主要表现为：

其一，对原作体例的改变，如将原文改为中国的章回体，文中夹杂"且说""且听下回分解"之类的中国传统的说书用语。这吻合了中国的文学传统，也迎合了读者的阅读习惯。

其二，对原文中的心理描写、景物描写等看似无用的段落加以删节；对那些与中国传统思想不吻合的情节加以修改，随意添加译者自认为必要的情节；译文中夹杂作者的评论与解释，对外国的思想、人物、事物等采用中国的思想、人物、事物等加以比附。

其三，译文的风格与原作不相吻合，误译、译述、随意翻译较多。中国当时被迫打开国门，对外来语言的熟稔程度不高，外语人才缺乏，译文质量自然也就受到影响。陈平原教授认为"那一代翻译家的外语水平堪忧，即使是翻译名家之中，梁启超、包天笑的日语水平也不甚高明，尤其是当他们刚开始发表译作的时候。梁启超是边学日语边译日本小说《佳人奇遇》，包天笑则跟人合译完《迦因小传》后才重新开始学日语。林纾曾坦诚自言，翻译'其间疵谬百出。乃蒙海内名公，不鄙秽其径率而收之，此予之大幸也'"[①]。对于百出的"疵谬"，林纾一方面归咎于与其对译者，"鄙人不审西文，

[①] 陈平原：《二十世纪中国小说史》，北京：北京大学出版社，1989年，第34页。

但能笔述；即有讹错，均出不知"，另一方面又主动承担责任："纾本不能西文，均取朋友所口述者而译，此海内所知。"此言道出了"对译"中的许多弊病，口述者西文水平并不能保证，笔述者不能直接接触原文，并追求速度，其间没有不"疵谬百出"的道理。

其四，追求译笔优美雅驯。这是译者的主要追求，也是评者评价译文的主要指标。对译文的批评词汇主要集中在"译笔"，也即"文笔"上，诸如"译笔之佳，亦推周子为首""译笔雅驯""译笔雅饬""原著固佳，译笔亦妙"等，所以对译作的品评就如同对著作的品评，评者关注的是译者的文字修养，而不是翻译能力。

"豪杰译"的盛行未能阻挡"直译"现象的发生，尽管当时的"直译"较为稚嫩。这一方面归因于一部分译者对外语的熟稔程度不够，初学者在翻译中经常会字字对译，这样产生的译文当然就"味同嚼蜡""如释家经咒"，令"读者几莫名其妙"。另一方面，一些严肃的、先觉的译者本着对原作和读者负责的态度，旨在学习外来文学表现技巧，则坚持直译，但坚持直译的译者对直译产生的译文也并不满意，鲁迅就描述自己早期的直译作品"佶屈聱牙"。无论是哪一种直译，与译笔雅饬、中国味十足的"豪杰译"相比，都难以在清末民初获得良好声名。它常常和"率尔操觚""无从索解"等词语联系在一起，成为"意译""译意不译词""豪杰译"等的对立面。晚清译作中直译具体表现在翻译中的欧化现象，如外来名词、标点、零星的叙事方式的端倪等。

3. 翻译语言与形式

3.1 文言与白话的交融与过渡

清朝末年，出于变法维新、开启民智的需要，一些有识之士就开始提倡白话文。谭嗣同、夏曾佑、黄遵宪、梁启超等人倡导"诗界革命"。在此过程中，黄遵宪提出"我手写我口"，主张言文一致，摆脱旧诗格律和旧的书面语言的约束，创造一种"适用于今，通行于俗"的新文体，"欲令天下之农工商贾妇女幼稚，皆能通文字之用"①。梁启超致力于"新文体"的推行，主张宣传改良思想且"平易畅达"的新休散文，并认为"今宜专用俚语，广著群书"②。《无锡白话报》主编裘廷梁发表《论白话为维新之本》，明确提出"崇白话而废文言"。近代教育家陈荣衮发表《论报章宜改用浅说》，主张报纸应改用白话文。除《无锡白话报》外，还有《演义白话报》《绍兴白话报》《女学报》《寓言报》《大公报》等也刊登白话作品，另有白话刊物《海上奇书》等。③ 在提出"诗界革命"后不久，梁启超又发动了"小说界革命"，倡导"欲新一国之民，不可不先新一国之小说"，小说成为改良派知识分子宣传新思想的工具，地位不断攀升。外国小说的翻译也因而出现了热潮，"政治小说""侦探小说""科学小说"等新的小说类型也应运而生。一贯被看作"小道"的小说面临着光明坦途，被拥为正统的中国传统诗歌体例则面临着改革。适值被贬为"引车卖浆之徒所操之语"的白话文与文学翻译的结合成为可能，翻译语言出现了过渡时期交融混杂的特征。文言与白话的交融，有以下几个特征：

第一，严格的文言翻译，以严复为代表。他以翻译社会学著作为主，原著说理深奥。为了传播西学，他又预设多读古书的士大夫为主要读者群，因而译文"太务渊雅，刻意模仿先秦文体，非多读古书之人，一翻殆难索解"④，这已经成为公论。

第二，通俗的文言翻译，以林纾的翻译为代表。虽然林纾与严复的翻译常常相提并论，但事实上，林纾的翻译语言是"较通俗、较随便、富于弹性的文言"。古文中严格禁止的"佻巧语"如"梁上君子""五朵云""夜度娘"等，口头语如"小宝贝""爸爸"等，都

---

① 黄遵宪：《日本国志·学术志（二）》，上海：上海古籍出版社，2001年，第347页。
② 梁启超：《变法通议·论幼学》，陈平原、夏晓虹：《二十世纪中国小说理论资料》（第一卷）（1897—1916），北京：北京大学出版社，1989年，第13页。
③ 王艾宇：《白话文创建之功属于谁》，《中国青年报》，2003年8月26日。
④ 梁启超：《评介新著：原富》，《新民丛报》，1902年第1号。

出现在林纾的翻译中。其中还包括"东人新名词"如"脑球""团体""个人",音译名词如"安琪儿""密司脱"等。[①] 严复与林纾都用文言翻译,尽管他们遵守古文清规戒律的程度不同,但还是有一些共同的原因。客观上,严复与林纾的个人学养决定了他们的翻译不可能一下转向白话;主观上,他们也难以接受让"引车卖浆之徒所操之语"登上书面语的大雅之堂;心理上,严复是西学出身,几次科举未中,没有功名,而林纾也只是个举人,他们被排斥在正统士人之外。因而在译书中采用文言,也是一种心理的补偿。

第三,文白夹杂的翻译,这类翻译在晚清很常见。对晚清期刊登载的翻译小说进行统计的结果是,文言小说和白话小说不但数量上不相上下,且文言小说亦是"文白参半"。[②] 提倡白话的梁启超在翻译《十五小豪杰》时,"原拟依《水浒》《红楼》等书体裁,纯用俗话。但翻译之时,甚为困难。参用文言,劳半功倍"[③]。这种状况,绝非偶然。鲁迅在翻译《月界旅行》时原本也计划"纯用俗语",但实际操作中"甚为困难",行文"复嫌冗繁",因而不得不"参用文言"。

第四,白话文翻译,以伍光建等为代表。茅盾评述伍光建的白话译文:"既不同于中国旧小说……的文字,也不同于'五四'时期新文学的白话文,它别创一格,朴素而又风趣。"[④] 伍光建的译文,今天的读者读来仍是兴致盎然,不存在语言上的障碍。到了五四时期,随着白话文运动的深入发展,翻译文本基本上完全采用了白话文进行翻译。

[①] 钱钟书:《林纾的翻译》,《翻译研究论文集》(下),北京:外语教学与研究出版社,1984年,第279—280页。
[②] 胡翠娥:《文学翻译与文化参与》,南开大学2003届博士学位论文。
[③] 梁启超:《〈十五小豪杰〉译后语》,罗新璋、陈应年:《翻译论集》,北京:商务印书馆,1984年,第131页。
[④] 韩忠良:《2003年网络写作——21世纪中国文学大系》,沈阳:春风文艺出版社,2004年,第304页。

3.2 西译中述、对译与独立翻译

"西译中述"是"将所欲译者，西人先熟览胸中而书理已明，则与华士同译，乃以西书之义，逐句读成华语，华士以笔述之。若有难言处，则与华士斟酌何法可明；若华士有不明处，则讲明之。译后，华士将初稿改正润色，令合于中国文法"①。这种形式至少在1895年之前曾经占据一定的翻译地位，并在克服跨越文化障碍方面起到了积极作用。"对译"的方法在晚清很常见，"对译"的模式与"西译中述"类似，但其述与译的工作都由中国人担任，最明显的例子就是林纾的翻译。林纾曾自言："予不审西文，其勉强厕身于译界者，恃二三君子，为余口述其词，余耳受而手追之，声已笔止，日区四小时，得文字六千言。"② 当然，对译的例子未必个个像林纾这样典型，但一方译意、一方润色的情况很普遍，对译形式竟有十一种之多。③ 尽管如此，独立翻译还是占据晚清文学翻译的主流，这与西式的学堂教育和留学生的增多不无关系。

4. 译本选择

从晚清到五四，译本选择发生了很大的变化。就国别来说，晚清主要选择英国、美国、法国、日本、俄国等国的作品。就题材来说，言情小说、侦探小说、政治小说和科幻小说普遍受到晚清译者和读者的欢迎。就作家来说，晚清译者青睐的是柯南·道尔、哈葛德、凡尔纳、大仲马和押川春浪等。就篇幅来说，晚清作家主要翻译长篇小说，这主要是因为当时的译者和读者更注重小说的内容和情节。

到了五四时期，文学和文学翻译在晚清表现出的工具理性并没有因为新文化运动而有所改变。新文化倡导者们反对"文以载道"，

---

① 郭延礼：《中国近代文学翻译理论初探》，《文史哲》，1996年第2期。
② 林纾：《译〈孝女耐儿传〉序》，罗新璋、陈应年：《翻译论集》，北京：商务出版社，1984年，第177页。
③ 胡翠娥：《文学翻译与文化参与》，南开大学2003届博士学位论文。

但并不是要戒除文学及文学翻译的社会功用，而是反对"道"的具体内容，即儒家所言之道。因而他们倡导的新文学同样是"载道"的文学，只不过"道"的内容发生了改变。新文学所载之道就是民主和科学观念，自由平等思想。他们提出"人的文学""大众文学"，运用新文学更行之有效地向大众宣传启蒙思想，同时也真正实现了对文学自身的"启蒙"。五四时期正因为"启蒙的文学"和"文学的启蒙"的互动，才建构起具有真正现代意义的启蒙文学。

这个时期译者对译本的选择从各个层面都发生了变化。俄国文学作品的翻译数量一路攀升，遥遥领先于其他国家的文学作品。法国、德国、英国、印度、日本的文学作品也深受读者欢迎。弱小民族文学得到了译者的足够重视，但其数量远远小于俄、法、德、英等国家的。就作家而言，托尔斯泰、莫泊桑、屠格涅夫、契诃夫、泰戈尔等深受欢迎。就题材而言，五四译者选择的主要是严肃的社会小说，包括批判现实主义的和浪漫主义的小说。翻译作品体裁进一步完备了，除小说、诗歌、童话、散文外，又增添了戏剧。整体而言，这个时期翻译文学作品质量得以显著提高。随着翻译者本身素质的提升，有更多通晓外文的翻译家加入了翻译队伍。正因他们有着比前期翻译家更占优势的语言和文学基础，才有了对原著更高层次的选择，有了对翻译文学要传达出原著风格、韵味的认识。

本章小结

翻译适应选择论认为翻译是译者适应翻译生态环境的选择活动，是译者适应原文、原语和译语所呈现的世界，即语言、交际、文化、社会，以及作者、读者、委托人等相互关联的整体，而翻译原则和方法又是多维度适应于翻译生态环境和进行三维转换（即语言维、文化维和交际维）的结果。解析周瘦鹃所处的翻译生态系统，可以看到其生活的时代是一个动荡、多变和复杂的时代，各个层面都会影响和制约周瘦鹃的译作选择和翻译策略。

第二章 周瘦鹃译作题材的适应性选择

周瘦鹃的译作大多是短篇小说,题材涉及范围广泛,包括言情小说、侦探小说、伦理小说、爱国军事小说、秘史轶事小说、弱小民族文学、影戏小说、社会问题小说等。本章试着以翻译适应选择论对周瘦鹃翻译作品的题材进行分析,探讨影响其译作选择的因素。

第一节　早期的题材选择

一、短篇小说翻译

搜集到的资料显示,周瘦鹃的译作选择首先倾向于欧美或其他国家的短篇小说英译本。选择短篇小说作为翻译对象是当时翻译界的一大风尚,因为当时的作家主要向报纸或杂志投稿,受刊物特点的影响,长篇小说不大受欢迎。作为编辑的包天笑曾在《编辑小说杂志》中指出:

> 在五六万字以内的中篇,便是一次登完。十万字以外的算是长篇,也必在两期内登完,太长者我们便不太欢迎了,那只可以在日报上连载较为合宜。读小说如听说书一般,要继续读下去,方有兴味,那种季刊要三个月出一期,人家把三个月前读过的,早已忘怀了。①

中国短篇小说的体例形成是在民初通俗小说作家手中实现的。短篇小说写作传统的建立并不是出于这些通俗小说作家对之有特别的认识,而是由报刊的要求所决定的——报刊篇幅有限,而且是分期发行。报刊的这种特殊性使得惯于长篇制作的中国作家很不适应。开始时,以报刊篇幅的大小决定长篇小说的中断处(如《新小说》),然而这种方法实施不久就显示出其弊端性:就读者而言,他

---

① 包天笑:《钏影楼回忆录·编辑小说杂志》,北京:中国大百科全书出版社,2009年,第376页。

们不愿意看这种断断续续的小说，有时还会前后衔接不上；就作者来说，他的创作热情不能得到维系，在创作过程中往往因为报刊停刊的客观因素或创作热情转移的主观因素而使作品半途而废，这是当时很多作品成为半成品的原因；就书商而言，他更不愿因为作品的中断影响稳定的读者群。基于以上因素，《小说时报》在1909年时，就宣布每部小说一次刊完。然而寻找完成的优秀长篇小说并不是件容易的事情，很多作家都身兼数职，同时为几个报刊写作，很难枯坐数月潜心创作。在这样的情况下，短篇小说也就成为报章小说的最佳选择。这种变化可以从当时期刊刊载短篇小说的数量上看出，最早标明"短篇小说"的刊物是《月月小说》（1906），仅是每期刊载一篇短篇小说。到了《小说月报》（1910）和《小说画报》（1917）时，每期均有四至六篇短篇小说刊出，长篇小说已退居其后了。到了1920年，《小说月报》就明确宣布"惟以短篇为限，长篇不收"①。短篇小说被视为新时代期刊的"新宠"，成为反映社会生活"最经济的手段"，重要的原因是报刊这种特殊发行物"逼迫"的结果。②

另外周瘦鹃曾指出自己的个性也是影响他译作选择的因素之一。他说："因为我生性太急，不耐烦翻译一二十万字的长篇巨著，所以专事搜罗短小精悍的作品，翻译起来，觉得轻而易举。由于我只懂得英文，所以其他各国名家的作品，也只有从英译本转译过来。"③因此，周瘦鹃的翻译活动主要集中在短篇小说的翻译。

（一）言情小说

周瘦鹃以"哀情巨子"享誉文坛，在他的译作中，言情小说尤其是哀情小说占很大比例。他之所以倾向于选择这类题材的小说，与其自身那段广为人知的恋爱情史有关。1912年，周瘦鹃在一次观

---

① 《小说月报征文广告》，《小说月报》，1920年第11卷第1期。
② 范伯群、汤哲声、孔庆东：《20世纪中国通俗文学史》，北京：高等教育出版社，2006年，第118页。
③ 周瘦鹃：《我翻译西方名家短篇小说的回忆》，《雨花》，1957年6月1日。

看务本女校的演出时,对其中的演员周吟萍产生强烈的爱慕之心。之后两人书信往还,坠入爱河。但因为周吟萍已有婚约,并且他们之间家境贫富悬殊,因此女方家里强烈反对。1914年春,周吟萍不堪父母的威逼,含泪嫁给一个巨商之子,致使两人未结连理。这段失败的恋情影响了周瘦鹃一生,是他擅长作"哀情小说"的原因,同时也影响了他早期的译作选择,他在《说觚》一文中提到"小说之足以动人,世之人咸公认之矣。予生而多感,好为哀情小说,笔到泪随,凄入心脾。以是每造孽于无形之中,今虽欲忏之,已苦不及矣"[1]。在失恋这段时间,也就是1914年和1915年两年,周瘦鹃集中翻译了一批哀情小说,如惨情小说《觉悟》《美人之头》《世界尽出》,苦情小说《郎心何忍》,悲惨纪事《心碎矣》,哀情小说《三百年前之爱情》《噫!祖母》《无可奈何花落去》《红楼翠莫》,孽情小说《多情却是总无情》,怨情小说《玫瑰有刺》。

另一方面,当时的中国,内忧外患、国难深重、民不聊生,社会现实中的悲剧层见叠出。因此,慨时忧国成为知识分子的共同情感倾向。西洋悲剧理论的引入使得他们认识到这是一剂变革社会的良药,因此进行了大力宣传。他们认为通过悲情的强刺激,反而可以振作国民精神,促使其去探寻改变现实之路。周瘦鹃的"哀情小说"与时代合拍,拨动了青年们在爱情与婚姻上反封建的敏感神经,也表现出了民初时期的"现代性"。"哀情小说"在市民中得到广泛的响应,市民认为这是他们"自己的文学",甚至几代人都成为它的固定读者群体。这也是面对新文学界对哀情小说的严厉打压,这些作品仍然能成为现代都市文学的"滥觞"并畅销不衰的原因。

(二) 爱国小说和军人小说

周瘦鹃之所以选择爱国小说作为翻译对象与其父亲的遗愿紧密相连。周瘦鹃曾在给女儿瑛儿的信中记述道:

---

[1] 周瘦鹃:《说觚》,芮和师、范伯群等:《鸳鸯蝴蝶派文学资料》,福州:福建人民出版社,1984年,第46页。

你知道我是在上海生长的,你祖父在我六岁的那年,不幸得了臌胀病去世了。这一年恰是国耻深重的庚子年,八国联军如狼如虎,进攻我国北京,他老人家在病中忽作呓语,高呼:"兄弟三个,英雄好汉,出兵打仗!"我和你的伯父、叔父,恰是兄弟三个,这一句话给了我十分深刻的印象,至今不忘。不过后来我们三兄弟都没有照着他老人家的话,去做卫国的战士,这是应该引以为憾的。①

虽然没有做卫国的战士,但是周瘦鹃以笔墨为武器实现了父亲的遗愿。在翻译作品的选择上倾向于爱国小说和军人小说,深深地展示了他的爱国主义情愫。

同时他选择这类题材小说也与当时的政治形势分不开。1915年5月9日,袁世凯承认了旨在灭亡中国的"二十一条"。"五九"国耻使全国人民群情激愤,周瘦鹃在这场反对日本帝国主义和袁世凯的卖国行径的斗争中,除了撰写他的代表作《亡国奴之日记》外,还翻译了很多爱国小说,如《爱国少年传》《爱夫与爱国》《情人欤祖国欤》《坎拿大之爱国女子》,军人小说如《鼓手施拉顿传》《十年后》《无国之人》。他曾在给女儿的信中写出了翻译高尔基《大义》时的动机:"那时我为了受到'五九'国耻的绝大刺激,痛恨那班卖国贼私通日本,丧权辱国,但愿多得几位像高尔基笔下所塑造的爱国母亲,杀尽这些丧尽天良的无耻贼子,救国救民。这种想法,当然是幼稚的,但我当年翻译这篇小说的动机,确实如此。"② 1924年9月3日江浙军阀战争爆发,周瘦鹃顺应时事,翻译了罗斯丹(Edmomd Rostand)的 The Man I Killed,译名为《杀》。

---

① 周瘦鹃:《笔墨生涯五十年》,《文汇报》(香港),1963年4月24—25日第6版《姑苏书简》专栏。
② 周瘦鹃:《笔墨生涯鳞爪》,《文汇报》(香港),1963年6月16—17日第6版《姑苏书简》专栏。

(三) 伦理小说

对中国的传统伦理观"孝道",周瘦鹃是极力推崇的,这源于母亲对他的影响。在《我的家庭》一文中,他这样描写了自己的母亲:

> 我的母亲今年五十五岁,他是一个很慈爱的妇人。往年,他曾两次割股:一次救母,曾延了外祖母十二年寿命;一次救父,只因病入膏肓,已不救了。庚子那年上,父亲既撒手长逝,母亲抚养我们兄弟四人,赤手空拳的和生活奋斗。仗着外祖母的相助,居然靠女红支持了十多年。又因得了一二亲戚故旧的资助,没曾使我们兄弟流离失所。我且还在养正、储实、民立三校中做了许多年的苦学生,得一些普通的学识,这可都是我母亲和外祖母之功啊!母亲勤谨爱劳,不图安逸,现在衣食虽舒服了,仍然料理一切家事,不肯放弃。要是节孝祠不废止,将来似乎应该有他老人家的位置呢。①

对母亲的守节抚幼的感恩,使得周瘦鹃对其他"节妇"也非常尊敬。母亲的爱又使周瘦鹃回报以"孝思孝行",因此,这成了他作品中理直气壮地反复宣扬孝道的动力。他在伦理翻译小说《慈母》《慈母之心》《孝女奸仇记》《歌场喋血记》中对"孝道"进行了宣传。为了说明外国也有孝子,他甚至还杜撰了作品《孝子碧血记》以翻译作品的名义发表。

新文学派曾批评过他所写的《父子》有愚孝的成分,而1926年9月,在《说伦理影片》中周瘦鹃谈到对孝道的见解:"平心而论,我们做儿子的不必如二十四孝所谓王祥卧冰、孟宗哭竹行那种愚孝,只要使父母衣食无缺,老怀常开,足以娱他们桑榆晚景,便不失为孝子,像这种极小极容易做的事,难道还做不到么?"② 由此可以看到,周瘦鹃对孝行与愚孝有着明确的区分。

---

① 周瘦鹃:《我的家庭》,《半月》,1922年1月28日第1卷第10号"春节号"。
② 周瘦鹃:《说伦理影片》,《儿孙福》(特刊),1926年9月。

(四) 侦探小说

1916年4月，周瘦鹃与严独鹤合译的《福尔摩斯探案全集》由中华书局出版。1925年，他与张舍我等合译的《福尔摩斯新探案全集》由大东书局出版。同年，周瘦鹃主持法国作家玛利瑟·勒白朗《亚森罗苹全集》的翻译，该全集由大东书局出版，包括小说二十八种，周瘦鹃译了其中的大部分，即二十八种之十六种（长篇两种，短篇十四种）。除了福尔摩斯和亚森罗苹系列外，他还翻译了《情海祸水》《怪客》《电》《余香》《夜车》《电耳》等侦探小说。

侦探小说的大量翻译最初是和国家的救亡图存联系在一起的。周桂笙曾指出："至于内地谳案，动以刑求，暗无天日者，更不必论。如是，复安用侦探之劳其心血哉！至若泰西各国，最尊人权，涉讼者例得请人为辩护，故苟非证据确凿，不能妄入人罪。此侦探学之作用所由广也。"① 由此看出，晚清翻译侦探小说的原因之一，是本国法律体制极不健全，为了救亡图存，必须翻译外国侦探小说以输入文明和介绍法制，侦探小说翻译便因此大张旗鼓地发展起来。

另外，侦探小说构思精巧，情节曲折，且悬念的设置不但让读者参与到案件的侦破过程中，增强了阅读欲望，同时也使读者心中形成了一种紧张的心理状态。随着悬念的设置和谜底的层层揭开，读者能够体会到阅读的快感。惊险的情节设置、科学的侦探方法、严密的逻辑推理使得侦探小说一进入国门，便拥有了广大的读者群。译者们自然把目光投向了侦探小说的翻译。因此对侦探小说的大量翻译是周瘦鹃为适应读者市场而作出的选择。

(五) 秘史轶事小说

1919年1月，《世纪秘史》由上海中华图书集成公司初版，此系著译合集，是关于欧美国家的稗官野史及名人轶事的：一、本书所载，皆世界各国实事，有原本可稽，初无一篇出于向壁虚造……三、

---

① 周桂笙：《歇洛克复生侦探案》，陈平原、夏晓虹：《二十世纪中国小说理论资料》（第一卷）（1897—1916），北京：北京大学出版社，1989年，第119—120页。

本书内容实分六类：曰宫闱秘史，曰名人秘史，曰外交秘史，曰政治秘史，曰军事秘史，曰社会秘史。今不加诠次，间杂刊载，读者自为区别可也。① 周瘦鹃翻译的轶事秘史小说有《华盛顿之母》《华盛顿之妻》《恐怖》《红茶花》等。

志希在1919年《新潮》中批判"鸳鸯蝴蝶派"的作品时指出："……最后一支是轶事的，现在最为流行。市上的《袁世凯轶事》《黎黄陂轶事》《左宗棠轶事》等，指不胜屈……"② 可见秘史轶事文学作品在当时读者群中也非常盛行。

秘史轶事小说的兴盛源于作品本身的故事性、趣味性、新奇性、惊险性和平易性，读者可以轻松进入作品的情境里，作品中传奇的人物活动使读者身不由己地把思维和情感集中到作品里的人物和情节上，满足了读者的猎奇心理。

（六）弱小民族文学

据宋炳辉的考证，"弱小民族"这个概念源于陈独秀的《太平洋会议与太平洋弱小民族》一文。在文中，弱小民族被用来指称印度、波兰等殖民地国家。在20世纪初的话语表述中，类似于弱小民族的称谓还有"被侮辱被损害的民族""被压迫的民族"等。本研究为了表述方便，就采用"弱小民族"来泛指那些在文化、政治上受到强国压迫而寻求民族独立或文化振兴的国家，更具体地说，大致包括英、法、德、意等国之外的多数欧洲国家；除日本外的其他亚洲国家；非洲、拉丁美洲及其他被殖民地区。"弱小民族文学"泛指的是上述这些国家的文学。③ 按照周作人的观点，俄国"其时也在反抗专

---

① 周瘦鹃：《世界秘史·前言》，范伯群主编：《周瘦鹃文集·杂俎卷》，上海：文汇出版社，2011年，第35页。
② 志希：《今日中国之小说界》，魏绍昌：《鸳鸯蝴蝶派研究资料》（上卷），上海：上海文艺出版社，1984年，第100页。
③ 参照宋炳辉：《弱势民族文学在中国》，南京：南京大学出版社，2007年，第18页。

制,虽非弱小而亦被列入"①,因此俄国作品也列入本文的研究范围。

鲁迅和周作人的《域外小说集》较早地介绍了包括波兰、芬兰、挪威、丹麦等在内的弱小国家的作家作品,重点则是放在俄国文学(七篇)。但是由于《域外小说集》采用了偏离主流的"直译"方法,而用词又较为"朴讷""古奥",总共仅售出几十册,因而影响力是非常小的。因此,也可以说周氏兄弟通过《域外小说集》对"弱小国家"文学作品引入中国所作的贡献是有限的。陈平原也在《中国小说的现代起点》中详细地梳理了晚清各国文学被译介的情形,指出在其找到的1899—1916年所译的769种小说中,俄国小说仅占21种,其他弱小民族的文学因为数量极少难以进入统计。②

真正对"被损害民族"文学作品引入作出巨大贡献的当属周瘦鹃,他在《欧美名家短篇小说丛刊》一书中除翻译英、法、俄、美、德等国的作品外,还翻译了意大利、匈牙利、西班牙、瑞士、丹麦、瑞典、荷兰、塞尔维亚、芬兰等九个国家共计九篇作品。从发行量来看,《欧美名家短篇小说丛刊》于1917年2月出版,先出版平装本(三册),后又出精装本(一册),到1918年2月又再版了一次。甚至当鲁迅看到周瘦鹃的《丛刊》时,也顿时有"空谷足音"之感。在《欧美名家短篇小说丛刊》之后,周瘦鹃又在1947年大东书局出版的《世界名家短篇小说集》的八十篇译文中,列入了不少弱小民族作家的作品,就目前收集到的资料统计来看,其中他翻译了瑞典文学两篇、西班牙文学三篇、俄国文学十一篇。周瘦鹃的译作选择可以说展示了他超前的时代意识和敏锐的政治觉悟。

---

① 周作人:《拾遗(癸)》,《知堂回想录》,香港:三育图书有限公司,1980年,第680页。
② 陈平原:《中国小说的现代起点——清末民初的小说研究》,北京:北京大学出版社,2010年,第43—44页。

二、影戏小说翻译

"影戏"原指"皮影戏""灯影戏"等民间表演,1870年代起从西方传入幻灯放映,以"影戏"称之,至1890年代电影传入时,仍沿用之。[①] 周瘦鹃用"影戏"一词,是对法国卢米埃尔发明的放映机(Cinematograph)的翻译,使之蕴含了新的意思。1910年代后半期,上海有几家西式影戏院专放映来自欧美的影片。当时电影放映虽不能达到全球同步,但在上海还是很快就能看到最新的西方电影。周瘦鹃在《影戏话》中记载:"最近新编一片,在美已映演殆遍,轮运来沪滨,遂声动一时耳目,厥名《狗生活》。"[②] 周瘦鹃是个影迷,他曾说"然而我生平行乐的范围极小,除了看看影戏之外,简直是无乐可行"[③]。因此,他对电影积极推介,并尝试写"影戏小说"。

根据陈建华教授的观点,包天笑似乎是最初尝试写影戏小说的作家。周瘦鹃看了影片《呜呼……战》(*The Curse of War*)之后,便想把它写成小说,但得知包天笑也把此片写成小说了,便迟疑不决,恐有"重蹈覆辙之消"。有趣的是其友丁悚的劝说:"此系影戏,初无译本。天笑先生为之,子亦不妨为是。情节固一,而彼此之结构布局文情意境,各不相谋,何不可之有?"这里道及最初在翻译电影方面的考虑,电影翻译与文学翻译性质如一,但前者处理的是影像,文字表述更具伸缩度。文学翻译允许有不同译本,更何况电影翻译。[④] 因此,影视小说实则是对欧美电影的一种翻译小说。

自1914年之后约十年间,周瘦鹃创作了一系列"影戏小说",

[①] 陈建华:《紫罗兰的魅影:周瘦鹃与上海文学文化,1911—1949》,上海:上海文艺出版社,2019年,第541页。
[②] 周瘦鹃:《影戏话(八)》,《申报·自由谈》,1919年11月1日第14版。
[③] 周瘦鹃:《剧场陨泪记》,《上海画报》,1926年11月12日第172期第3版。
[④] 陈建华:《论周瘦鹃"影戏小说"——早期欧美电影的翻译与文献文化新景观1914—1922》,"通俗文学和大众文化与中国现当代文学史关系研究"学术研讨会,2013年,第102页。

如：《阿兄》(Le Petit Chose)、《何等英雄》(How Heroes Are Made)、《WAITING》(也译《等待》)、《庞贝城之末日》(The Last Days of Pompeii)、《呜呼……战》(The Curse of War)、《妻之心》(A Woman's Self-sacrifice)、《不闭之门》(The Open Gate)、《女贞花》(Purity)、《爱之奋斗》(The Woman Thou Gavest Me)、《喇叭岛》(Trumpet Island) 与国产片《小厂主》。①

写影戏小说，首先源于他认为影戏具有启迪民智的功能。"盖开通民智，不仅在小说，而影戏实一主要之锁匙也。"② 因此他对电影积极宣传，写了一系列名为《影戏话》的文章对西方电影进行介绍、评论。他这样把电影和小说一样看作启蒙大众的媒体而加以大力提倡，是很有前瞻性的。他曾指出：

> 英美诸国，多有以名家小说映为影戏者。其价值之高，远非寻常影片可比。予最喜观此。盖小说既已寓目，即可以影片中所睹，互相印证也。数年来每见影戏院揭橥，而有名家小说之影片者，必拨冗往观。笑风泪雨，起落于电光幕影中。而吾心中之喜怒哀乐，亦授之于影片中而不自觉。综予所见，有小仲马之《茶花女》(Camelias)、《苔妮士》(Denise)，狄根司之《二城故事》(A Tale of Two Cities)，大仲马之《红屋侠士》(Le Chevelier de Maison Rough)（按：即林译《玉楼花劫》)、《水晶岛伯爵》(Le Comte de Mount Christo)，桃苕（A. Dandet 法国大小说家）之《小物事》(Le Petit Chose)，笠顿之《庞贝城之末日》(The Last Days of Pompeii)，查拉（E. Zola 法国大小说家）之《胚胎》(Germinal)，柯南·道尔之福尔摩斯探案四种。吾人读原书后，复一观此书外之影戏，即觉脑府中留一绝深之印象。甫一合目，解绪纷来。书中人物，似一一活跃于前。其趣味之

---

① 陈建华：《周瘦鹃"影戏小说"与民国初期文学新景观》，《中国现代文学研究丛刊》，2014年第2期。
② 周瘦鹃：《影戏话（一）》，《申报·自由谈》，1919年6月20日第15版。

隽永，有匪尝可喻者。去冬维多利亚影戏院，尝映狄根司杰作《大卫·柯伯菲儿》(David Copperfield)（按：即林译《块肉余生述》）。想影片中之布景人物，必能与狄根司之妙笔相得益彰。时予适婴小疾，未克往观，至今犹呼负负也。①

周瘦鹃深知小说对民众的影响，除了宣传名著改编的影片，他还将看到的优秀的外国影片写成小说，以期达到宣传和教育国民的目的。究其原因是当时的电影没有翻译成中文，也没有字幕，很多观众无法完全领会电影内涵，因此读影戏小说，有助于读者更好地理解外文电影。

然而看有声影片，真不是一件容易的事，必须充分懂得英语的，方能听得出影片中人在那里讲些甚么话。单是懂得英语，还嫌不够，必须常和西方人接近，而懂得他们的种种俗语，方能感受到各种的兴味。否则，你还是呆坐在那里，听他们外国观众的呵呵大笑，心里痒痒的，真有搔不着痒之苦。转不如看着无声影片的字幕，可以了解得多些。至于不懂得英语的人，倘不先把那张中国说明书细细看一遍，那么往往会看得莫名其妙，等于没有看一样。②

"影戏小说"到后来也称为"电影小说"，到20世纪20年代至40年代依然流行，见刊于报纸杂志，也有编为专书的，大多是叙述情节，像加长的说明书。周氏的影戏小说则完全不同，大多文采斐然，文艺性强，既是翻译，也与他的小说创作融为一体。他自己到后来也不再写那种有文学意味的影戏小说，改写通行的简便样式，如《记影戏〈东下〉》《记〈三剑客〉》《记影戏〈儿女英雄〉》《记罗克影片〈祖母之儿〉》等，记叙情节加上评论而已。

---

① 周瘦鹃：《影戏话（一）》，《申报·自由谈》，1919年6月20日第15版。
② 周瘦鹃：《提倡国产的有声影片》，《〈歌女红牡丹〉特刊》，1931年4月。

第二节　后期的题材选择

五四时期，即使在引进外国文学方面，新文化先驱者们的思考热点也还是改良思想，这是他们译介外国文学思潮最迫切、最现实的行为指向，与走向世界文学的旨趣构成复合的两面体。说到改良思想，五四文学家们感到急不可待的便是消弭国人的奴性心理，树立自主独立的个性主义人格。《新青年》创刊伊始，陈独秀就以"自主的而非奴隶的"一"义"，开宗明义地对"新青年"提出了新道德的要求，指出个性主义道德的核心便是"自居征服地位"，"尊重个人独立自主之人格，勿为他人之附属品"，并把这种新思想新道德的获取与国家前途联系起来："集人成国，个人之人格高，斯国家之人格亦高，个人之权巩固，斯国家之权亦巩固。"① 个性主义作为新道德的中心内容，一直是五四先贤们在头脑中萦回不息、思索不止的问题。李大钊、胡适、鲁迅、周作人等莫不就此发表过警譬之论，投射到文学层面，他们呼唤着"人的文学"，吁求着个性主义文学的译介和建构。

一、戏剧作品翻译

在五四先驱们的心目中，张扬个性的外国文学家是很多的，鲁迅在《摩罗诗力说》中历数了许多浪漫巨子，无不是以个性主义作价值视点进行推出的，对许多现实主义、现代主义作家的介绍，也重点在于阐释他们的个性主义观念。这是时代的要求，是新文化发展的必然。五四新文化倡导者们从个性主义角度看待外国作家时，又非常一致地把视点集中到挪威戏剧家易卜生身上。胡适"易卜生主义"命题的提出即把易卜生思想与个性主义观念直接等同了起来；

---

① 陈独秀：《一九一六年》，《青年杂志》，1916年第1卷第5期。

周作人在倡导"个人主义的人间本位主义"的"人的文学"时也把易卜生视为"绝好的"例证;鲁迅则在《摩罗诗力说》中以易卜生的《国民之敌》为例,大肆张扬了"至独立者""敢于攻击社会,敢于独战多数"的个性主义思想;《新青年》还开创性地推出过"易卜生专号";《新潮》《小说月报》等刊物也竞相译介易卜生。

1918 年《新青年》第 4 卷第 6 期推出了"易卜生专号",发表了罗家伦、胡适合译的《娜拉》(《傀儡家庭》)、《国民公敌》和《小爱友夫》的片段,刊载了胡适的著名论文《易卜生主义》,集中介绍了被称为"(欧洲)现代戏剧之父"的易卜生。在这一股文学思潮中,周瘦鹃审时度势,于 1919 年在《新中国》第 1 卷第 8 期翻译了易卜生的《公敌》,1920 年又在《小说月报》由茅盾主持的《小说新潮》栏目发表了翻译的易卜生的《社会柱石》。文章前面有一段"小引":"挪威大戏剧家易卜生(H. Ibsen),这名字几乎人人都知道了,从 19 世纪以来,他好似文艺界上的一轮明月,明光四照,直要掩没了莎士比亚,因为他每一剧中,都有一种主义,一个问题,都有他悲天悯人的辛酸眼泪……"[①]《社会柱石》的翻译表现了他积极向"革新"一方靠拢的决心。1928 年,他翻译了戏剧《新郎》《朋友之妻》,1944 年翻译了安德烈耶夫的《悬崖之上》。选择易卜生的译作是因为这些作品和当时的时代背景紧密相连。

首先,易卜生以深刻、成熟、富有社会质感的现实主义倾向先声夺人,攫住了新文化运动者们的视线。五四先贤们虽然对外国文艺思潮怀着开放和宽容的胸襟,对各种"主义"都表示出接纳的大度,但在他们的价值观中,还是现实主义得到了最大的倚重。无论是陈独秀的《现代欧洲文艺史谭》,还是沈雁冰的《〈小说新潮栏〉宣言》,都把现实主义(有时他们把现实主义与自然主义混合起来,称为自然主义)视为最现实、最重要的文学思潮——古典主义自不必说,浪漫主义也只是"过去的"文学,新浪漫主义又代表着文学的未来。当他们

[①] 周瘦鹃:《社会柱石》,《小说月报·小说新潮》,1920 年 3 月 25 号第 3 月号。

从现实主义与自然主义的临界区域取视外国文艺思潮和外国作家时，"易卜生主义"就成了一个突出的目标。当时的世界文坛确实是把易卜生当作集自然主义写作与现实主义写作于一身的文学巨子，以至五四翻译家列举现实主义和自然主义时，不免都要提到他。

其次，易卜生的现实主义又以表现对诸如社会、家庭、妇女问题的思考为主要特征，使困惑中的中国作家产生一种自然的亲切之感和契合之感，因为五四时期的中国作家们急切想破译的现实问题也正是这些。易卜生的文学不仅带有浓厚的个性主义色彩，而且把个性主义的思考与社会现实问题的剖视联系起来，他因此成为19世纪末20世纪初一位杰出的"问题"文学家。五四时期中国知识分子之所以掀起一场轰轰烈烈的启蒙主义运动，一个最主要的原因就是他们痛感中国现实社会问题累累，急需从思想、文化、文学、科学等方面进行思考，加以解决。于是，对易卜生作品提出的社会、家庭和妇女解放等问题有一种不可遏制的认同欲，而对于易卜生把这些"问题"归于个性主义的思维路线更有一种深受启迪的快感。

最后，对易卜生主义的浓厚兴趣还来源于五四作家们对"被损害民族"的同病相怜的特定心理。易卜生的祖国挪威，算不算真正意义上的"被损害的民族"，这是很次要的事情，在五四作家的印象中，北欧国家与我国的政治处境、国际地位极其相仿，故它们的文学尤其会引起我国作家的重视。易卜生正是在这一方面获得了较之当时文坛其他重要作家更显著的优势。

二、 社会小说翻译

易卜生主义及其所负载的个性主义在五四时期得以产生巨大的社会影响，是因为它一方面强烈地震撼了我国活跃的思想界，一方面又以一种新颖的观念之力支配着新文学的建设。在小说创作方面，易卜生主义的影响也很深远。新文化运动倡导者呼唤着"人的觉醒"，导致了文学上的"为人生"热潮，而对人生"问题"的思索又是"为人生"文学的主要内容,这里的"问题"在表现上就染上了浓重的易卜生色彩。从新潮社罗家伦、叶绍钧等人的"问题"小说,到文学研究会冰心、王统照等人的"问题"小说,无不体现着易卜生"问题剧"的影响。五四运动又提倡人道主义,把人作为本位,强调对人的尊重,承认人与人之间有着与生俱来的平等,倡导人性的自由,宣扬博爱的精神,由此引发了周作人的"人的文学"和"平民文学"的观点。文学作品从此更加注重对平民生活、普通人群的关怀。

五四新文化运动对通俗文学作家形成了巨大的冲击,迫使他们在寻找自身生路的同时,重新审视自己的文学定位,他们感到自己创编的杂志在既定的市民文学路子的基础下,应该有所更新。周瘦鹃也开始将目光转向社会问题小说,他曾指出:"青年涉世,每昧于世故人情,出而与社会相接触,则十步一网,百步一穴,偶一弗慎,辄深陷其中而不可出,可畏也。平居无事,如多读有意义之社会小说,则世故人情,渐可洞晓。社会小说者,盖犹一世故人情之教科书也。"[1] 1921年《礼拜六》第103期的《编辑室启事》中声称:"本刊小说,颇注重社会问题、家庭问题,以极诚恳之笔出之。有以此类小说见惠者,甚为欢迎。"[2]

五四时期,革新的《小说月报》除了对俄国及弱小民族文学进行译介外,还将18世纪以来的西欧文学作为译介的重点,而其中,尤以英法文学为重中之重。相形之下,革新时期《小说月报》对于法国文学的译介,其力度要大得多。1921年,就有法郎士、莫泊桑等的七篇小说被翻译。[3] 毛里哀(今译莫里哀)的剧作被连载,另外

---

[1] 周瘦鹃:《申报·自由谈之自由谈》,1921年1月23日第14版,小说特刊第3号。
[2] 周瘦鹃:《编辑室启事》,《礼拜六》,1921年4月3日第103期。
[3] 弗朗索瓦·科贝:《名节保全了》,《小说月报》,12卷2号;弗朗索瓦·科贝:《代替者》,《小说月报》,12卷4号;弗雷德里克·布代:《一诺》,《小说月报》,12卷5号;美尔暴:《一个冬天的晚上》,《小说月报》,12卷6号;毛里哀:《铿吝人》,《小说月报》,12卷6号;法郎士:《红蛋》,《小说月报》,12卷8号;莫泊桑:《归来》,《小说月报》,12卷12号。

还有《罗曼罗兰评传》出现在《论丛》中(《小说月报》12卷8号)。1923年,莫泊桑和巴比塞的小说受到了《小说月报》较为集中的关注,两人一共有七篇小说被译载。① 对法国文学的译介在1924年之后进入高潮。15卷1号新创设的栏目《现代世界文学者略传》集中推出了"现代的法国文学者",介绍了法郎士、拉夫丹(今译拉封丹)等十二位出生于19世纪中期的文学家;15卷2号则在同一栏目中又介绍了罗曼·罗兰、巴比塞等六位作家。而同年出版的《法国文学研究专号》,则从"文论""小说""戏剧""传记"等诸多方面系统地介绍了法国现代文学所取得的成就。这一年,一些重点作家继续受到较大关注,如莫泊桑有五篇小说被译介,而巴比塞也有三篇。可以说,在革新时期,法国文学在译介者的心目中始终占据着相当重要的位置。如果要将这种重要性明确标示出来的话,那就是法国文学仅次于俄国文学,而远在英国文学之上。

相较俄国及弱小民族文学而言,法国文学给《小说月报》同人带来更多的欢欣和鼓舞。因为它很大程度上剔除了俄国及弱小民族文学那种过多纠葛于当下沉重的现实土壤,因而很难切实兼顾"文学性"的弊端,也淡化了英国文学中流露出来的孤傲的个人主义、唯美主义的色彩,而代之以一个更加全面也更富有弹性的"现代文学"方案。它使他们感知到了"文学"的"现代性"追求对于中国这样的不发达国家来说,不是一种轻飘飘的观念的存在,而是一种打通了域外文学与翻译文学和本土文学之间界限的艰难选择,是一种融合并消弭了"文学性/社会性"彼此不同指向而呈现出自省感、责任感与使命感交混的真实而又有宿命感的文学实践。

对法国文学,特别是经典名著和新潮作品的翻译,既开拓了文

---

① 莫泊桑:《政变的一幕》,《小说月报》,14卷1号;莫泊桑:《床边的协定》,《小说月报》,14卷2号;巴比塞:《不吉的月亮》,《小说月报》,14卷3号;巴比塞:《十字勋章》、莫泊桑:《一个失业的人》,《小说月报》,14卷6号;巴比塞:《太好的一个梦》,《小说月报》,14卷7号;巴比塞:《兄弟》,《小说月报》,14卷11号。

学的新视野、新观念和新方法，也带来了与民主共和、自由平等、民族国家、社会革命、爱情、个性、人道等话题相关的新思想、新体验和新生活，吸引了大批读者，促使中国文学发生巨大的变革。浪漫主义、写实主义开始兴盛起来，新一代读者和作者逐渐走向文坛的中心，预示着一场更广泛更深刻的文学革新运动即将展开。从这个意义上说，法国文学译介为五四新文化运动开辟了通道，积聚了新鲜的文学资源和新锐的读写群体，提供了接受外来影响而创造现代中国文学的实践经验和发展基础，对中国文学的转型过渡起到了积极的推动作用。

在这样的时代背景和文学氛围之下，周瘦鹃在《礼拜六》的后一百期、《紫罗兰》及《新家庭》等杂志中，大量翻译了法国作家莫泊桑、巴比塞和俄国作家契诃夫、托尔斯泰、屠格涅夫的作品，开始将视角向底层市民转移，关注普通民众的艰难生活和悲欢离合。从目前搜集到的资料看，莫泊桑是周瘦鹃翻译作品数量最多的一位外国作家——1915年到1947年，他共译了三十九篇莫泊桑的作品。周瘦鹃始译莫泊桑，比1923年商务印书馆出版著名翻译家李青崖的《莫泊桑短篇小说集一》要早八年；而到1922年，他已译出二十四篇莫泊桑的小说了；至1947年5月，总数达到四十篇。

除了受当时的时代背景和文学潮流影响外，周瘦鹃为什么会对莫泊桑如此青睐有加，翻译他如此多的作品呢？首先，正如周瘦鹃自己所说："……因为我生性太急，不耐烦翻译一二十万字的长篇巨著，所以专事搜罗短小精悍的作品，翻译起来，觉得轻而易举……其实我爱法国作家的作品，远在英美之上，如……巴比斯、莫泊桑诸家，都是我崇拜的对象。"[①] 其次，是因为周瘦鹃很欣赏莫泊桑的创作风格，他对莫氏作品的推崇，在不少译文的序言中表露无遗，如《面包》的序言写道："毛柏霜[②]……欧西人士称为短篇小说之王。

---

① 周瘦鹃：《我翻译西方名家短篇小说的回忆》，《雨花》，1957年6月1日。
② 毛柏霜，今译作莫泊桑。

所作善写社会物状,栩栩欲活,篇幅虽短,而有笔飞墨舞之致。——此篇为其压卷之作,冷隽可味,故译之。"①

五四时期高举人道主义的旗帜,茅盾等人对人道主义作家巴比塞进行了大力的宣传和推荐,周瘦鹃也积极响应,翻译了巴比塞的许多短篇小说,集中在1921年,共九篇(《瘫》《力》《同病》《四人》《阿弟》《夫妇》《定数》《守夜人》《归乡》),其中几篇的翻译早于茅盾。他这样评价巴比塞:"巴比塞(H. Barbusse)是法国现今最有名的小说家,欧战中做了一本《火线中》(Under Fire)的长篇小说,已传诵欧罗巴洲,他的宗旨是弭战,所以描写战祸极其深刻。我新近得了他一本短篇小说集,很多好作品,预备逐一译出来,介绍予读者,这一篇就是集中之一。"②

周瘦鹃推崇的另外一个外国作家是契诃夫。五四以后,从1919年到1929年的十年间,在大量翻译介绍到中国的俄国古典文学作品中,契诃夫的作品从数量和质量上,都占有极其重要的位置。周瘦鹃也紧随他们的步伐,翻译了契诃夫的许多作品。他曾记述道:

> 去春愚发宏愿,欲于二三年间搜集中西短篇说集千种,成一个人之短篇小说小图书馆。因于募集欧美俱备外,复邮购柴氏全集英译本于英京伦敦,得十三卷,都二百零三篇。开卷读之,爱不忍释。兹摭其集中最短之作品若干篇,以忠实之笔,从事迻译,将以一年之力,汇为一编。庄子云:"以少少许,胜人多多许。"柴氏有焉,因颜之曰《少少许集》。共和十八年六月一日,瘦鹃识于紫罗兰盫。③

他于1929年7月至1930年6月,在《紫罗兰》中开辟《少少许集》,专门翻译契诃夫的小小说,有《乞儿》《老年》《旅馆中》《医生》《乐》《人生的片段》《可怜虫》《善变者》《迟暮》《安玉姐》《村

---

① 周瘦鹃:《面包》,《小说月报》,1918年9月25日第9卷第9期。
② 周瘦鹃:《瘫》,《礼拜六》,1921年9月3日第125期。
③ 周瘦鹃:《少少许集》,《紫罗兰》,1929年7月1日第4卷。

舍》《醉归》《在坟场中》《辟谣》等二十三篇短篇作品。

本章小结

从翻译适应选择论综合考察周瘦鹃在翻译作品选择上的倾向，可以看出他的译作选择具有深刻的时代、个人经历的烙印，是在对时代需求、文学思想动态、出版体制、读者市场进行不断的调整适应后作出的选择。他翻译的大量作品使得大批读者对域外小说产生了浓厚的兴趣，为开拓国人的视野作出了巨大贡献。

第三章 周瘦鹃翻译策略的适应性选择

归化（Domestication）和异化（Foreignization）是对两种翻译策略的称谓。归化和异化这对翻译术语是由美国著名翻译理论学家劳伦斯·韦努蒂（Lawrence Venuti）于1995年在《译者的隐身》中提出来的。韦努蒂对归化翻译的定义是："遵守目标语言文化当前的主流价值观，有意对原文采用保守的同化手段，使其迎合本土的典律（canon）、出版潮流和政治需求。"① 他对异化的定义概括起来就是："偏离本土主流价值观，保留原文的语言和文化差异。"②

在这里归化是要把源语本土化，以目标语或译文读者为归宿，采取目标语读者所习惯的表达方式来传达原文的内容。归化翻译要求译者向目标语读者靠拢，译者必须像本国作者那样说话，原作者要想和读者直接对话，译作必须变成道地的本国语言。归化翻译有助于读者更好地理解译文，增强译文的可读性和欣赏性。异化是译者尽可能不去打扰作者，让读者向作者靠拢。在翻译上就是迁就外来文化的语言特点，吸纳外语表达方式，要求译者向作者靠拢，采取相应于作者所使用的原语表达方式，来传达原文的内容，即以目的语文化为归宿。使用异化策略的目的在于考虑民族文化的差异性、保存和反映异域民族特征和语言风格特色，为译文读者保留异国情调。

韦努蒂认为归化式流畅的翻译掩盖了文化之间的差异，将主流文化的当代价值强加给原作，使译作读起来不像译作，实际上是一种帝国主义文化侵夺行为。他认为翻译的目的不是在翻译中消除语言和文化的差异，而是要表达这种差异。简而言之，归化与异化是在翻译界如何处理文化差异的问题上所产生的两种对立意见。作为两种翻译策略，归化和异化是对立统一、相辅相成的，绝对的归化

---

① Venuti, L. Strategies of Translation [A]. Routledge Encyclopedia of Translation Studies [C]. Baker, M&Mlmkj&London and New York: Routledge, 2001: 240.
② Venuti, L. Strategies of Translation [A]. Routledge Encyclopedia of Translation Studies [C]. Baker, M&Mlmkj&London and New York: Routledge, 2001: 240.

和绝对的异化都是不存在的。

第一节 早期翻译策略：归化为主，异化为辅

"理论的建树与方法论的建立是统一的。不可能有没有方法的理论，也不可能有没有理论的方法。"① 理论与方法的这种关系表现在翻译上，真可谓翻译方法就是翻译理论在翻译操作上的一种投射。

胡庚申教授认为：对于翻译来说，如果说翻译"原则"在于宏观指导，那么，翻译"方法"便是在于微观操作。适应选择论的翻译方法，简单地概况为"三维"转换，即在"多维度适应与适应性选择"的原则下，相对地集中于语言维、文化维、交际维的适应性选择转换。将翻译方法简括为语言维、文化维、交际维的"三维"转换，其理据如下：

（一）从实践角度来看，语言、文化、交际一直是翻译界普遍认同的要点，是翻译过程中通常要重点转换的对象；译者也往往是依照语言、文化、交际的不同阶段或不同顺序作出适应性的选择转换。

（二）从理论角度来看，语言学的、文化学的、交际学的翻译途径是基于翻译实际的系统研究，而语言、文化、交际也一直是翻译理论家们关注的焦点。例如，从功能语言学角度来看，语言维关注的是翻译的文本语言表达→文化维关注的是翻译的语境效果表达→交际维关注的是翻译的人际意图，这就与韩礼德（A. Halliday）的意念功能（Ideational）、人际功能（Interpersonal）、语篇功能（Textual）以及语场、语旨、语式等语域理论有着相当程度的关联和通融。

（三）从逻辑角度来看，翻译是语言的转换，语言是文化的载体，

---

① 蔡新乐：《翻译学的"起点"问题——翻译学研究的中国哲学化刍议》，杨自俭：《译学新探》，青岛：青岛出版社，2002年，第160页。

文化是交际的积淀，因而语言、文化、交际有着内在的、符合逻辑的关联，这也体现了翻译转换的基本内容。①

一、语言、文化、交际归化翻译

本部分根据翻译适应选择论，对周瘦鹃早期翻译作品进行细致分析，从语言、文化和交际维度探析他作出的适应性归化选择。

（一）语言维的适应性选择转换

语言维的适应性选择转换，即在前文提到的译者在翻译过程中对语言形式的适应性选择转换。这种语言维的适应性选择转换是在不同方面、不同层次上进行的。

清末民初，社会接受的语言规范尚未形成，翻译语言势必呈现出多元的态势。严复、周氏兄弟等用古奥的文言；包天笑、陈嘏、陈鸿璧等用浅近文言；伍光建、吴梼用白话；周桂笙、徐念慈、周瘦鹃既用文言也用白话。提倡和使用白话创作或翻译的人"多半手执两种语言：为了让民众看懂而写白话；对于大众以外的人仍然使用文言"②。即便是白话，形式上也可分为三种：小说白话、报章白话和翻译白话。③ 因而文、白交杂是当时翻译的"常态"。必须说明的是，晚清的翻译白话，既非普通民众的口语，也非传统的书面语，而是有些学者所谓的第三种语言，这是许多文化在历史上都一度出现过的特殊产物。

周瘦鹃早期的译作采用文言文和白话进行翻译，如在《欧美名家短篇小说丛刊》中用文言文或浅近文言文翻译的作品有三十三篇，白话文翻译的仅有十七篇。这里所说的浅近文言，是指明清以来较

---

① 胡庚申：《翻译适应选择论》，武汉：湖北教育出版社，2004年，第132—133页。
② 吴福辉：《"五四"白话之前的多元准备》，《中国现代文学研究丛刊》，2006年第1期，第8页。
③ 吴福辉：《"五四"白话之前的多元准备》，《中国现代文学研究丛刊》，2006年第1期，第5页。

第三章　周瘦鹃翻译策略的适应性选择　　87

之先秦两汉文言用典较少,很少用古字难字,不讲究音调对仗,语法也比较随便,与白话比较接近的文言。① 周瘦鹃翻译的小说带有十分浓烈的白话气息,但又没能完全脱离文言的束缚,可以说是带有文言痕迹的白话小说。其译文经过熔铸,几乎完全汉化,具有明显的清末民初小说的特点,不少译文的语体似文似白,难于界定究竟是浅近文言还是白话,似乎语体失去控制,左右不定,但是考虑到时代的特征,清末民初正处于文言向白话过渡的关键时期,而周瘦鹃翻译的小说在一定程度上摆脱了文言的束缚,因此,我们可以说,周瘦鹃对白话小说的形成起到了重要的作用。《欧美名家短篇小说丛刊》中出现较多现代白话词汇,说明当时正是由文言小说到白话小说的转型时期,它在中国近代小说的演变过程、中国小说的新旧转型中,起到了承上启下的作用,为中国旧小说向现代小说转变奠定了基础。它进一步证实,清末民初的短篇白话小说为现代短篇白话小说的发展开辟了道路。② 周瘦鹃的译文呈现这种语言态势有多方面的因素。

1. 语言的变化

在当时有一种"文白分工"论,流传甚为广泛。例如高凤谦在1908年撰文说:"文字有二,曰应用之文字,曰美术之文字。应用之文字,所以代记忆、代语言,苟名为人者,无不当习知之,犹饥之需食,寒之需衣,不可一人不学,不能一是或缺也。美术之文字,则以高雅高古为贵,实为一科专门学,……吾于是下一断语曰:欲文化之普及,必自分应用之文字与美术之文字始。"③

高凤谦的这种观点不仅在当时有市场,即使到"五四"以后,在文学界还是很有影响的。例如蔡元培在《国文的将来》的演说中

---

① 周羽:《清末民初汉译小说名著与中国文学现代转型》,上海大学2009届博士学位论文。
② 邹彬:《周瘦鹃文学翻译特征刍议》,《长江大学学报》(社会科学版),2013年第36卷第8期。
③ 高凤谦:《论偏重文字之害》,《东方杂志》,第5卷第7期,转引自《辛亥革命前十年间时论选集》(第3卷),北京:三联书店,1977年,第11—13页。

就说："所以我敢断定白话派一定占优胜。但文言是否绝对的受排斥，尚是一个问题。照我的观察，将来应用文，一定全用白话。但美术文，或者有一部分仍用文言。"① 在当时以文言文写"美文"的认识与实践还是极为普遍的，如茅盾在1918年出版的《两月中之建筑谭》的序言中说："一方面要介绍科学技术，一方面也要文字优美，朱（元善）认为这一定要用骈体。《两月中之建筑谭》开头那段文字就由我来写……每篇前我都写有三四百字的绪言，完全用骈体。"②

另外一个因素是白话文本身还不够完善，很多作家感到不能够用白话文尽情地表达思想。汉语具有模糊性特征，这直接导致了其内在逻辑的疏松，使中国人的哲学思考同样充满模糊性。西方语言学界通过中西语言的对比得出这样一个结论：中国思维较多地带有审美和伦理色彩，缺乏的是理论性和思辨性。语言是思维的言说，西方的逻辑思维依靠句法的组合关系实现，而中国人擅长从具体的实例出发进行言说，推崇的是类比思维。

姚鹏图诉说了一个经验："鄙人近年为人捉刀，作开会演说、启蒙讲义，皆用白话体裁，下笔之难，百倍于文话。其初每倩人执笔，而口授之，久之乃能搦管自书。然总不如文话之简捷易明，往往累牍连篇，笔不及挥，不过抵文话数十字、数句之用。"③ 显然，这样的经验并不局限于姚鹏图一个，梁启超翻译《十五小豪杰》时说，"原拟依《水浒》《红楼》等书体裁，纯用俗语，但翻译之时，其为困难。参用文言，劳半功倍"④。鲁迅在翻译《月界旅行》时，也有

---

① 蔡元培：《国文的将来——在北京女子师范学校演说词（1919年11月17日）》，《蔡元培全集》，第3卷，北京：中华书局，1984年，第358页。
② 茅盾：《商务印书馆编译所和革新〈小说月报〉的前后》，《商务印书馆90年》，北京：商务印书馆，1987年，第167、169页。
③ 姚鹏图：《论白话小说》，陈平原、夏晓虹：《二十世纪中国小说理论资料》（第一卷）（1897—1916），北京：北京大学出版社，1989年，第135页。
④ 梁启超：《〈十五小豪杰〉译后语》，陈平原、夏晓虹：《二十世纪中国小说理论资料》（第一卷）（1897—1916），北京：北京大学出版社，1989年，第47页。

类似的情况："初拟译以俗语，稍逸读者之思索，然纯用俗语，复嫌冗繁，因参用文言，以省篇页。"① 由此可见，无论是对译者或是对读者来说，用文言是"劳半功倍"的。正因这个缘故，"文言小说之销行，较之白话小说为优"②。

2．读者的需求

选择用文言或者白话文进行翻译，主要是考虑到了不同的读者对象。小说革命原是针对"仅识字之人"，那么，译者就应该运用浅易的白话文来翻译外国小说。事实上，当时不少人也提倡过白话文，认为是改良群治最好的工具。梁启超早在《论小说与群治之关系》中已说过："在文字中，则文言不如其俗语，庄论不如其寓言。"他流亡到日本以后又说："文学之进化有一大关键，即由古语之文学，变为俗语之文学是也。各国文学史之开展，靡不循此轨道……"③ 可是，这些以白话翻出来的作品，读者对象是那些"又聋又瞎、臃肿不宁、茅草塞心肝"的"愚民"，当面对着熟读古书的绝大部分读者，白话文便变得不合适。姚鹏图的《论白话小说》，显现了一种很有代表性的态度。毫无疑问，姚鹏图对白话的态度是肯定的，文章的开首即说白话报刊较畅销，因为它们"足以动人"，"其为启迪之关键，果已为国人所公认"。他特别举《申报》为例，上海商店的雇员，就是因为阅读《申报》，对世界的认识加深了，这是白话的功用。可是，像他自己这样的读书人又怎样？他指出："凡文义稍高之人，授以纯全白话之书，转不如文话之易阅耳。"徐念慈（觉我）分析过当时的新小说的读者："余约计今之购小说者，其百分之九十，出于旧学界而输入新学说者，其百分之九，出于普通之人物，其真

---

① 鲁迅：《〈月界旅行〉辨言》，《鲁迅全集》第10卷，北京：人民文学出版社，1981年，第152页。
② 觉我：《余之小说观》，陈平原、夏晓虹：《二十世纪中国小说理论资料》（第一卷）（1897—1916），北京：北京大学出版社，1989年，第313页。
③ 梁启超：《论小说与群治之关系》，陈平原、夏晓虹：《二十世纪中国小说理论资料》（第一卷）（1897—1916），北京：北京大学出版社，1989年，第358页。

受学校教育，而有思想、有才力，欢迎新小说者，未知满百分之一否也？"① 因此，晚清到民初，新小说的主要读者，仍是传统的读书人，结果导致当时的翻译小说，虽然以启迪民智为动机，也出现过为数不少的白话翻译小说，但最后还是以文言作为主要的翻译语言。

然而周瘦鹃等鸳蝴派作家毕竟走的是通俗文学路线，针对的受众群体是市民阶层，如《小说画报》就曾声称："小说以白话为正宗。本杂志全用白话体，取其雅俗共赏。凡闺秀、学生、商界、工人无不咸宜。"② 可见《小说画报》是为了争取市民阶层，而主张使用白话文。因此，周瘦鹃也会采用白话文翻译小说，以争取市民读者。

3. 作家的影响

包天笑曾分析林纾翻译对文学翻译语言规范的影响，称："这时候写小说，以文言为尚，尤其是译文，那个风气，可算是林琴南开的。林翁深于史汉，出笔高古而又风华，大家以为很好，靡然成风学他的笔调。"③ 包天笑意识到林译小说对文学翻译语言，乃至整个文学媒介演变的意义。胡适在《五十年来中国之文学》中，更是从文学发展的角度看待林纾的文言翻译，认为林纾"替古文开辟一个新殖民地"。

林纾尝试用文言翻译长篇，不仅为文学翻译的语言载体创造出"变格"，同时也为中国文学叙事写情创造出一种新的媒介。林纾以文言翻译长篇小说取得的巨大成功，以及中国文学评论注重情节离奇与语言雅驯的传统，使文言成为翻译长篇小说的主流语言规范。不过，晚清所谓的文言概念比较宽泛，有严复遵循汉以前文法、字

---

① 觉我：《余之小说观》，陈平原、夏晓虹：《二十世纪中国小说理论资料》（第一卷）（1897—1916），北京：北京大学出版社，1989年，第235页。
② 《〈小说画报〉例言》，《小说画报》，1917年第1期。
③ 包天笑：《钏影楼回忆录·〈小说林〉》，北京：中国大百科全书出版社，2009年，第324页。

法的古奥文言，也有所谓的"松动的文言"①，即比较通俗、随便和有弹性，有意无意吸收口语和外来词的文言，口语化和欧化是其比较明显的特征。

再者是南社的成立以及南社对旧文学的提倡和对文言的固守。1909年由爱国知识分子组成的文学社团南社成立。"南社是提倡旧文学的一个集体，虽然其中人物都是鼓吹革命的，但他们的作品，还是固守着文言，不掺杂白话的。"② 当时上海的报纸杂志界也大都是南社社友的天下，柳亚子曾得意地开玩笑说："请看今日之域中，竟是南社的天下。"③

然而越到后期，受一些白话翻译家的影响，以及生成了对外国文学翻译的客观要求，民初鸳蝴派的翻译家在语言使用上确有白话倾向，并且是有了某种欧化乃至白话过度的趋势。到了1917年，《小说画报》公开提出以白话为小说的正宗，而且提倡创作上完全使用白话，成为我国第一份白话文学杂志。④ 包天笑在《〈小说画报〉短引》中，论证了白话文的使用逻辑：

> 鄙人从事于小说界十余寒暑矣，惟检点旧稿，翻译多而撰述少，文言伙而俗语鲜，颇以为病也。盖文学进化之轨迹，必由古语之文学变而为俗语之文学。中国先秦之文多用俗语，观于楚辞墨庄，方言杂出可为证也。自宋而后，文学界一大革命即俗语文学之崛然特起，其一为儒家、禅家之语录，其二即小说也。今忧时之彦，亦以吾国言文之不一致，为种种进化之障

---

① 吴福辉：《"五四"白话之前的多元准备》，《中国现代文学研究丛刊》，2006年第1期。
② 包天笑：《钏影楼回忆录·集会结社》，北京：中国大百科全书出版社，2009年，第352页。
③ 郑逸梅：《郑逸梅选集·第1卷·前言》，哈尔滨：黑龙江人民出版社，1991年，第3页。
④ 范伯群：《中国新现代通俗文学史》（下卷），南京：江苏教育出版社，2000年，第595页。

碍，引为大戚。若吾乡陈颂平先生等奔走南北，创国语研究会，到处劝导，用心苦矣。而数千年来语言文字相距愈远，一旦欲沟通之，夫岂易易耶耶。如小说一道，近世竟译欧文，而恒出以词章之笔为高古，以取悦于文人学子。鄙人即不免坐此病，惟去进化之旨远矣。又以吾国小说家不乏思想敏妙之士，奚必定欲借材异域求群治之进化，非求诸吾自撰述小说不可。乃本斯旨，创兹《小说画报》，词取浅显，意则高深，用为杂志体例，以为迟懒之鞭策。读者诸君，其有以教诲之乎。①

在这段文字中，可以看到许多清末民初文学语言探索的痕迹：文学翻译、梁启超的文学观念、国语运动、进化论等。这或许是清末民初文学语言构建最后的声音了。因为，同年1月，胡适《文学改良刍议》发表于《新青年》2卷第5号，同年2月陈独秀《文学革命论》发表于《新青年》2卷第6号，这些都标志着一个新的文学时代的序幕渐渐拉开，中国文学现代转型的理论与实践开始发生重大转移。②

4. 赞助商的要求

周瘦鹃投稿的刊物很多，仅在1911年至1915年短短四年间，他就分别给《妇女时报》《小说月报》《礼拜六》《小说时报》《中华小说界》《女子世界》《小说大观》等七家刊物投过稿，而这七家刊物各有不同的办刊方针和既定的读者群。例如《小说月报》，1918年前主要刊登的是旧体诗词、文言章回小说、改良新剧，以及用文言翻译的西洋小说和剧本。周瘦鹃从1918年至1920年在《小说月报》发表过五篇莫泊桑译作，用的都是白话文体。但是同样翻译莫泊桑，其他人在1914年《小说月报》上发表的全部是文言译文。

1909年10月创刊于上海的《小说时报》，是以刊载翻译小说为

---

① 包天笑：《〈小说画报〉短引》，《小说画报》，1917年第1期。
② 邓伟：《分裂与建构：清末民初文学语言新变研究（1898—1917）》，北京：中国社会科学出版社，2009年，第317页。

主的刊物。它所发表的译作，基本沿着文言至浅易文言、浅易文言至白话的方向发展。前期译作受文言小说传统的影响较大，后期译作逐渐采用直译，白话色彩越来越浓。周瘦鹃从1911年至1915年发表于《小说时报》的十余篇译作，就属于浅易文言或者白话的语体。但是周氏同时期发表于《小说大观》和《小说新报》的译作，则以文言体居多。周瘦鹃译作在语体运用上的不同，从一个侧面证明了当时影响他选择的多种原因，这也是他处于古今演变、新旧更替、传统与现代交汇的特殊时期所决定的。

（二）文化维的适应性选择转换

所谓"文化维的适应性选择转换"，即译者在翻译过程中关注双语文化内涵的传递与阐释。这种文化维的适应性选择转换在于关注源语文化和译语文化在性质和内容上存在的差异，避免从译语文化观点出发曲解原文，译者在进行源语语言转换的同时，关注适应该语言所属的整个文化系统。① 周瘦鹃在文化维方面的适应选择在其对题目的翻译中就有所体现。

1. 题目翻译的适应选择

题名是文章或作品的重要组成部分，历来被称为文章之眼，而题名之于小说的重要性，并不仅仅在于它能用以指代特定小说，更在于作为接受时的指符，它是读者注目的焦点，同时题名也表达作者的意图，显示着作者的创造才能和思考。按照笔者收集到的资料来看，周瘦鹃的题目翻译带有时代的印记，受到下列因素的影响：

1.1 文学惯例和从众心理

中国古代小说题名经历了从无到有的过程，随着中国古代诗文标题的发展，小说题名也逐渐发展。小说作为一种新兴的事物也是从无到有，最后逐渐成风。小说发端于史传文学、寓言故事、神话传说，到魏晋时期初具规模，再到唐代时传奇兴盛，两宋到明代时，文人小说渐兴，至清代，中国古典小说达到顶峰，经过了长足的发

---

① 胡庚申：《从术语看译论——翻译适应选择论概观》，《上海翻译》，2008年第2期。

展。而同样，小说题名也在不断发展和完善。中国古代小说题名都遵循着直接地指向小说正文内容，极具概括性、不迂回、不复杂、清澈明了的惯例。题名能完全作为文章的总纲和概括，涵盖了文章的全部内容，表现出和小说正文内容一一对应的关系，并且能清晰明确地提示出要讲述的内容。中国古代小说的题名往往以事件、事物、背景或人物来命名，并作为小说内容的标志。以事件名作为小说题名，往往小说讲述的就是事件的发生过程，事件自然是小说的全部内容，如《警世通言》中的《白娘子永镇雷峰塔》《杜十娘怒沉百宝箱》已将事件内容概括得非常详尽了，还有如《离魂记》《平妖传》《封神演义》等，也交代了事件的大致内容。

周瘦鹃非常重视小说题名的翻译，曾指出：

> 凡作一小说，于情节文字外，当注重名称。名称之佳者，能令人深浸脑府中历久不忘。欧美小说家，于名称似颇注重。然大抵以质直为贵，振笔直书，不加雕琢。如施各德之《挨文词》，狄根司之《大卫·柯伯菲尔》，均以书中主人之名作名称。乃一经中土译手，则不得不易其名为《劫后英雄略》，为《块肉余生述》。苟仍原名，则必不为读者所喜也。盖吾国小说名称，率以华缛相尚：如《红楼梦》《花月痕》等，咸带脂粉气，苟能与书中情节相切合，则亦未尝不佳，较之直用书中人姓名动目多矣。①

因此，周瘦鹃在翻译小说题目时，遵循了中国古代小说命名的文学惯例，有意识地使翻译而来的题目呈现中国小说题目的特点，发挥交代情节的作用。*The Sire de Maletroit's Door*，直译是《玛莱脱劳的门》。门是强调的重点，正是特殊设计的门让泉司特蒲留②无意间推门进入了玛莱脱劳的宅院，进入大门后却又无法走出来，这才

---

① 周瘦鹃：《小说杂谈》（九），《申报·自由谈》，1919年8月16日第14版。
② 今译者路易斯·史蒂文森，19世纪后半叶英国著名小说家。

造就了"意外鸳鸯"的出现。而周瘦鹃直接翻译为《意外鸳鸯》，点出了文章的情节和大团圆的结局。在 The Sexton's Hero 中，Sexton（萨克斯顿）讲述了他对于英雄的理解，也讲述了他心中的英雄 Gilbert（杰尔白）的故事。Gilbert 和 Sexton 同时爱上了 Letty（兰茵），最终 Sexton 与 Letty 结婚，Gilbert 是为了救自己心爱的人而死去的，所以周瘦鹃把 The Sexton's Hero 翻译成《情场侠骨》。情场上的侠骨柔肠意味着在千钧一发之际把生的希望留给所爱之人，读者通过标题即可知道杰尔白最终会为情献出生命。

而所谓的从众心理，同样也是指小说题名出现一种趋同的态势，因为在社会时代的大环境大背景下，小说题名很容易互相影响。从大处讲，小说作品受文学惯例的影响，在题名中表现出传统的普遍的小说题名的特点就是一种从众心理。比如在社会时代中常常出现的小说重名或题名相似的现象就是从众心理的一种集中表现。一部作品产生了一定的社会影响，后来的作品便会有意无意地效仿，多多少少地对其借鉴。如《西游记》一出，便有《后西游记》《续西游记》，更有《东游记》《南游记》。《红楼梦》一出，便有《红楼复梦》《外红楼梦》《续红楼梦》等。

周瘦鹃将 The Blue Curtains 翻译成《红楼翠幌》，最突出的改变是颜色的翻译。原文帐幕（curtains）是蓝色（blue），译文中变成了绿色（翠），另外增译了"红楼"两字，这无疑是受到了《红楼梦》的影响。民国初年，很多作家都续写或改写《红楼梦》，翻译小说以此为标题，可以吸引很多读者。作为鸳蝴派的代表人物，周瘦鹃在文学创作和翻译过程中曾有意无意地引导了小说的潮流。他曾经指出：

> 海上当小说杂志盛行时，短篇小说，多以昔人诗句为名称。而始作俑者予也。时予草一短篇哀情小说，苦思不得佳名，偶忆"恨不相逢未嫁时"句，因以名之。厥后又有《遥指红楼是妾家》《无可奈何花落去》《似曾相识燕归来》诸作，往往强以

情节凑题，可怜亦复可笑。他人效而尤之，以为新奇，唐诗三百首，几乎搬运以尽。后且恶俗不可耐，读者嗤之。是所谓学我者死，殊不可以为训也。①

《无可奈何花落去》的本来题名是 C'orinne，即《柯林娜》，讲述的是女诗人柯林娜和奥斯佛尔之间的爱情悲剧。周瘦鹃用诗句"无可奈何花落去"作为翻译题目，既开创了大众潮流，又传达了原文的悲剧情怀。

1.2 社会效应和功利目的

小说题名受社会时代的影响，同时也反映一定的社会时代面貌，但其实除此之外，小说题名对社会时代也有一种反作用，因为小说题名也会产生一定的社会效应，甚至起到对大众的导向作用。小说从最早的"丛残小语"到后来承担经世之用，其功用被不断发掘，而小说题名因为是小说的指称，所以有时本身就带有功利性目的，能产生一定的社会效应，此处包含了多种因素，如政治、经济、文化等。

小说题名常常起着政治启蒙的作用。一定社会时代下的小说创作时常带有明显的国家意识形态性，为政治服务。作为特定历史环境下的产物，小说题名也自然而然地彰显出其特征，小说和小说的命名都表现出一种功利性，力图要使自己与当时的意识形态相呼应。因为小说题名直接关系到小说的受众，作者必须考虑读者接受的层面。启蒙读者、引导读者，成为小说题名的任务。如革命时代，作者们努力将小说题名起得极具革命气质，这时的小说题名大多带有积极光明的意义，或者揭示旧时期的阴暗面，以此突显革命的英雄主义。

高尔基的小说英文名为 The Mother of A Traitor，即《叛徒的母亲》，周瘦鹃直接将题目翻译成《大义》，点明了文章的主题，即为

---

① 周瘦鹃：《小说杂谈（九）》，《申报·自由谈》，1919年8月16日第14版。

了祖国的利益，母亲大义灭亲，杀死叛变祖国的儿子，激发人民的爱国热情。Edmond Rostand 的 *The Man I Killed* 被他翻译为《杀》，他在文章开头解释了翻译的动机："斯作英名《我所杀之人》（*The Man I Killed*），言欧洲大战中一轶事。深慨于战时杀人喋血之惨，遂以杀一敌人为有罪，真仁者之言也。今吾国武人肆虐，黩武穷兵无已时，驱全国之父子兄弟，互相残杀，震旦家家，悉沦陷于血海泪河之中。其为祸之惨，实亘古所未有。吾诚愿国人咸一读斯篇，憬然有悟，亟起而作弭兵之运动也。"① 表明他想通过这篇文章让国人意识到战争的残酷和对人性的摧残，揭示战争的本质就是杀人，号召国人停止内战和自相残杀。

1.3 新兴文化和社会潮流

小说常常是现实生活的反映，表现出社会时代的风貌。社会时代有对传统的延续，同时也在不断进步和发展，这在小说中自然也有所表现，而小说题名同样反映出社会时代的发展。当新的文化现象出现，小说题名也相应地表现出当下性、时代性。一个时代有一个时代的主题，社会也会出现不同的热点和潮流。以近代文学而论，五四前后的小说，多反映启蒙、反封建、民主要求。在新兴文化和社会潮流的感召下，小说作者也常常会做新的尝试，带着一种反叛意识，不断探索，使小说题名出现反传统的新的特征。因为新的社会时代的来临总会伴随着旧事物的消逝、新事物的滋长，所以创新的意识总是存在着，并发挥着作用。因而小说题名才会在历史发展中不断进步，呈现出更多的姿态和样式，而不会一成不变，日久沉闷起来。

周瘦鹃被称为"哀情巨子"，他翻译了许多哀情小说。这些小说与当时弥漫的时代氛围合拍，其时代主题在翻译作品的题目中也得到了体现。周瘦鹃自己指出："五六年前，吾国自撰小说，其言情者，命名每不脱'波''影''怨''魂''潮''泪'等字，一时荡为

---

① 周瘦鹃：《杀》，《半月》，1924 年 12 月 11 日第 4 卷第 1 号。

风气。且每名必三字，鲜有四字五字者。"① 例如翻译小说《孤星怨》《忠魂》《帷影》《情苗怨果》《思子之泪》《绛珠怨》《断坟惨碣》在题名上都能看到悲情的字眼。

总之，周瘦鹃早期的译作在题目翻译方面主要采用归化策略，符合了文学惯例，满足了大众心理，又顺应了时代潮流和新兴文化，与时代的意识形态相合拍。到了后期，他又与时俱进，在翻译界大力提倡"直译"的号召下，他采用异化翻译策略，如把 *A Cup of Tea* 翻译成《一杯茶》，*The Last Leaf* 翻译成《末叶》，*Anyota* 译成《安玉旦》，*Joy* 译为《乐》，*At A Summer Villa* 译为《在消夏别墅》。

2. 文本内容的适应选择

不同时代译语文化中的规范代表了当时译入语文化对于译作的期待，这些规范又会直接和间接地影响译者的道德伦理。伦理道德因素是构成译者主体品格的重要内容。规范的伦理强调译者道德是符合规范的，不能超出人们的期待，这些规范伦理制约着译者对译作的选择以及对翻译策略的制定。

2.1 儒家伦理下的孝道突显

中国是在氏族的血缘家族关系的基础上发展起来的，家族是国家生存的基本单位，国家对家族的强化，形成宗法家长制。宗法家长制的维护和加强，使中国传统伦理思想非常注重对家族成员关系的家庭伦理的调节，把它置于社会伦理之上，可以说家庭道德规范成为社会的首要伦理原则。孟子的"父子有亲，君臣有义，夫妻有别，长幼有序，朋友有信"（《滕文公》上）把调节家族内部的核心关系——父子关系的道德规范列为改造人伦关系的首位。《大学》中的"家齐而后国治，国治而后天下平"则鲜明地指出了家庭伦理的重要性。董仲舒制定的政治纲领和伦理纲领中"三纲"中的"两纲"属于家庭伦理。"孝悌也者，其为仁之本欤！"（《论语·学而》）说明了孝和仁的密切关系，孝是仁之本源。因此，中国传统伦理中

---

① 周瘦鹃：《小说杂谈（九）》，《申报·自由谈》，1919年8月16日第14版。

"孝"被视为"至德要道","孝亲"是"忠君"的前提。在儒家伦理中,对父母长辈的"孝养",不仅是让父母吃饱穿暖,更重要的是在这种奉养中表达出充分的敬意。敬是基于伦理上下关系而产生的道德理性和意志,是贯穿在传统孝道所规定的日常行为规范中的根本和宗旨。

自古以来西方以城邦作为国家的统治基础,城邦是国家通过城市来组织居民和实施统治的,家庭关系相对来说比较松散。从古希腊开始,法律明确规定保护私有财产,个人权利不受侵犯,因此造成西方人私有观念很强。进入中世纪后,由于政教合一,教堂和教区把每个教民组织起来过宗教生活,个人通过教会组织同国家发生关系,上帝面前人人平等的观念使得西方人很少有家庭、宗族观念,形成了一个以个人主义为本位的社会,每个人的权利、价值都通过个人的努力来实现。西方的伦理强调"人是万物的尺度",人类必然高于万物,后来的启蒙运动使得"不自由,毋宁死"的观念更加深入人心。因此西方传统伦理的根本原则,就是体现个人主义的平等自由。

中国近代很多从事外国文学译介活动的知识分子受到中国传统文化和陈旧的思想伦理的影响,也为中西伦理的差异性所制约,在很多翻译作品中,译者往往把正常的亲子之爱和人类情感附加上"忠""孝"的含义,甚至和中国传统的封建伦理观念等同起来。这点在周瘦鹃的翻译作品中也有体现。他在《说伦理影片》开头就指出:

> 中国数千年来,对于忠孝节义四字是向来极注重的。自新学说兴,一般青年非常崇信(新)。于是竭力排斥旧道德,把忠孝节义四字一齐都推翻了。忠呢,本来是臣行之于君的,如今专制国已改了共和国,君臣的名义已没有了,自无所谓忠不忠,然而改忠于君者忠于国,也未尝不可。至于一个节字,虽也是绝好字眼,为中国几千年来最奇怪而难能的一种道德,为世界

各国所无的。但自新学说兴,可被攻击得体无完肤了。义这个字,无论新学说旧学说,都决无推翻的理由,但虽没有人加以攻击,而叔季之世,人情薄如秋云,差不多也人人忘了这义字了。除了那忠与节义之外,如今我要很郑重的提出一个孝字来,讨论一下。我以为无论如何,这一个字是应当保留的了。虽然非孝之说,甚嚣尘上,究竟还不敢明目张胆的宣传,本来像现在这种时代,不用再宣传非孝,实际上已在那里实行。试问现在一般做人家儿子的,哪一个真能孝他的父母。一娶了妻,一生了儿女,就几乎将父母抛在脑后了。若再将非孝之说大吹大擂的鼓吹起来,势必要叫全中国儿子,人人带了勃浪宁①,将父母一一轰死,没有手枪的,使用快刀杀死他们,如这个样子,那中国可就真个要变作无父无母之国了。即如西洋各国,也未尝非孝。试将其英文字典一翻,便有 filial 一字,即是中国的孝字,孝字之一字,便有孝的所为,我们虽没有机会到西方人的家庭中去参观一回,但我们在影戏院许多外国影片中,可以见西方人对于父母实在非常孝顺。而以养母为尤甚。便是在久别重逢之际,儿子总得拥抱着父母,重重的接吻,随处有真性情流露,为吾国人所不及。只需在这极小的一点上看去,便知西方人未尝非孝了。平心而论,我们做儿子的不必如二十四孝所谓王祥卧冰、孟宗哭竹行那种愚孝,只要使父母衣食无缺,老怀常开,足以娱他们桑榆晚景,便不失为孝子。像这种极小极容易做的事,难道还做不到么?有人说,父母有什么权利定要子女孝顺他们,金圣叹说得好:父母生子女是为了行乐而生的,子女实在无孝顺之必要。我说,金圣叹的话,姑且当它可以成立,然而做父母的抚养子女到长大成人,供给他们衣食住,求学问题、婚嫁问题,样样都要操心,而幼稚时代的提携保抱,更足使为母的耗尽心力。做子女的受了这样的深恩,难道竟可

---

① 一种手枪的译音——编者注

以一辈子（辜）负而不知回报么？有人说：这是做父母的应该的义务，说不上深恩不深恩的。我说，姑且撇开深恩两字，但是尽了义务，也应该享受权利。父母尽了这么大的义务，子女就应当给他们享受些权利啊。现在一般人，在未娶妻时，也许能孝顺他们的父母。到得娶妻之后，往往一天天的和父母疏远起来，甚至可以断绝关系。其实只要把爱妻之心，分这么一丝一忽以孝顺父母，父母也就很快乐了。那又何必舍此区区呢？①

文章中对时下年轻人不孝顺父母的行为进行了论述和批判，并指出西方人对父母非常孝顺。可见"孝道"在周瘦鹃的思想中占有非常重要的位置，得到了极大的推崇。在翻译策略上，他通过增译的手法，扩展了文章内容，将"孝道"的思想融入文本中。如在《美人之头》中的一段话：

"I see you have good news," she said.
"Excellent! First, here is a pass for you."
"First my father!" (*Solange*)②

莎朗茣急问曰："君果以好消息来未？"予曰："消息颇不恶。予已将得一护照来，令娘不日可去法兰西矣。"女曰：君必先脱儿父，儿然后行。<u>不尔，儿宁死断头台上，万万不愿弃生吾之人，泰然自去</u>。（《美人之头》）③

《美人之头》讲的是在法国大革命时期，革命党人大肆屠杀贵族。贵族之女莎朗茣为救父亲，让钟情于她的革命党人挨尔培为父亲取得通行证，以便逃走。在这段话中，女儿只说让父亲先走一步。但在周瘦鹃的翻译中，他充分发挥想象力，运用增译法，增加了"不尔，儿宁死断头台上，万万不愿弃生吾之人，泰然自去"这一内

---

① 周瘦鹃：《说伦理影片》，《儿孙福》特刊，1926 年 9 月。
② Alexandre Dumas. *Solange* [OL]. http://www.online-literature.com/dumas/3175/2001.
③ 周瘦鹃：《欧美名家短篇小说》，长沙：岳麓书社，1987 年，第 270 页。

容,表达了女儿宁愿死,也不愿抛弃父亲的决心,体现了女儿对父亲的孝心,在译文中宣扬了孝道。

2.2 儒家伦理下的礼教回归

中国始终坚持以理治欲。儒家讲究"非礼勿视,非礼勿听,非礼勿言,非礼勿动"。朱熹则更是走向禁欲主义,说人应该"革尽人欲,复尽天理"(《语类》卷13)。"发乎情止乎礼"一直以来是传统社会中处理男女两性关系的基本准则,它要求男女之间的感情和交往要符合一定的道德规范,不能以人的感情为转移。

中世纪以后,西方伦理思想的理论前提是人性论,近代的人性论进一步发展为人道主义,主张人的理性的重要性在于它能够指导人们合理地满足欲望,协调个人与他人的关系,使个人在追求私利的同时不损害他人利益。西方偏重肉体幸福,突出人的感情和谐与物质欲望的满足,以及其他非理性对幸福的作用。费尔巴哈的"我欲故我在",认为感性欲望是人的本性,利己心理本身是合理的,无所谓善恶。人的感性欲望就是道德的标准,道德是实现人性的一种手段和工具。笛卡儿的"我思故我在",认为人之本性在人的理性,理性使人具有无限的价值,使人成为目的而不是手段。他强调人在理性指导下的行为都是善的,道德是理性指导人的欲望满足的结果。在注重物质享受的资本主义社会,人们追求感官刺激与物质满足,直接导致了伦理道德的物化。①

民初小说家在社会动荡与中西文化转型的大潮面前,思想是充满矛盾的也不无偏激,他们在经历了价值观与信仰的双重危机后,开始反思所倡导的文学观,逐渐回归传统。他们的"唯情主义"承认礼教的准则和威严,不能允许"自由女"亵渎纯真的爱情。周瘦鹃这时就主张"揄扬中外古今贞孝节烈敏慧义侠之女子,用作女界楷模"②。在涉及有违礼教的内容时,周瘦鹃一般会删节一些内容,

---

① 吴建国、魏清光:《翻译与伦理规范》,《上海翻译》,2006年第2期。
② 周瘦鹃:《怀兰室丛话》,《女子世界》,1904年第2期。

如在《面包》中的一段文字叙述：

> But he did not hear her, for he was drunk, he was mad, excited by another requirement which was more imperative than hunger, more feverish than alcohol; by the irresistible fury of the man who has been deprived of everything for two months, and who is drunk; who is young, ardent and inflamed by all the appetites which nature has implanted in the vigorous flesh of men.
>
> The girl started back from him, frightened at his face, his eyes, his half-open mouth, his outstretched hands, but he seized her by the shoulders, and without a word, threw her down in the road.
>
> She let her two pails fall, and they rolled over noisily, and all the milk was spilt, and then she screamed lustily, but it was of no avail in that lonely spot.
>
> When she got up the thought of her overturned pails suddenly filled her with fury, and, taking off one of her wooden sabots, she threw it at the man to break his head if he did not pay her for her milk.① (*A Vagabond*)

李青崖的译文如下：

> 但是他没有听见，他醉了，疯了，使他态度激昂的是一种比饥饿更其逼人的狂热，使他浑身发烧的不仅是酒精而且是一个男人的不可制止的猛烈欲火，以前两个月，这个男人的任何肉体享受都被剥夺，现在呢，他醉了，他是少壮的、热烈的、被大自然种在雄性运动的强健筋肉里一切欲望所燃烧的。
>
> 那姑娘因为他的神情，因为他的眼光，因为他的半开半闭的嘴唇和向前伸着的双臂而受到惊骇，不免倒退了几步。

---

① Guy de Maupassant. *A Vagabond* [OL]. http：//www. classicshorts. com/stories/Vagabond. html.

他抓住了她的双肩，一言不发地把她推翻在了路上。

她让手里的牛奶桶坠在地上，带着很大的声音往下直滚，把牛奶洒得干干净净，随后她叫唤着，随后知道这种叫唤在旷野里是无用的，并且已经明白他现在不是要她的性命，她终于既不十分抵抗也不十分发怒就随他摆布了，因为郎兑勒是十分强健的，但是并不真的过于粗暴。

等到她重新站起来之后，想起那两桶洒光了的牛奶立刻就觉得怒气冲天。于是脱下了脚上的一只木屐，连自己的身子一起向他扑过去，意思就是倘若他不赔牛奶，她就要打破他的头。①（《流浪人》）

周瘦鹃的译文如下：

朗特尔一声不响，跳到她面前，这当儿他早有了醉意，抱住了那女孩子，一块儿滚在地上。这么一来，那两桶牛乳便全个儿泼了个干净。那女孩子挣扎着起来，见翻了牛乳，好不着恼，一壁哭，一壁拾了石子掷朗特尔。②（《面包》）

此段英文文本总共160多个单词，而周瘦鹃仅用85字就译完了，通过对比可以看出周瘦鹃的译文对强暴过程处理得非常含糊，读者几乎不会将情节与"强暴"联系在一起，至多理解成主人公朗特尔酒后失态，抱住女孩亲吻而已。综合原因是译者顾忌社会的礼教观念，有意删减原文内容，以避免落得个"诲淫诲盗"的骂名。这种删减情节、规避隐晦地进行改写的翻译策略，一面体现译者的社会责任感，另一面也有着当时社会道德规范的约束压力。

---

① 李青崖：《流浪人》，盛巽昌、朱守芬：《外国小说》，上海：东方出版中心，2001年，第224—225页。
② 周瘦鹃：《面包》，《小说月报》，1918年9月25日第9卷第9期。

2.3 士大夫的爱国情怀

中国封建社会长期实行的是文官制度,孟子的"修身、齐家、治国、平天下"使得士大夫被赋予从政、参政、管理国家大事、治平天下的重任,对士的这些要求也被提升到气节的高度。孔子强调:"三军可夺帅也,匹夫不可夺志也。"孟子告诫:"富贵不能淫,贫贱不能移,威武不能屈。""大丈夫当以天下为己任",是出身儒门的士的主导心态,然而废除科举使得现代知识分子已经不可能像古代士那样以实践"王者之道""治国平天下"为自己的职业,但是他们强烈的社会责任感与崇高的历史使命感,是与前人"天下兴亡,匹夫有责"的历史使命感与忧患意识相通的,是对中华民族传统精神在现代的继承与阐扬。

周瘦鹃的爱国情怀一方面受儒家思想的熏陶,一方面与其自身的身世紧密相连。父亲临终前的遗嘱使他以笔墨为武器,在翻译作品的选择上倾向于爱国小说和军人小说,这展示了他深深的爱国主义的情愫。在翻译策略上,周瘦鹃也通过增译法,扩充文本的信息,以表达他的爱国情怀。

> Spaniards! I give my son my fatherly blessing! Now, Marquis, strike, without fear—you are without reproach. [1] (*El Verdugo*)

> 吾西班牙之国人乎,吾今当吾国人前,祝吾儿子多福。<u>吾老矣,为国而死,死无憾也。</u>侯爵,汝其趣下而刃,毋少畏惧。<u>吾死,亦决不汝尤。</u>[2](《男儿死耳》)

在《男儿死耳》一文中,法国将领维克都在一次突袭行动中捕获西班牙侯爵莱高纳一家,为保家族血脉,老侯爵向法国将军求情,保大儿子一人生还。在上述他对儿子的谈话中,他只是让

---

[1] Honore De Balzac. *El Verdugo* [OL]. http://www.gutenberg.org/files/1425/1425-h/1425-h.htm.
[2] 周瘦鹃:《欧美名家短篇小说》,长沙:岳麓书社,1987年,第263页。

儿子不要害怕，也不要有负罪心理。但在周瘦鹃的翻译中，他为老侯爵增加了"吾老矣，为国而死，死无憾也"的话语，表达了老侯爵的爱国之情和为祖国死而无憾的高尚情操。周瘦鹃正是通过这些翻译作品来激发当时身处内忧外患之中的国人反帝救国的爱国热情。

2.4 权利话语下的宗教归化

依仗不平等条约的庇护，基督教在近代中国的传教事业被视为"骑在炮弹上"传播福音。在传教过程中，基督教传教士企图改变中国传统礼俗，反对敬祖、祀天，诋毁佛教、道教，干涉民间迎神赛会的习俗，因而与中国的传统思想、信仰和风俗产生尖锐的矛盾。传教士推动的文教事业，又以文化征服为主要目的，遭到中国社会各个阶层的强烈抵制。近代中国是基督教教会与民众冲突最为激烈的时期。周瘦鹃深受儒家价值体系的熏陶，是儒家价值观的捍卫者，在翻译作品中，他用儒家修身之道的认知模式审视及解释基督新教教义带给人的精神力量，以阻遏基督教的传播，削弱基督教在19世纪末通过各种渠道在中国辐射开来的意识形态方面的影响。他对基督教思想的操纵或者有意误读可以看作是他消解西方文化霸权的一种策略。

1914年7月4日，周瘦鹃在《礼拜六》第5期的《社会小说》栏目上翻译了俄国托尔斯泰的小说《黑狱天良》，这篇译文与1917年3月上海书局出版的《欧美名家短篇小说丛刊》中的《宁人负我》是同一篇小说。其英文名是 *The Long Exile*。书中描述了挨克西诺夫被冤枉杀人而被判入狱，在二十多年的牢狱生活中，妻离子散，并在狱中遇到了真正的凶手。但是他却放弃了揭发凶手杀人并潜逃的行为，以基督教的博爱精神宽恕了凶手，使得凶手良心发现去自首，但当赦免状到时，挨克西诺夫已经永远地闭上了眼睛。

"And it's all that villain's doing!" thought Aksionov. And his anger was so great against Makar Semyonich that he longed for vengeance, even if he himself should perish for it. He kept repeating prayers all night, but could get no peace. During the day he did not go near Makar Semyonich, nor even look at him.① (*The Long Exile*)

当下里不由得不咬牙切齿的说道："我这大半生都还害在那恶贼奴手中，一辈子也忘不了他呢。"一会儿却又心平气和起来，想宁人负我，我毋负人。如今年已老了，死正不远。与其报仇于那人之身，不如自己早些儿死，保着我一个清清白白的身体，总算一生没有对不起人家的事。② 当夜便祷告了一夜，第二天也并不和西米拿维克接近，连正眼都不向他瞧一瞧。③（《宁人负我》）

He thought, "Why should I screen him who ruined my life? Let him pay for what I have suffered. But if I tell, they will probably flog the life out of him, and maybe I suspect him wrongly. And, after all, what good would it be to me?"

心中却在那里想道：我半生幸福，都给那恶贼奴葬送了干净。此刻正好趁此报仇，一消心头的愤气，我为什么放过他！转念却又想，那鞭刑何等的可怕，我是过来人，曾经尝过味儿的，怎忍下这毒手，使他受那切肤之痛，还是依旧照着"宁人负我，我毋负人"八个字做吧。于是闭着嘴儿，蓦然不答。④（《宁人负我》）

在文中，托尔斯泰宣扬了他基督宗教的"博爱"主张，其核心思想是一个"爱"字：爱自己、爱别人、爱仇敌、爱一切人。在基

---

① Leo Tolstoy. *The Long Exile* [OL]. http://thunderbird.k12.ar.us/The%20Classics%20Library/Selected%20Short%20Stories/Files/Tolstoy,%20Leo/The%20Long%20Exile%20by%20Leo%20Tolstoy.htm.
② 文中画线部分为周瘦鹃增译的内容。
③ 周瘦鹃：《欧美名家短篇小说》，长沙：岳麓书社，1987年，第441页。
④ 周瘦鹃：《欧美名家短篇小说》，长沙：岳麓书社，1987年，第442页。

督教文化中,对"爱"的实践,被看作一个"彰显"的过程。由于人类与生俱来的原罪,人的本性是没有爱的,"爱"是来源于上帝而非产生于人。爱,只是神给予人的"恩赐"。所以人只是承受了"爱"并将其进行传播的主体;人所做的,就是要照上帝的意愿去显明"爱"的这一"恩典"。因此,在"爱"的"彰显"过程中,要求做到平等,即平等地爱任何人,又平等地得到任何人的爱,甚至仇敌之间,也当如此。这就是说,人们彼此相爱是为了"爱神",在彼此相爱中去体现"神爱"的本性。文中挨克西诺夫在被冤枉杀人入狱后,连妻子也不相信他,他认为只有上帝才真正明白他,于是日夜祈祷。面对仇敌的挑衅和侮辱,他选择了不去揭发仇敌的恶行,在不断地祈祷中实现自己的宽恕和内心的平静,以期得到上帝的赦免。可见,托尔斯泰在这里要传达的"爱仇敌",是为了"爱神"。

周瘦鹃采用归化法,用"宁人负我"的儒家思想来传递全文的主题。他在文中画线的增译内容中进一步阐释了这一观点。"宁人负我"出自张养浩的《牧民忠告》:"宁人负我,无我负人,此待己之道也。"[①] 宗旨是"待人以恕,律己以严",体现了儒家的"克己复礼"的礼教观点。"恕者,仁也。如己之心,以推诸人,此求仁之道。"[②] 即恕者能以己推人,能察邻人之非且将己心之明觉仁爱流贯入所推诸人的心中,不仅是宽恕人之过,恕人之过仅是恕的初阶,真正的恕是要立人达人,成人成物。这和基督教中因"爱神"而"爱仇敌"的根本出发点是不同的。

规范的伦理道德对译者有直接或间接的影响,会制约译者的文本选择和翻译策略制定,使译者的翻译体现他们的思想性。这种思想性既包含着译者对塑造自身主体人格和实现自我的追求,也包含着他们对现实的关注以及对终极存在和终极意义的探索和追求等。

---

① 张养浩:《牧民忠告》,转自田晓娜:《礼仪全书》(下),北京:人民中国出版社,1998年,第1671页。
② 刘宝楠:《论语正义·雍也》,北京:中华书局,1990年,第209页。

周瘦鹃的译作选择深受儒家伦理中孝道、礼教思想的影响，同时还受到士大夫的爱国热情和民初对基督教抵触情绪的影响。在翻译策略上通过增译、删节和归化手法进一步体现了这些规范伦理。

（三）交际维的适应性选择转换

交际维的适应性选择转换，要求译者除语言信息的转换和文化内涵的传递之外，把选择转换的侧重点放在交际的层面上，关注原文中的交际意图是否在译文中得以体现。

叙事视角不仅表现作者的价值观，而且还以引领读者价值观的功能表现着文体意义。从读者接受的角度来讲，文体意义的最终实现在读者的阅读与欣赏中。法国解释学家利科认为，文学阅读作为解释是读者借助想象创造一种想象的语境，实现文本独特的意义指称，揭示话语背后的隐喻或象征意义。① 问题作为作家创造的话语意义的一种，其审美的功能只能而且也必须实现在读者的手中。因此，在交际维的适应性选择转换过程中，译者和读者之间的交际意图是否能够得以实现，从译者的叙事视角可以体现出来。

一般来说，外国小说叙事角度有三种：全知叙事、限知叙事和纯客观叙事。在全知叙事中，叙述者无所不在，无所不知，有权知道并说出任何一个人物都不可能知道的秘密。在限知叙述里，叙述者知道的和人物一样多，人物不知道的事情，叙述者无权说出；叙述者可以是一个人，也可以是数人轮流担任；叙述者可以用第一人称，也可以用第三人称。如果叙述者只能叙述小说人物的所见和所闻，既不做主观评论，也不分析人物心理，这种叙述就是纯客观叙事。② 我国古典小说的叙事角度，多采用第三人称的全知叙事，这种叙事方式还是保留了古代"说话人"讲述故事的痕迹，它可以自由

---

① 转引自朱立元：《当代西方文艺理论》，上海：华东师范大学出版社，1997年，第274页。
② 陈平原：《中国小说叙事模式的转变》，上海：上海人民出版社，1988年，第66页。

地介绍作品中任何一个人物的生活经历,也可以不受任何限制地描写广阔的生活场景,剖析人物的心理活动。这种叙事模式,从视角讲,称为全知叙事。①

晚清小说期刊以白话作译入语的白话章回体和白话非章回体、古白话短篇和现代白话短篇四种类型中,除最后一种外,其他类型的译作文本也都有浓厚的"说书体"味道。因而概括言之,在晚清小说期刊的文学译介中,中国章回小说的创作传统影响极大,译入作品的具体呈现形态很多都受它控制。由于受到口头文学(讲史)说书人向听众说话的形式的影响,这些工作都由小说中虚拟的"说话人"站在故事与虚拟听众(读者)之间来完成。因而作者也就无形中赋予了虚拟"说话人"概述故事和演绎细节的双重任务。不过清末民初的译作并非总是如演义体小说那样用第三人称的叙述视角来讲故事。在一些第一人称的小说译作中,译者就部分地修正了原来的做法,把原作中用第一人称的人物"我"的身份和"说话人"的身份集中在自己的身上,如周瘦鹃在《情奴》一文中将下面一段话的翻译做了如下处理:

> I must come, however, to the last, and perhaps the saddest, part of poor Denny Haggarty's history. I met him once more, and in such a condition as made me determine to write this history.②
> (*Dennis Haggarty's Wife*)

> 看官们啊,此刻我要腾出笔儿,记那可怜人但奈哈加的情史中一个最悲惨最不幸的收局。我从那回一面以后,又遇过他一回。我为甚不惮烦记这一段故事,也就为了这一面。③(《情奴》)

> His troubles are very likely over by this time. The two fools

---

① 郭延礼:《中国前现代文学的转型》,济南:山东大学出版社,2010年,第123页。
② W. M. Thackeray. *Dennis Haggarty's Wife* [OL]. http://www.readbookonline.net/read/7637/19882/.
③ 周瘦鹃:《欧美名家短篇小说》,长沙:岳麓书社,1987年,第89页。

who caused his misery will never read this history of him...①（*Dennis Haggarty's Wife*）

看官们啊！到此我这故事也就完结，料想我这伤心文字，未必会被那两个蛇蝎心肠的毒妇瞧见。②（《情奴》）

这样的翻译，使原作中的主要人物"我"因使用了"说话人"的口吻而让中国读者觉得熟悉而亲切，然而这也容易混淆第一人称"我"和"说话人"的身份，使得原文故事本来要传达的"我"的视角和观点弱化了，减少了作品的真实感和生活气息。

其次，受传统"说书体"小说影响最大的，是原来的"说话人"替换为译者，或者说译者"篡夺"了作品中虚拟"说话人"的位置，"说话人"叙述的全知全能或第三人称的叙事视角、夹叙夹评等就随之成为译者的"特权"。而且，在晚清小说期刊译作的译介方式中，这些方面都有不同以往的夸张变形。在情节叙述上，译者不但在译作中出现，以掌控全局的"说话人"姿态向"听众"（中国读者）叙述域外小说原作的故事情节，有时还会跳出一般叙述之外，直接面对面地与读者沟通交流，阐释自己的想法。③例如同样在《情奴》一文：

How many wives had King Solomon, the wisest of men? And is not that story a warning to us that Love is master of the wisest? It is only fools who defy him.④（*Dennis Haggarty's Wife*）

然而我至今却还好似闺中的老处女，守着个明珠不字之身。

---

① W. M. Thackeray. *Dennis Haggarty's Wife* [OL]. http：//www. readbookonline. net/read/7637/19882/.
② 周瘦鹃：《欧美名家短篇小说》，长沙：岳麓书社，1987 年，第 90 页。
③ 杜慧敏：《晚清主要小说期刊译作研究（1901—1911）》，上海：上海世纪出版集团，2007 年，第 121 页。
④ W. M. Thackeray. *Dennis Haggarty's Wife* [OL]. http：//www. readbookonline. net/read/7637/19882/.

可是娶妻生子，未必真有怎样的乐趣。咳，只这娶妻一事，如今已变了人生应有的事，在下可也不能信口胡说，攻击世人。那鼎鼎有名的苏罗门王，不是有着无数的妻房么，他又不是人人所知道的天下绝顶聪明人么！绝顶聪明人尚且脱不了这束缚，那些庸庸碌碌的匹夫，更何足道。所以我如今却要换一个论调，说那一个情字，真具着上天下地万能的魔力，足以驱使管辖普天下的绝顶聪明人。那些不能情诠的人，才是个冥顽不化的呆子咧。[1]（《情奴》）

原文本身是通过第三人称奈哈加的朋友"我"的视角去描绘他和其妻子的婚姻状况，对奈哈加的痴情和他被妻子利用的婚姻表示了深深的同情。作者在叙述的过程中，使读者不再是听故事本身，而是被作品中所写的人物情绪与精神状态深深感染着，作品中所表现的生活不是传统小说那种程式化的东西，更没有道德式的说教，它看起来就像是生活本身，似乎就是发生在读者身边的事情一样，与读者的生活和情绪息息相关，而读者也不再是一个旁观者与欣赏者。文中画线部分是周瘦鹃增译的，他的论述跳出了第三人称叙述视角，以"全知全能"的视角论述了他"爱情至上"的观点，人都难逃"情"的束缚。这样通过归化策略选用的"全知"叙事视角使得原文作者本身的交际意图并未得以实现，即通过叙事引起读者在关注人物的精神状态时，不断地用作品中的人物对照自己，进行灵魂的自我拷问。

最后，这一时期他的译文仍旧沿用古典章回小说的叙事习惯和语言风格，采用"闲话少提""且说"这些只有中国章回体小说中才会有的承接词，这些词一般用于原作者的一段观点陈述之后，或周瘦鹃自己跳出正常的文章叙述，发表自己的观点之后。如在《古室鬼影》的文章开头，原文如下：

---

[1] 周瘦鹃：《欧美名家短篇小说》，长沙：岳麓书社，1987年，第89页。

The following narrative is given from the pen, so far as memory permits, in the same character in which it was presented to the author's ear; nor has he claim to further praise, or to be more deeply censured, than in proportion to the good or bad judgment which he has employed in selecting his materials, as he has studiously avoided any attempt at ornament which might interfere with the simplicity of the tale.

At the same time it must be admitted that the particular class of stories which turns on the marvellous possesses a stronger influence when told than when committed to print. The volume taken up at noonday, though rehearsing the same incidents, conveys a much more feeble impression than is achieved by the voice of the speaker on a circle of fireside auditors, who hang upon the narrative as the narrator details the minute incidents which serve to give it authenticity, and lowers his voice with an affectation of mystery while he approaches the fearful and wonderful part. It was with such advantages that the present writer heard the following events related, more than twenty years since, by the celebrated Miss Seward, of Lichfield, who to her numerous accomplishments added, in a remarkable degree, the power of narrative in private conversation. In its present form the tale must necessarily lose all the interest which was attached by the flexible voice and intelligent features of the gifted narrator. Yet still, read aloud, to an undoubting audience by the doubtful light of the closing evening, or in silence by a decaying taper and amidst the solitude of a half-lighted apartment, it may redeem its character as a good ghost-story. Miss Seward always affirmed that she had derived her information from an authentic source, although she suppressed the names of the two persons chiefly concerned. I will not avail myself of any particulars I may have since received concerning the localities of the detail, but suffer them to rest under the same general description in which they were first related to me; and, for the same reason, I will not add to or diminish the narrative by any circumstances, whether more or less material, but simply rehearse, as I heard it, a story of supernatural terror.

About the end of the American war, when the officers of Lord Cornwallis's army which surrendered at Yorktown......① (*The Tapestried Chamber*)

看官们,这下边一段奇怪的故事,并不是向壁虚造的,实是二十年前我一个女友密司西华特所述,做书亲耳所闻,如今恰恰记起,便笔之于书,信手写来,不事刻划,只请看官们看他的事实,不必看他的文章。倘然寒夜无事,和家人们围炉而坐,一灯如穗,四壁风尖,便把这段故事讲将出来,直能使听的十万八千根寒毛根根竖起,仿佛身入鬼域,四下都是幢幢鬼影呢。

闲话休絮,且说美立坚独立战争终局时,英军中有几个军官,随着贵族康华立司在约克镇投降美军。②(《古室鬼影》)

文章第一、二段本是交代作者叙述故事的初衷,但周瘦鹃省略了这一部分内容,却增加了故事叙述的背景,渲染了恐怖的氛围。为了将故事转入正题,他使用了古典白话小说的连接词。

翻译的跨文化性质就体现在它不是独立于译入语语言文化系统的,原作通过语言的渠道进入译入语文化圈,就必然要受到其既有文学规范、文学习惯和文学思潮(或革新,或复古)的影响。通过分析可以看出,在周瘦鹃的早期译作中,叙事视角方面更多受传统

---

① Walter Scott. *The Tapestried Chamber* [OL]. http://gaslight.mtroyal.ca/tapchamb.htm.
② 周瘦鹃:《欧美名家短篇小说》,长沙:岳麓书社,1987年,第26页。

小说的影响，用"说话人"的身份来"演述"原作，未能传达原作者的真正交际意图。

二、归化原则下适应性翻译技巧

受民初时代环境、文化伦理以及翻译界的状况的影响，周瘦鹃的早期译作在语言维、文化维和交际维方面都做了适应性选择，采用以归化为主、异化为辅的翻译策略，在翻译方法上具体体现在以下几点：

（一）增译

增译也叫补译，是译者在译文里附加了原文中并不存在的额外信息或"冗余信息"。翻译过程毕竟不只是简单的语言符号的交换，语言符号本身所蕴含的文化意义是造成理解障碍的主要因素。因此，增译成为很多译者帮助译文读者克服理解困难而采取的翻译手段。增译的最终目的都是服务于读者对译文的理解和接受。[①]

1. 人物描写的增译

肖像描写是通过人物的外在特征（如身材、容貌、神情、服饰、风度等）塑造人物的一种艺术手法，所谓以"形"传"神"。中国古典小说注重"神似"，于"形似"有所忽略。所以古典小说中人物肖像描写成功的例子并不多，描写人物的容貌往往多用套语，如"貌似潘安""美如西子""沉鱼落雁之容，闭月羞花之貌"，有的则引几句诗词代之。这些表达方式在描写中国美女时几乎是不能缺席的，这已成为根深蒂固的观念，其实都指向一种特定的、在汉语文化里面普遍为人接受的美态和外貌。[②]然而这种肖像描写，很难给人以鲜明、具体的印象，而较多地给人留下想象和回味的余地。偶一为之，

[①] 王少娣：《跨文化视角下的林语堂翻译研究——东方主义与东方文化情结的矛盾统一》，上海外国语大学2007届博士学位论文。
[②] 孔慧怡：《翻译·文学·文化》，北京：北京大学出版社，1999年，第41页。

似无不可；用为套语，则不免"千人一面"。传统小说中这种抽象的、概括的、公式化的描写与作家受古典诗词、绘画的影响有关。中国古典诗词讲究含蓄、神韵，绘画重视写意、神似，而于具象的描写相对地有所忽视。①

周瘦鹃的译文也明显受到中国传统审美观的影响，出现了大量的归化现象，译笔下的欧洲女性也都是"琼花璧月，不足方明其艳""娟娟如春葩，弹黛若有深思"，男性也都是"偷香窃玉的少年""翩翩浊世的好体面"，这些描写都是通过增译法得以实现的。如：

> I began to think he fancied a girl I dearly loved, but who had always held off from me. Eh! But she was a pretty one in those days! There's none like her, now. I think I see her going along the road with her dancing tread, and shaking back her long yellow curls, to give me or any other young fellow a saucy word; no wonder Gilbert was taken with her, for all he was grave, and she was so merry and light.② (*The Sexton's Hero*)

> 盖吾微觉杰尔白似属意于吾所爱之女郎，个侬于吾，情致虽落落，而吾则直以心魂爱之，历久弗变，良以个侬当时，在群姝中实居第一。琼花璧月，不足方其明艳。即今日美人如云，亦殊无人能及。每值芳辰日丽，个侬偶出，行街上，如花舞风。或见吾及他少年，则微扬其黄金之云发，曼声作一二轻薄语，听之如醉醇醪，甜入骨髓。即其殢媚态，今犹仿佛见之。

> 于时杰尔白亦方翩翩少年，安得不为所动。其平日虽若庄重，特一见个侬倩笑，胡能自持。③（《情场侠骨》）

在《情场侠骨》这篇小说中，周瘦鹃对女主角的描写，忍不住

---

① 郭延礼：《中国前现代文学的转型》，济南：山东大学出版社，2010年，第130页。
② Mrs. Gaskell. *The Sexton's Hero* [OL]. http://www.readbookonline.net/read/7637/19882/.
③ 周瘦鹃：《欧美名家短篇小说》，长沙：岳麓书社，1987年，第56页。

加入了"琼花璧月，不足方其明艳"以符合中国传统小说人物的描写方式，对其声音的描写则增加了"听之如醉醇醪，甜入骨髓。即其謿媚态，今犹仿佛见之"。这些都受到了中国古典小说的影响，也体现出早期译者归化的翻译策略。类似的翻译例子如下：

> Having thus laid his little plan of philosophy in his closet, Memnon put his head out of the window. He saw two women walking under the plane trees near his house. The one was old, and appeared quite at her ease. The other was young, handsome, and seemingly much agitated: she sighed, she wept, and seemed on that account still more beautiful. Our philosopher was touched.① (*Memnon the Philosopher*, or *Human Wisdom*)

> 梅姆朗筹维既竟，探首于窗外，则见二妇人同步于左近枫杨树下。一已耄，中心似空洞无一物者。其一则为少艾，娟娟如春葩，嚲黛若有深思。时谓时泣，而泪华被靥面，益增其媚。吾圣人见状，心乃不起而动。②（《欲》）

> ...... and if only two or three young men were present at the time, would be pretty sure to kiss her Jemima more than once during the time whilst the bohea was poured out.③ (*Dennis Haggarty's Wife*)

> ……偶有二三个惯于偷香窃玉的少年，也只能趁着她倒茶时，偷偷地和她琪美麦接吻。④（《情奴》）

> Now, at this time, the 120th Regiment was quartered at

---

① François-Marie Arouet. *Memnon The Philosopher*, or *HumanWisdom* [OL]. http：//admin. zadigam. com/userfiles/Memnon％ 20The％ 20Philosopher（1）. pdf.
② 周瘦鹃：《欧美名家短篇小说》，长沙：岳麓书社，1987年，第237页。
③ W. M. Thackeray. *Dennis Haggarty's Wife* [OL]. http：//www. readbookonline. net/read/7637/19882/.
④ 周瘦鹃：《欧美名家短篇小说》，长沙：岳麓书社，1987年，第68页。

Weedon Barracks, and with the corps was a certain Assistant-Surgeon Haggarty, a large, lean, tough, raw-boned man, with big hands, knock-knees, and carroty whiskers, and, withal, as honest a creature as ever handled a lancet.① (*Dennis Haggarty's Wife*)

这当儿维顿营中恰驻着一营——第一百二十营的兵，营中有一个副军医，唤做哈加的，是个骨格伟大，面容瘦削，性情胶执的人，生着两只蒲扇般的大手，留着半颊胡萝卜色的浓髭。<u>瞧他外貌，自配不上那翩翩浊世的好体面</u>。只论他言行，也不失一个光明诚实的君子人。②（《情奴》）

在翻译过程中，周瘦鹃经常会参照本土文学系统，予以协调。但是在协调和转换过程中，原文中人物的种族特征后面所蕴含的文化特质也必然发生变化甚至完全消失，这是处于中西文化交流之处的译者始料未及的。种族等自然属性特征退居非常不显眼的位置（只有少数人物的描写中，偶尔提到眼睛和头发的颜色、鼻子的形状），人物的精神、气质等本质特征成为译者关注和着力再现的主要方面，小说中的西方人物不再是陌生的、新鲜的，而是熟悉的、亲切的，甚至是千篇一律的，一如人们耳熟能详的古典小说人物。孔慧怡在谈到此问题时，指出并解释了这种描写背后的两个互为作用的可能性：一是译者本人完全受到中国传统对女性所定的规范限制，根本看不出原著的描写有独特的地方；二是译者虽然了解原著所写的女性特色，却也同时理解到，他的目标读者并没有接受这种特色的文化背景，因此做出翻译上的文化转移。③

---

① W. M. Thackeray. *Dennis Haggarty's Wife* [OL]. http://www.readbookonline.net/read/7637/19882/.
② 周瘦鹃：《欧美名家短篇小说》，长沙：岳麓书社，1987年，第69页。
③ 孔慧怡：《晚清翻译小说中的妇女形象》，《翻译·文学·文化》，北京：北京大学出版社，2000年，第45页。

2. 情节的增加

中国古典小说无疑是以情节为中心的，情节是否曲折动人是评论家评判小说是否成功的重要因素之一，也是吸引读者的最大卖点。即使是翻译外国小说，福尔摩斯和茶花女在清末的大大流行，也说明了中国作家和读者的趣味所在，第一就要情节曲折，第二要布局巧妙。中国传统小说历来重视情节的叙述，因此周瘦鹃在翻译时会有意通过增译法，拓展情节，使得译文读起来更加生动。

> Some, like men blind, fell into the funnel-shaped pits, and hung upon the sharp stakes, pierced through the stomach, twitching convulsively and dancing like toy clowns......① (*Red Laugh*)
>
> 有许多人往往好像盲人。坠在那陷阱里头，地下原矗着一个尖锐的铁橛儿。坠下去时，就不免有开胸破肚之惨。<u>心脏肺腑，一古脑儿都漏了出来。倘然立时死了，倒也没有什么。无奈总要延一会儿残喘</u>，不住的在那铁橛儿上乱动。好像是耍货铺子里跳舞的泥人，真个可笑可怜。②（《红笑》）

《红笑》中，为了描写战争的残酷，周瘦鹃充分发挥想象力，运用增译的翻译手法，补充了情节，"心脏肺腑，一古脑儿都漏了出来。倘然立时死了，倒也没有什么。无奈总要延一会儿残喘"，使得人们仿佛亲临战场。

> I was so full of scorn at his cowardliness, that I was vexed I'd given him the second chance, and I joined in the yell that was set up, twice as bad as before. He stood it out, his teeth set, and looking very white, and when we were silent for wanting of breath,

---

① Leonid Andreyev. *Red Laugh* [OL]. http：//www. amalgamatedspooks. com/red. htm.
② 周瘦鹃：《欧美名家短篇小说》，长沙：岳麓书社，1987年，第458页。

he said out loud, but in a hoarse voice, quite different from his own:

"I cannot fight, because I think it is wrong to quarrel, and use violence."

Then he turned to go away......① (*The Sexton's Hero*)

吾见彼懦怯至于斯极，则亦不齿其人，立从群少年狂呼，声乃益高。呼久，几于气塞，始各少止。杰尔白力忍弗动，自嚼其齿，而容色亦泛为惨白。既闻吾辈罢呼，则嘶声言曰："吾弗能斗，亦弗欲斗。以吾意朋好争执，至于用武，实不足为训。"言时，厥声滋怪，弗类其平日。旋即返身自去。②（《情场侠骨》）

这段翻译中，文中的叙述者因喜欢好友杰尔白的女友，因妒生恨，故意挑衅杰尔白与他决斗，但杰尔白不愿和好友诉诸武力，因此选择退却。"我"再次发起挑衅，因此围观少年的起哄声、呼喊声越来越高。文中周瘦鹃加入了"呼久，几于气塞，始各少止"的情节，使得当时的场面更为生动，也容易吸引读者。

3. 过渡

在中国传统小说章节的开头常能找到此类文字，以交代前文，引领下文，起到一个承上启下的作用，这种增补延续了中国文学的传统，符合当时的读者期待，如果不增添上述过渡文字，读者会觉得故事情节太显突兀。

He tried every day and every hour of the day, all with the same effect, till he grew absolutely desperate, and had the audacity to kneel on the spot and entreat of Heaven to see her. Yes, he called on Heaven to see her once more, whatever she was, whether a being

---

① Mrs. Gaskell. *The Sexton's Hero* [OL]. http://www.readbookonline.net/read/7637/19882/.
② 周瘦鹃：《欧美名家短篇小说》，长沙：岳麓书社，1987年，第57页。

of earth, heaven, or hell.

　　He was now in such a state of excitement that he could not exist; he grew listless, impatient, and sickly, took to his bed, and sent for M'Murdie and the doctor; and the issue of the consultation was that Birkendelly consented to leave the country for a season, on a visit to his only sister in Ireland, whither we must accompany him for a short space.① (*The Mysterious Bride*)

　　地主心儿不死，每天薄暮时，依旧打叠精神，上白甘岗去，伏在从前美人儿立处，求上天垂怜，使他一见云英颜色。不论是天上神仙，地下鬼魅，他都不怕。从此一天一天的过去，朝朝暮暮，相思无极，后来竟生起病来。达克透劝他到别处去养病，地主没奈何，便想往爱尔兰阿姊家里去。②（《鬼新娘》）

原文分两段来写地主的状况，前面部分写地主天天去追寻美人儿，接下来一段转而写他因相思生病，周瘦鹃在翻译中将两段合二为一，增译了"从此一天一天的过去，朝朝暮暮，相思无极"，使得两段之间的衔接更加紧密，过渡自然。

4. 补充

为了使得情节完整，过渡自然，周瘦鹃会增加一些语句，对情节进行补充说明。例如：

　　……　for all so much about him was altered; the lads would not play with him; and as soon as he found he was to be slighted by them whenever he came to quoiting or cricket, he just left off coming.③ (*The Sexton's Hero*)

---

① James Hogg. The Mysterious Bride ［OL］. http：//www. readbookonline. net/readOnLine/7629/.
② 周瘦鹃：《欧美名家短篇小说》，长沙：岳麓书社，1987 年，第 17 页。
③ Mrs. Gaskell. The Sexton's Hero ［OL］. http：//www. readbookonline. net/read/7637/19882/.

盖彼经此情场一跌以后,百凡都变矣。村中群少年,均不从彼游。彼或出为投环击球诸戏,众不屑观,哗然俱去,<u>无一称之为健儿好身手者。杰尔白至是,可云无友</u>。①(《情场侠骨》)

杰尔白因为没有接受和好友的角斗,被人们视为懦夫,女友也因此离开了他。为了和前文进行对比,突出杰尔白的现状,周瘦鹃刻意增加了"无一称之为健儿好身手者。杰尔白至是,可云无友"。

5. 夸张

为了表达强烈的思想感情,突出某种事物的本质特征,运用想象,对事物的某方面着意言过其实,这种修辞方式叫夸张。夸张的人际功能主要表现在它的感染力上,而感染力则来自它的情感的表现力。不论是观察还是与人交流,夸张所诉诸的都是感情与审美判断。而人的感情是最具扩张性与起伏性的,或如火山迸发,或如大海掀涛,非淋漓尽致而不能尽兴达意,所以夸张便自然"应情而生",而且一旦采用夸张则非"极言"不能达意,也只有极言才能传达出说话者的感情,并用这样的充沛的感情去感染受话者,完成语言的感染功能,完成它的人际功能。

> I love you much too well for that, dear Madeline, and you are too beautiful and delicate to be the wife of a poor subaltern with little beside his pay. I can honestly say that I hope you will be happy.② (*The Blue Curtains*)

情根既斩,情丝亦绝。以后孤栖之光阴,将如何过者?<u>嗟夫吾亲爱之梅蒂玲,吾爱卿之情,实臻其极。高者其希马拉耶山耶,吾爱卿之情乃在希马拉耶山之巅;深者其太平洋耶,吾爱卿之情,乃在太平洋之底。</u>而今情梦已醒,尚复何言。念吾一介武夫,惯于腥风血雨中讨生活,原不足以俪天人。今后吾

---

① 周瘦鹃:《欧美名家短篇小说》,长沙:岳麓书社,1987年,第59页。
② H. Rider Haggard. The Blue Curtains [OL]. http://www.havaris.ca/horror-stories/stories07/179.htm.

无所望，但望卿乐耳。①（《红楼翠幙》）

在这段文字的翻译中，周瘦鹃充分发挥了他作为"哀情巨子"的写作特色，将主人公的深情比同喜马拉雅山之巅和太平洋之底，用增译夸张的手法描写了主人公瓶对女友的深切真情。

6. 解释

  Letty told me at after, she heard her baby crying for her, above the gurgling of the rising waters, as plain as ever she heard anything; but the sea-birds were skirling, and the pig shrieking; I never caught it; it was miles away, at any rate.

  Just as I'd gotten my knife out, another sound was close upon us, blending with the gurgle of the near waters, and the roar of the distant......②（*The Sexton's Hero*）

  后兰荺告吾，谓当彼时恍闻爱儿唤母之声，排怒潮澎湃声，海鸟哀号声而起，历历入耳，令人心碎。<u>顾吾辈为势虽穷蹙，而为爱儿故，犹不愿束手就死。</u>吾方疾起，出刀刺马，乃又有一清澈之声浪，起于近处，与潺潺之水声相混合。③（《情场侠骨》）

在本段中，周瘦鹃通过增译"顾吾辈为势虽穷蹙，而为爱儿故，犹不愿束手就死"，阐释了主人公的心情，对后面的行为进行补充和解释说明。

（二）漏译

漏译和省略都是译者在译文中遗漏原文中的某些信息，但是二者所产生的原因有所不同。由于英汉两种语言表达的差异，原文中的部分语言形式在翻译到对方语言中时可以省略而不会产生信息的

---

① 周瘦鹃：《欧美名家短篇小说》，长沙：岳麓书社，1987年，第158页。
② Mrs. Gaskell. *The Sexton's Hero*［OL］. http：//www. readbookonline. net/read/7637/19882/.
③ 周瘦鹃：《欧美名家短篇小说》，长沙：岳麓书社，1987年，第61页。

遗失。如助词、代词、冠词、时态等在汉英语言中的功能不同，所以在译文中被省略是翻译的正常操作，并不影响译文的忠实性。这种由于译者考虑到两种语言的语法和句法等语言形式的差异而在译文中将原文中的部分冗余内容删掉的做法恰恰是出于对原文负责。漏译产生的原因则较为复杂，有可能是译者的疏忽，也有可能是译者对某种因素的特殊考虑。① 周瘦鹃的漏译方法主要用于对心理描写的翻译。

心理描写是人物形象塑造的一个重要的艺术手段，要表现人物的思想感情，心理活动的揭示是至关重要的。只有剖析人物的内心世界，才能更好地表现人物的性格。泰纳说过，一部优秀的文学作品，"会是一种人的心理，时常也就是一个时代的心理，有时更是一个种族的心理"，所以外国作家，特别是现实主义的大师们，十分重视并擅长心理描写。中国古典小说的心理描写多是把人物的心理活动和人物的行动、语言结合起来，通过人物的外在变化来透视人物的心灵，很少有大段的静态的心理描写或独白。这种描写虽有简练、含蓄的长处，但也有明显的局限：一是难以展示人物心理多层次的变化；二是难以构成心理态势的巨大张力，从而形成震撼人心的艺术力量。②

This mortification had been spared the unhappy woman; but I don't know whether, with all her vanity, her infernal pride, folly, and selfishness, it was charitable to leave her in her error.

Yet why correct her? There is a quality in certain people which is above all advice, exposure, or correction. Only let a man or woman have DULNESS sufficient, and they need bow to no extant

---

① 王少娣：《跨文化视角下的林语堂翻译研究——东方主义与东方文化情结的矛盾统一》，上海外国语大学2007届博士学位论文。
② 郭延礼：《中国前现代文学的转型》，济南：山东大学出版社，2010年，第131—132页。

authority. A dullard recognises no betters; a dullard can't see that he is in the wrong; a dullard has no scruples of conscience, no doubts of pleasing, or succeeding, or doing right; no qualms for other people's feelings, no respect but for the fool himself. How can you make a fool perceive he is a fool? Such a personage can no more see his own folly than he can see his own ears. And the great quality of Dulness is to be unalterably contented with itself. What myriads of souls are there of this admirable sort, selfish, stingy, ignorant, passionate, brutal; bad sons, mothers, fathers, never known to do kind actions!

To pause, however, in this disquisition, which was carrying us far off Kingstown, New Molloyville, Ireland-nay, into the wide world wherever Dulness inhabits-let it be stated that Mrs. Haggarty, from my brief acquaintance with her and her mother, was of the order of persons just mentioned.① （*Dennis Haggarty's Wife*）

我听了这话，心儿里不觉得暗暗好笑，想这位夫人的虚荣心，委实至死不变。脸儿已变得如此丑陋，却还兀自自负她的好颜色。然而这也不能怪她。可是她那明珠双眼，已黟黑无光。虽对着菱花宝镜，也没有顾影自怜的分儿。如今麻瘢满面，自己哪里瞧见。只我又何必说破她。天下事惟有痴聋麻木，最是安乐。心儿太明白了，就有无限的苦恼。她既自以为美，我便也默认她美好了。②（《情奴》）

这是一段对叙述者的心理活动的描写，中国传统文学规范中很少有大量的心理描写和大段的人物描写，这种细致的描写与当时的

---

① W. M. Thackeray. *Dennis Haggarty's Wife* [OL]. http://www.readbookonline.net/read/7637/19882/.
② 周瘦鹃：《欧美名家短篇小说》，长沙：岳麓书社，1987年，第79页。

本土文化产生一定的冲突，周瘦鹃或许是觉得文字拖沓冗余，而且内容无关紧要，于是就在翻译时删节了画线部分的内容。

> She remembered, as she sat there this evening, how at the time she had wondered if it was worth it-if life would not be brighter and happier if she made up her mind to fight through it by her honest lover's side. Well, she could answer that question now. It had been well worth it. She had not liked her husband, it is true; but on the whole she had enjoyed a good time and plenty of money, and the power that money brings. The wisdom of her later days had confirmed the judgment of her youth. As regards Bottles himself, she had soon got over that fancy; for years she had scarcely thought of him, till Sir Eustace told her that he was coming home, and she had that curious dream about him. Now he had come and made love to her, not in a civilised, philandering sort of a way, such as she was accustomed to, but with a passion and a fire and an utter self-abandonment which, while it thrilled her nerves with a curious sensation of mingled pleasure and pain, not unlike that she once experienced at a Spanish bull-fight when she saw a man tossed, was yet extremely awkward to deal with and rather alarming.① (*The Blue Curtains*)

这段语言是梅蒂玲在和瓶旧情复燃后对他们感情思考的一段心理描写，这段文字和前段文字的内容略有重合，而且与后面情节的发展没有太大关系，于是周瘦鹃删节了此段的翻译。

(三) 改译

改译是译者出于某种目的在译文中对原文内容进行一定的调整

---

① H. Rider Haggard. *The Blue Curtains* [OL]. http://www.havaris.ca/horror-stories/stories07/179.htm.

或改变。改译的目的可能因不同的文本、不同的受众群体、不同的时代等因素而不同。大多情况下是译者从文化角度考虑到译文读者的理解和接受能力，或从译文的审美效果考虑而对原文内容进行适当的改动。改译往往可以反映出原语和译入语读者看待具体事物和现象角度的细微差异。①

> Then only one remained alive, and he tried to push the two that were dead away from him; but they trailed after him, whirling and rolling over each other and over him; and suddenly all three became motionless.②（*Red Laugh*）

周瘦鹃译：

> 单剩一个活着，依旧不住乱嚷乱跳。再停了一下子，三人已滚在一块儿。你滚在我身上，我滚在你身上。滚了半晌，三人都寂然不动了。③（《红笑》）

梅川译：

> 那时只一个还活着，他想把那已死的两个推开，但他们都跟住他，旋转着，互相颠倒滚动也滚在他身上，于是突然地三个都不动了。④（《红的笑》）

这段文字明显可以看到周瘦鹃进行了改译。原文如梅川所译，最后活着的人想要推开两个死去的人，然而由于电线的缠绕，他们无法分开，互相纠缠在一起，最后使得活着的人也死了。在翻译过程中，周瘦鹃可能没有完全弄懂原文，也可能害怕翻译出来读者不

---

① 王少娣：《跨文化视角下的林语堂翻译研究——东方主义与东方文化情结的矛盾统一》，上海外国语大学 2007 届博士学位论文。
② Leonid Andreyev. *Red Laugh*［OL］. http://www.amalgamatedspooks.com/red.htm.
③ 周瘦鹃：《欧美名家短篇小说》，长沙：岳麓书社，1987 年，第 458 页。
④ 梅川：《红的笑》，《小说月报》，1921 年第 12 卷，第 187 页。

能明白，于是简单地进行了改译。

> Sometimes they are fired at by mistake, sometimes on purpose, for they make you lose all patience with their unintelligible, terrifying cries.① (*Red Laugh*)

周译：

> 那一班没有发疯的士兵们听了厌烦，便放枪过去结果他们几个。然而他们却依旧乱跳乱喊。②(《红笑》)

梅译：

> 有时他们因被误会而遭枪打，有时是故意的，因为他们的不能懂的，可怕的呼声，会使人们再也忍不下去……③(《红的笑》)

这段文字周瘦鹃也进行了改译，原文中提到战友们因为受不了发疯士兵的乱喊乱叫，便将他们枪杀了，周瘦鹃的翻译没有将文章内容传达出来，却用"然而他们却依旧乱跳乱喊"来替代。

> Inflamed, however, by love, and inspired by wine, one day at a picnic at Kenilworth, Haggarty, whose love and raptures were the talk of the whole regiment, was induced by his waggish comrades to make a proposal in form.
>
> "Are you aware, Mr. Haggarty, that you are speaking to a Molloy?" was all the reply majestic Mrs. Gam made when, according to the usual formula, the fluttering Jemima referred her suitor

---

① Leonid Andreyev. *Red Laugh* [OL]. http://www.amalgamatedspooks.com/red.htm.
② 周瘦鹃：《欧美名家短篇小说》，长沙：岳麓书社，1987年，第464页。
③ 梅川：《红的笑》，《小说月报》，1921年第12卷，第189页。

to "Mamma". ① (*Red Laugh*)

一天，在堪尼尔华司一个宴会里，有几个好事的都纷纷议论他。还用着一种冰冷的口吻，向他说道："密司脱哈加的，你可知道你自己在那里和麻洛维尔家的人讲话么？"话中自寓着你是个穷酸，怎能仰攀麻洛维尔家的意思。(《红笑》)

在这段话语中，不仅"Inflamed, however, by love, and inspired by wine,"在译文中没有翻译出来，原文中说话者是女主人公 Jemima 的妈妈 Mrs. Gam，在译文中却变成了几个不相干的好事者。

(四) 注释

周瘦鹃的注释方法呈现出两种形式，即隐藏式译注和非隐藏式译注。在隐藏式译注里，译者把译注完全紧密地结合在译文中，没有在译文里添加任何文字说明此解释为译者所加。隐藏式译注模糊了原作者与译者的界限，译文读者若不对比原文，根本不知道何处解释为原文作者所有，何处为译者所加。例如：

His name was written in round hand on the grey paper of the cover, and the notes and repots, carefully classified, gave him his successive appellations. "Name, Leturc", "the prisoner Leturc", and, at last, "the criminal Leturc". ② (*The Substitute*)

而伊盎之名及其所犯之罪案，乃数数见于耶路撒冷街警中册籍之上。纸作灰色，字亦益觉其黯淡，初仅直书其姓曰：赖透克，继则加衔，曰：囚徒赖透克，后则直称之曰：罪犯赖透克。所称屡易，而其堕落亦愈下矣。③ (《罪欤》)

例子中的主人公伊盎·赖透克是巴黎的一个少年惯偷，屡次被

---

① W. M. Thackeray. *Dennis Haggarty's Wife* [OL]. http：//www. readbookonline. net/read/7637/19882/.
② Francois Coppee. *The Substitute* [OL]. http：//readbookonline. net/readOnLine/33478/.
③ 周瘦鹃:《罪欤》,《小说大观》,1917 年第 9 集。

送进监狱，但仍屡教不改。他在犯罪道路上越陷越深的过程在原文中只用三个简单的名词词组表示："Leturc""the prisoner Leturc"和"the criminal Leturc"。这些词汇给读者带来的感情上的冲击和心理震慑逐步上升，到最后一个词组时达到高潮。但译者却唯恐中国读者误解这三个称呼是主人公的不同绰号，因而在这些词组后面加上解释情节用的隐藏式注释"所称屡易，而其堕落亦愈下矣"。这个译注把三个名词词组之间存在的逻辑关系明确化，帮助读者理解情节。

非隐藏式的译注在周瘦鹃的译作中通常被标注在圆括号内，一般用"按""译者按"来引导，以表明这些内容为译者所加。这类注释主要用于解释一些文化差异方面的问题，涵盖了西方的节日、宗教习俗的起源和庆祝方式、某些在西方具有文化意义的现象和事物（如头衔、称号）及某些西方地方特有的文化和民俗，如对欧洲盛行的五月节（popular rites of May）的解释：

> 每值假期节日，村人辄相聚为戏。而五朔之节，更为注重。（按：往时欧洲各国于五月一日举行祝典习惯如吾国之端午，今穷乡僻壤间尤有行之者。）[1]（《这一番花残月缺》）
>
> 这一重公案，如以贺末（按：即 Homer 希腊大诗人）之杰构《伊利亚特》（按：即 Iliad，为世界最有名之诗）中事喻之，则吾群儿可谓屈琴群豪，而鸡雏则海克透也。（考希腊野史，海克透 Hector 为脱劳爱 Troy 王珀拉姆之子，为屈琴群之领袖，后为茂密棠族 Myrmidons 酋长阿堪莱 Achilles 所杀，以车载其尸绕脱劳爱城三匝，以示城人使各屈服。）[2]（《义狗拉勃传》）

有些译注则涉及西方政治、经济和军事等方面的内容，包括解释某些西方政治人物和政治体系，解释西方财经术语，讲解西方军事术语等。如下面例子：

---

[1] 周瘦鹃：《欧美名家短篇小说》，长沙：岳麓书社，1987年，第368页。
[2] 周瘦鹃：《欧美名家短篇小说》，长沙：岳麓书社，1987年，第43页。

七月二十七日，彼专制恶魔罗拔士比（按：罗拔士比本为法兰西大革命之主动者，只以专柜暴戾，故不得人心。）已授首于巴黎断头台上。全国之现象，为之一变。①（《恩欤怨欤》）

第二节　后期翻译策略：异化为主，归化为辅

从晚清到五四前后短短二十余年间，翻译规范变化速度之快，范围之广，程度之深，影响之大，都可以说是史无前例的。翻译家开始质疑主流的翻译时尚，探究翻译的本质与标准，尝试新的翻译策略和翻译表现形式，甚至革新翻译语言。直译在五四时期成为主要的翻译方法，主要是针对晚清"豪杰译"随意删削改易原文的反拨，而非针对所谓的意译。后世研究者用意译命名晚清的翻译方法时，其意义相当于"任意删节""自由译""译述"等。②最早的直译方法，始于周氏兄弟在《域外小说集》中的使用，当时并未被人们接纳。到了1919年傅斯年在《译书感言》中明确提出翻译的原则之一就是"用直译的笔法"。到了20世纪20年代，直译之风更盛，"翻译文学之应直译，在今日已没有讨论之必要"③。茅盾在1981年回忆时还提道："'五四'运动以后开始用白话文翻译。翻译的人很多，有的好，有的差，但多数人开始认真注意'信、达、雅'了。'直译'这名词，就是在那时兴起的，这是和'意译'相对而说的，就是强调要忠于原文，在忠于原文的基础上达到'达'和'雅'。"④

总的来说，作为五四时期主要翻译方法的直译，主要涉及字词和句法，这与当时的语体文欧化的讨论相吻合。语体文欧化的目的

---

① 周瘦鹃：《欧美名家短篇小说》，长沙：岳麓书社，1987年，第352页。
② 胡翠娥：《文学翻译与文化参与》，南开大学2003届博士学位论文。
③ 茅盾：《译文学书方法的讨论》，《小说月报》，1921年4月第12卷第4号。
④ 茅盾：《茅盾译文选集·序》，上海：上海译文出版社，1981年。

是要借助西方语言的文法和结构等帮助建设中国的新书面语言——白话文，使其在词汇和句法层面都得到较为全面的革新。

在这一时期，周瘦鹃几乎完全采用异化法进行翻译，下面的一段译文是他在1921年3月《礼拜六》第102期上翻译的《末叶》，与黄源深在2011年翻译的《最后一片叶子》相比较，可以看出译文上几乎没有太大区别。

> In a little district west of Washington Square the streets have run crazy and broken themselves into small strips called "places". These "places" make strange angles and curves. One street crosses itself a time or two. An artist once discovered a valuable possibility in this street. Suppose a collector with a bill for paints, paper and canvas should, in traversing this route, suddenly meet himself coming back, without a cent having been paid on account![1] (*The Last Leaf*)

周译：

> 在华盛顿广场西面的一个小区城中，那街道并乱分裂了，变成了一条条的小地方叫做"场所"。这些"场所"都有很奇怪的角和曲线。一条街或者和两条街叉在一起了。有一回有一个画师在这街中发现了个机巧的意思。要是那收画漆账和画纸画布账的人来时，自己恰没有一个铜币付账，那收账的走了这错乱的街路，可要折回去咧。[2]（《末叶》）

黄译：

> 在华盛顿广场西面的一个小区里，街道仿佛发了狂似的，

---

[1] O. Henry. *The Last Leaf* [OL]. http：//www.online-literature.com/donne/1303/.
[2] 周瘦鹃：《末叶》，范伯群主编：《周瘦鹃文集·翻译卷》，上海：文汇出版社，2011年，第133页。

分成了许多叫作"巷子"的小胡同。这些"巷子"形成许多奇特的角度和曲线。一条街本身往往交叉一两回。有一次,一个艺术家发现这条街有它可贵之处。如果一个商人去收颜料、纸张和画布的账款,在这条街上转弯抹角、大兜圈子的时候,突然碰上一文钱也没收到,空手而回的他自己,那才有意思呢!①
(《最后一片叶子》)

一、小说、戏剧适应性异化翻译

(一) 小说翻译

1. 语言维的适应性选择转换

白话语言规范也在论争和翻译实践的尝试中迅速确立。文学(学术)语言的通俗化与白话化是晚清以来的发展趋势。然而在新文化运动中,胡适、陈独秀、鲁迅、周作人、钱玄同、刘半农等参与的白话文论战,以及他们在翻译与创作中所尝试的白话文实践,宣告了一种全新语言观的诞生。

针对汉语欠缺精密性、逻辑性的情况,胡适、傅斯年、刘半农等都先后发出了增强汉语逻辑性的倡导。傅斯年曾提道:理想的白话文应当是"逻辑的白话文、哲学的白话文和美术的白话文",即有逻辑、有条理、层次布局合理,能表现最精微、最科学思想的白话文。增强文章的逻辑性、哲学性则需要"直用西洋文的款式,文法、词法、句法、章法、词枝……就是能学西洋词法,层次极深,一句话里的意思,一层一层的剥进,一层一层的露出,精密的思想,非这样复杂的文句组织,不能体现"。②鲁迅也同样认为:"欧化文法的

---

① 黄源深:《最后一片叶子》,《欧·亨利短篇小说选》,上海:上海译文出版社,2011年,第1页。
② 傅斯年:《怎样做白话文·中国新文学大系》,上海:良友图书公司,1935年,第224页。

侵入中国白话的大原因,并非因为好奇,乃是为了必要。……固有的白话不够用,便只得采些外国的句法。比较的难懂,不像茶淘饭似的可以一口吞下去是真的,但补着缺点的是精密。……我主张中国语法上有加些欧化的必要。"①

白话文不仅仅是一场工具的革命,白话文还张扬了现代人道主义、平民思想和科学理性精神。有学者甚至将语言与思维方式联系起来,将语言变革上升到否定传统的封建文化价值、改变国人糊涂思维方式的文化高度,使翻译语言的转变具有精神思想上的意义。五四前后翻译语言的西化倾向,一方面体现出白话初期的稚嫩,另一方面也说明翻译是一种力量,是催生中国传统语言现代化的中介。翻译活动在改变中国翻译语言的同时,也逐步而稳妥地构建了翻译的语言规范。文言翻译,除了个人的应和和赠答之外,不可逆转地退出了大众的阅读视野。②

1.1 新词汇的输入

20世纪20年代的中国,伴随着社会的发展,出现了许多新鲜的事物,作为记录社会的文体,小说忠实地记录了这种社会新事物。一些新词汇的出现,为小说注入了现代内容,而且通过通俗小说家不厌其烦地描述和鼓吹,这些具有现代性的词汇所承载的思想和文化内涵也被传达给了小说读者。

在周瘦鹃的译作中,也出现了众多舶来新词汇,如"经理""宗教""专制政府""肺炎症"等,这些新词汇的输入,既便于译者向读者介绍西方文明,也丰富了汉语词汇,从而增强了中国小说创作的表现力。如周瘦鹃分别在1918年和1925年翻译了莫泊桑的同一篇小说 The Grave,从词汇的选择上可以看到翻译语言在时代中发生

---

① 鲁迅:《小约翰〈引言〉·鲁迅全集第10卷》,北京:人民文学出版社,1981年,第257页。
② 廖七一:《中国近代翻译思想的嬗变——五四前后文学翻译规范研究》,天津:南开大学出版社,2010年,第139—140页。

的变化,例如"罪人"→"被告","宵小"→"化子流民","心思"→"思想",那些旧有的名词都已换了新的表述法。又如对女子的称呼"彼姝""彼婧""仙姝",被统一确定为"伊"这一新鲜的人称代词;动词使用也有了不同,由"缔视"转成"发见",由"虎跃"成为"斗的一跳",都是更加贴近原文的新鲜白话。

1917年《欧美名家短篇小说丛刊》中的《病诡》,关于"doctor"的翻译还是音译的"达克透",如:

> 主妇之言曰:"<u>达克透</u>华生,渠将死因。锦悒三日,为势滋恶,吾不审渠今日能否延至日……"①(《病诡》)

到了1921年3月26日第102期的《礼拜六》上的《末叶》,"doctor"的翻译就已经更换为统一的"医生"了。

> 一天早上,那个赶忙的<u>医生</u>蹙着一道灰褐色浓眉,把莎依请到客堂中,说道:"伊十个机会中单有一个机会。"②(《末叶》)

他在《丛刊》中对"Mr"的翻译沿袭的是音译,如:

> 半路上却遇见了他朋友<u>密司脱末茂苔</u>……③(《鬼新娘》)

到了1920年翻译的《畸人》中就采用了"先生"的译法:

> 达士孟先生已到了五十五岁,才娶一个很年轻的妇人。④(《畸人》)

另外,词汇方面的革新在英文后缀的统一翻译上也得到了体现。如"家"字,凡专门研究一种学问的人称为专家,如"艺术家""哲

---

① 周瘦鹃:《欧美名家短篇小说》,长沙:岳麓书社,1987年,第198页。
② 周瘦鹃:《末叶》,范伯群主编:《周瘦鹃文集·翻译卷》,上海:文汇出版社,2011年,第133页。
③ 周瘦鹃:《欧美名家短篇小说》,长沙:岳麓书社,1987年,第14页。
④ 周瘦鹃:《畸人》,范伯群主编:《周瘦鹃文集·翻译卷》,上海:文汇出版社,2011年,第128页。

学家"等。中国本来有所谓的"道家""儒家",但那是仿语,意思是说"道的一派""儒的一派",和现代所谓的"家"不尽相同。现代所谓的"艺术家""哲学家"等,在英文中往往不是仿语,只是一个单词,于是"家"字便可认为是名词后符号之一种,等于是英文词尾-ist,-ian,或-er等。

"培尔曼,是他的名字——我料他也是一个美术家。"①(《末叶》)

同样"者"字本来是一个代词,但是,在翻译的文章里,"者"字往往和动词合成一个名词,后来即在非翻译的文章里,也用成习惯了,这一类的名词在英文里往往是以-er或-or为词尾的,"者"字在这种情形之下,也颇像那-er或-or,所以可认为是名词后符号的一种。

这还不是重要之点,那重要的一点是,他们那位亲爱的爸爸是一个牺牲者,而我是一个恶徒来破坏你们的一生的。②(《人生的片段》)

1.2 欧化的语法

如果说,在晚清之际翻译语言的欧化主义体现在词汇上,并未引起人们的关注,那么到了五四时期,在词汇之外,欧化也体现在句法层面上,语体文欧化在翻译中愈演愈烈,成为译者的主动追求。欧化语体文通过翻译进入汉语,丰富了中国语言。王力指出:"欧化具体体现在六个方面:其一,复音词的创造;其二,主语和系词的增加;其三,句子的延长;其四,可能式、被动式,记号的欧化;

---

① 周瘦鹃:《末叶》,范伯群主编:《周瘦鹃文集·翻译卷》,上海:文汇出版社,2011年,第138页。
② 周瘦鹃:《人生的片段》,范伯群主编:《周瘦鹃文集·翻译卷》,上海:文汇出版社,2011年,第377页。

其五，连接成分的欧化；其六，新替代法和新称数法。"[1] 在周瘦鹃的译作中，这种欧化的语体文也有所体现。

（1）主语的增加

西洋文的每一个句子里，通常必须有一个主语；中国语则不然，当说话人和对话人都知道谓语所说的是谁（或什么）的时候，主语可以不用。

>　　伊说道："学生，我要求你一件事，请你不要推却。"[2]（《薄命女》）

（2）系词的增加

>　　伊道："学生请恕我，我<u>是</u>有些呆愚的。"[3]（《薄命女》）

>　　我心中便明白了，放声说道："我的女孩子，你听着，你对我所说的蒲士洛夫等等——全是出于理想的，<u>你是撒谎</u>，不过托辞要到我这儿来。算了，我不愿再和你有甚么瓜葛了，你可明白么？"[4]（《薄命女》）

>　　伊那种蠢笑<u>是</u>很可厌的，我本想迁移开去避过伊，但这住处却是个极好的所在，开窗能望见全城，毫无障蔽，街中又分外的幽静，因此我依旧留住着。[5]（《薄命女》）

---

[1] 王力：《中国现代语法》，北京：商务印书馆，1985 年，第 334—373 页。
[2] 周瘦鹃：《薄命女》，范伯群主编：《周瘦鹃文集·翻译卷》，上海：文汇出版社，2011 年，第 177 页。
[3] 周瘦鹃：《薄命女》，范伯群主编：《周瘦鹃文集·翻译卷》，上海：文汇出版社，2011 年，第 178 页。
[4] 周瘦鹃：《薄命女》，范伯群主编：《周瘦鹃文集·翻译卷》，上海：文汇出版社，2011 年，第 178 页。
[5] 周瘦鹃：《薄命女》，范伯群主编：《周瘦鹃文集·翻译卷》，上海：文汇出版社，2011 年，第 177 页。

(3) 句子的延长

因此上这奇古的谷林佛村中，倒来了好多美术界人物，满地寻那向北有窗 18 世纪三角式屋顶和租金低廉的荷兰小楼。①（《末叶》）

(4) 可能式的欧化

"可"字的欧化意义："可"字（"可以"）在中国原来的意义是表示为情况所允许。现在欧化的文章里，有些地方的"可"字（或"可以""可能""可能地"）乃是"或者如此"或"未必不如此"的意思，这种意思是"可"字本来没有的。

琼珊把两眼注在窗外，说道："你不须再多买酒了。那边又落掉了一片叶子。我也不要再喝肉汤。那叶子恰恰还有四片。不等天黑，我可能瞧见末一片叶子落下来。如此我也就去咧。"莎依弯下身去向着伊，说道："琼珊，亲爱的，你可能许我把两眼闭了，不再向窗外看，等我做完了工事么？"②（《末叶》）

在这段文字中，第一个"可能"有"或许""或者如此"的意思，这种欧化的含义在周瘦鹃的译文中也得以体现。

(5) "的"字的翻译，用来做副词的记号。

这是何等的笑话！但我仍搭讪着道："一个年轻女郎，原是甚么事都可干的，但你订婚已有多少年了？"伊道："已十年了。"③（《薄命女》）

伊回到我身旁，说道："这里，这里，你把代我写的这封信

---

① 周瘦鹃：《末叶》，范伯群主编：《周瘦鹃文集·翻译卷》，上海：文汇出版社，2011年，第133页。
② 周瘦鹃：《末叶》，范伯群主编：《周瘦鹃文集·翻译卷》，上海：文汇出版社，2011年，第135页。
③ 周瘦鹃：《薄命女》，范伯群主编：《周瘦鹃文集·翻译卷》，上海：文汇出版社，2011年，第178页。

收回去罢。你不愿意写第二封信，好在有旁的好心的人给我写的。"①（《薄命女》）

可以看出，周瘦鹃的翻译语言是随时代变迁、社会更替、文化进步而不断改变的，这种动态特征表现得很清晰。他能及时地把这些变化吸纳消化为新鲜词语，并在自己的译作中体现出来。正因为周瘦鹃具有这种不断提高、不断吐故纳新的精神，他的译作才有可能持续受到欢迎，以至今天读来依旧具有非常感人的力量。

2. 文化维的适应性转换

由于原语文化和译语文化在性质和内容上往往存在着差异，即出现了文化缺省（cultural default），为避免从译语文化观点出发曲解原文，译者不仅需要注重原语的语言转换，还需要适应该语言所属的整个文化系统，并在翻译过程中关注双语文化内涵的传递。

所谓文化缺省是指作者在与读者交流时将双方共有的相关文化背景知识省略。不同民族之间文化差异的存在决定了对原文读者而言的不言而喻的事实对译文读者，甚至对译者而言，可能却是不知所云。在文化交流的过程中，为了提高交际的效率，原文作者往往会使用文化缺省的策略。对待文化缺省问题，翻译界已经有了几种处理方法：

（1）文外补偿，即文内直译，有关文化缺省的说明则放在注释中。

（2）文内补偿：即文内意译，或直译与意译相结合，不借助注释。

（3）归化：即用蕴涵目标文化身份的表达方式取代蕴涵出发文化身份的表达方式。

（4）删除：即删去含有影响语篇连贯的文化缺省。

（5）硬译：即按字面照译原文，对于影响阅读的文化缺省不作任

---

① 周瘦鹃：《薄命女》，范伯群主编：《周瘦鹃文集·翻译卷》，上海：文汇出版社，2011年，第179页。

何交代。

周瘦鹃主要采用了下列方法：

（1）文外补偿

Behrman was a failure in art. Forty years he had wielded the brush without getting near enough to touch the hem of his Mistress's robe.① (The Last Leaf)

佩尔曼是美术中的失败人物。四十年来握着画笔，却总不能走近去接触他情妇<u>（指美术）</u>的衣边。②（《末叶》）

"I have something to tell you, white mouse," she said. Mr. Behrman died of pneumonia today in the hospital.③ (The Last Leaf)

伊说道："白鼠子<u>（戏称琼珊）</u>，我有话和你说。培尔曼先生为了肺炎病今天在医院中死了。"④（《末叶》）

（2）硬译

Old Behrman was a painter who lived on the ground floor beneath them. He was past sixty and <u>had a Michael Angelo's Moses beard</u> curling down from the head of a satyr along with the body of an imp.⑤ (The Last Leaf)

那老培尔曼是一个画师，住在伊们楼下的屋中。他已过了

---

① O. Henry. The Last Leaf [OL]. http://www.online-literature.com/donne/1303/.

② 周瘦鹃：《末叶》，范伯群主编：《周瘦鹃文集·翻译卷》，上海：文汇出版社，2011年，第136页。

③ O. Henry. The Last Leaf [OL]. http://www.online-literature.com/donne/1303/.

④ 周瘦鹃：《末叶》，范伯群主编：《周瘦鹃文集·翻译卷》，上海：文汇出版社，2011年，第138页。

⑤ O. Henry. The Last Leaf [OL]. http://www.online-literature.com/donne/1303/.

六十岁,有一部古画家密希儿安琪洛画稿中的穆西司式的胡须。从一个半人半羊神的头上卷下去,沿着一个妖怪的身体飘开来。①(《末叶》)

3. 交际维适应性转换

后期周瘦鹃的译文更加注重对原文忠实性的把握,在叙事视角方面,他也根据原文,采纳了限知叙事视角。限知视角是指以故事中的某一个人为叙述者来讲述故事。由于故事是站在某个特定的人的角度被写出的,因此,它只能讲述他所感知所认识所理解的一切,而不能代他人开口,随便进入他人的内心。限知视角可以采用第一人称叙事,也可采用第三人称叙事。如 1924 年 12 月 11 日刊登于《半月》第 4 卷第 1 号的 Edmond Rostand 的 *The Man I Killed*,按照原文,整篇文章采用了第一人称叙述故事。开头就是一个杀了人的士兵对神父的忏悔,整篇文章则以这个士兵的口吻叙述了他杀人的经过,以及之后进行的赎罪行为。如:

> 神父,我已杀死一个人了。这回事早已做下,再也不能改变了。像这样的罪,任是上帝之力,也无法解脱。即使可以补过或忘却,然而终于不能抹去了。这一回可怖的动作,永永存在,再也不能从上帝所写运命的碑上擦抹掉了。②(《杀》)

在 1925 年 12 月 30 日发表在《紫罗兰》第 1 卷第 2 号的《绛珠怨》中,原文又用第三人称叙事,即从作者的一个朋友的角度叙述故事,原文开头如下:

> 这是我一个不幸的朋友对我所说的话:
> 世间惟有男子肯镇日的关闭在一室中,夜间又做长时间的

---

① 周瘦鹃:《末叶》,范伯群主编:《周瘦鹃文集·翻译卷》,上海:文汇出版社,2011 年,第 136 页。
② 周瘦鹃:《杀》,范伯群主编:《周瘦鹃文集·翻译卷》,上海:文汇出版社,2011 年,第 145 页。

工作，挣了钱来，博他所爱妇人的欢心。①（《绛珠怨》）

同样，1926年2月27日刊登在《紫罗兰》第1卷第6号的《薄命女》，也是从第三人称角度叙述的：

> 这是我一个朋友有一天对我说的：
> 我在莫斯科读书时，住在一所小屋子里。②（《薄命女》）

从以上例子可以看出，后期周瘦鹃的翻译作品不再通用全知全能的叙事人，叙事视角根据原文体现了多样性，实现了原文的交际意图。

（二）戏剧翻译

戏剧语言与小说语言的区别在于：在小说中，时间地点的交代、环境的描绘、事件的叙述、场景的变化、人物的介绍、心理活动的揭示等，通常都不用人物对话来完成，而是借助作者的语言。可是，在戏剧中这一切都必须由人物自身的台词来承担，塑造人物的基本手段是依靠人物自身的语言，而不能由剧作家出面用描写、叙述、议论的语言，暗示读者应该怎样理解人物。也就是说，人物的语言符号在戏剧中占有非常重要的、特殊的地位。因此，戏剧语言应该具有以下作用：交代各种关系，推动剧情发展，刻画人物性格，表达人物的思想感情，揭示剧本主题，等等。只有起到这些作用，语言才富有戏剧性。根据Styan的观点，剧本文种的对话应该"表达思想、情感、态度和意图，最终传达剧本完整行动的意义"③。其次，小说是供人阅读的，有难以理解之处可以反复阅读，甚至停下来进行思考、揣摩，而戏剧演出一看而过，不能停顿，这就要求戏剧语

---

① 周瘦鹃：《绛珠怨》，范伯群主编：《周瘦鹃文集·翻译卷》，上海：文汇出版社，2011年，第171页。
② 周瘦鹃：《薄命女》，范伯群主编：《周瘦鹃文集·翻译卷》，上海：文汇出版社，2011年，第177页。
③ Styan, J. L. *The Elements of Drama*. Cambridge: Cambirdge University Press, 1960: 367.

言必须简洁明了、干净利落，把人物、故事、环境交代得一清二楚，不容有丝毫含混。此外，戏剧是表演艺术，台词设计要使演员易念、观众易懂。戏剧的语言必须要深入浅出、言简意赅，易于被观众所接受。

1. 语言维适应性转换

1.1　生活化

戏剧语言的生活化又称口语化，这是戏剧人物语言的特点之一，也是戏剧对白的基本要求，即台词要尽可能地接近生活实际，有生活实感，仿佛是身边的人在讲话。既要通俗易懂，让人一听就明白，又要流畅上口，适于唱、念。戏剧是一种特定的文学体裁，它既有文学的一般特征，又有自己独特的艺术风格。从语言构成要素来看，打开一部剧本，绝大部分的篇幅是人物对话。从交流的渠道或方式来看，大部分戏剧作品主要是在上演的过程中实现与观众的交流。也就是说，剧本虽然也是书面的形式，但最终却是要脱离文本，通过演员之口，通过舞台演出的形式，来实现和观众的交流。这种独特的交流方式，决定了戏剧是一种"说"的艺术，具有以口语为主的生活化语言的风格。

　　Bernick：Hm-she is a giddy little baggage. Did you see how she at once started making a fuss of Johan yesterday?① (*The Master Builder Pillars of Society Hedda Gabler*)

周译：

　　培尼克：哼，那女孩子实是一个轻浮的下贱东西。你不曾瞧见昨天己开场和约海在鬼迷么？②（《社会柱石》）

潘（家洵）译：

---

① Henrik Ibsen. *The Master Builder Pillars of Society Hedda Gabler*. 上海：商务印书馆，1935年，第138页。
② 周瘦鹃：《社会柱石》，《小说月报》，1920年第11卷第4号。

博尼克：哼——棣纳那丫头很轻率。你没看见她昨天一下子跟约翰那么亲热的样子？①（《社会支柱》）

在这段对话中，周瘦鹃用"轻浮的下贱东西""鬼迷"这样的生活化的语言，传神地表达了作为上层人士的培尼克对母亲是舞女蒂娜的蔑视态度。潘家洵的翻译则体现不出这一点。

1.2　节奏性

戏剧以口语为主的语言风格首先对台词的音乐性提出了特别的要求。戏剧的台词是要通过演员念给观众听的，而不仅仅是写给读者看的，因此戏剧台词就必须做到富有节奏、讲究音韵，让演员念着朗朗上口，语言有抑扬顿挫之感，声韵有起有落、抑扬有致。老舍先生也曾指出："所谓全面运用语言者，就是说在用语言表达思想感情的时候，不忘语言的简练、明确、生动，也不忘语言的节奏、声音等方面。这并非说，我们的对话每句都该是诗，而是说在写对话的时候，应该像作诗那么认真，那么苦心经营。比如说，一句话里有很高的思想，或很深的感情，但却说得很笨，既无节奏，又无声音之美，它就不能算作精美的戏剧语言。观众要求我们的话既有思想感情，又铿锵悦耳；既有深刻的含义，又富有音乐性；既受到启发，又得到艺术的享受。"② 也就是说，戏剧文学的语言必须让演员说来便于"上口"，观众听来则易于"入耳"。

Bernick：And no one must falter, no one give way, no matter what opposition we meet with.

Rummel：We will stand or fall together, Bernick. ③

（*The Master Builder Pillars of Society Hedda Gabler*）

周译：

---

① 潘家洵：《易卜生戏剧四种》，北京：人民文学出版社，1978年，第31页。
② 老舍：《老舍全集》（第16卷文论），北京：人民文学出版社，1999年，第88页。
③ Henrik Ibsen. *The Master Builder Pillars of Society Hedda Gabler*. 上海：商务印书馆，1935年，第128页。

>　　培尼克：我们便没一个退缩，没一个屈服，不管人家怎样反对。
>
>　　鲁末尔：培尼克，无论成功失败，我们都在一起。①（《社会柱石》）

潘译：

>　　博尼克：不管别人怎么反对，咱们谁都不许让步，不许打退堂鼓。
>
>　　鲁米尔：博尼克，成功失败，咱们都是一条心。②（《社会支柱》）

这段译文，周瘦鹃用两个"没一个"准确地对英文"no one"进行了对等的翻译，汉语五字结构"没一个退缩""没一个屈服"，以及六字结构"无论成功失败，我们都在一起"，不仅传递了原文的含义和节奏感，更便于演员上口，给演员和戏剧观众都带来了悦耳的音韵效果。潘家洵的翻译虽然也译出了原文意思，但是由于没有对等的句子结构，无法达到应有的节奏效果，失去了音韵美。

1.3　动作性

戏剧语言总是和戏剧的动作性密不可分，它是剧作者创造行动着的人物的手段，也是表现戏剧冲突、刻画人物性格的主要手段。戏剧语言的动作性不仅很好地说明了语言和动作的关系，也体现了戏剧语言自身的性质。

>　　Aune：So much the worse, Mr. Bernick. Just for that very reason those at home will not blame you; they will say nothing to me, because they dare not; but they will look at me when I am not noticing, and think that I must have deserved it. You see, sir, that is—that is what I cannot bear. I am a mere nobody, I know; but I have always been accustomed to stand first in own home. My hum-

---

① 周瘦鹃：《社会柱石》，《小说月报》，1920年第11卷第4号。
② 潘家洵：《易卜生戏剧四种》，北京：人民文学出版社，1978年，第21页。

ble home is a little community too, Mr. Bernick—a little community which I have been able to support and maintain because my wife has believed in me and because my children have believed in me. And now it is all to fall to pieces.① (*The Master Builder Pillars of Society Hedda Gabler*)

周译：

  安那：密司脱培尼克，这样可就更坏。我（被）开除了，回去家里的人一定不抱怨你，于我，自然也不敢说什么。但是背地里总不免要斜着眼，偷偷的向我瞧，说我开除出来，定是罪有应得。先生，你这一着我就万万忍不下的。我这人算不得什么，我自己也知道。但在我自己家中，却做惯了头儿呢。培尼克，我那小小家庭，却是一个小社会，我能支着、保护着，因为我老婆很信任我，我儿女也很信任我。唉，如今我这小社会可要跌倒下去，打成粉碎了。② (《社会柱石》)

潘译：

  渥尼：博尼克先生，所以更糟糕。正因为您一向待我很不错，我家里人不会埋怨您。他们当着我的面不会说什么，他们不敢说。可是背着我的时候他们会埋怨我，说我自己犯了错，开除不冤枉。这个——这个我实在受不了。我是个平常人，可是在自己家里我坐惯了第一把交椅。博尼克先生，我的小家庭也是个小社会——我能养活维持这个小社会是因为我老婆信任我，我的孩子们也信任我。现在什么都完蛋了。③ (《社会支柱》)

在周瘦鹃的翻译中，他不仅把动作"look at"翻译出来，还加上

---

① Henrik Ibsen. *The Master Builder Pillars of Society Hedda Gabler*. 上海：商务印书馆，1935 年，第 146 页.
② 周瘦鹃：《社会柱石》，《小说月报》，1920 年第 11 卷第 5 号.
③ 潘家洵：《易卜生戏剧四种》，北京：人民文学出版社，1978 年，第 36—37 页.

了"斜着眼，偷偷的"，使得动作更加丰富生动，也让读者和观众一听到台词就能想象到演员当时的行为。而在潘的译文中根本体现不出"看"的动作。

> Bernick: Yes, hat unfortunate evening when that drunken creature came home! Yes, Johan, it was for Betty's sake; but, all the same, it was splendid of you to let all the appearances go against you, and to go away.① (*The Master Builder Pillars of Society Hedda Gabler*)

周译：

> 培尼克：是的。那夜不知道多早晚的晦气，偏偏撞见那醉汉回来。约海，我当真为了蓓葤分上，打算绝交。不想事儿急了，你竟顶受了我的罪名，<u>一溜烟远远逃去，代替我受人攻击</u>。这真再好没有咧。②（《社会柱石》）

潘译：

> 博尼克：是啊，那天晚上真不巧，偏让那醉鬼回家撞着了。约翰，你说得不错，我是为贝蒂，可是归根结底我还是得谢谢你，你那么慷慨，代人受过，害得你在本乡站不住脚。③（《社会支柱》）

在这段翻译中，周瘦鹃用"一溜烟远远逃去，代替我受人攻击"这样的生动描述，再现了当年约海代培尼克受过的情景。而潘氏的翻译却体现不出这一动作性。

1.4 经济性

语言的经济性倾向始终贯穿于语言的各个层面和语言发展的各

---

① Henrik Ibsen. *The Master Builder Pillars of Society Hedda Gabler*. 上海：商务印书馆，1935年，第156页。
② 周瘦鹃：《社会柱石》，《小说月报》，1920年第11卷第5号。
③ 潘家洵：《易卜生戏剧四种》，北京：人民文学出版社，1978年，第45页。

个阶段，经济性也因此被认为是语言普遍性的一个重要方面，对于戏剧语言更是如此。戏剧艺术受到演出时间和空间的限制，要求在有限的时间内，在人物有限的语言里，深刻地表现丰富的思想内容，生动地刻画人物的性格，因此戏剧语言比起其他文学作品的语言，更要讲究精炼、简洁，讲究以最少的文字表达最大的容量。

> Bernick: Still, if there is nothing else for it, the lesser must go down before the greater; the individual must be sacrificed to the general welfare. I can give you no other answer; and that, and no other, is the way of the world. You are an obstinate man, Aune! You are opposing me, not because you cannot do otherwise, but because you will not exhibit the superiority of machinery over manual labour.① (*The Master Builder Pillars of Society Hedda Gabler*)

周译：

> 培尼克：为了保全大的，小的自不能不倒。为了公众的福利，可也不能不牺牲个人，这就是世界中的公理。此外我没有旁的话回答你。安纳，你是个很固执的人。你正在那里反对我，并不是你不能做，你只不愿意把机器胜过手工的所作，亲显出来。②（《社会柱石》）

潘译：

> 博尼克：要是没有别的办法的话，只好照顾大事，不照顾小事，为了大众的利益只好牺牲个人。我没别的话可说了，世界上的事就是这样。渥尼，你脾气很固执！你不听我的话不是你没办法，是你不愿意证明机器比手工强。③（《社会支柱》）

---

① Henrik Ibsen. *The Master Builder Pillars of Society Hedda Gabler*. 上海：商务印书馆，1935年，第146页.
② 周瘦鹃：《社会柱石》，《小说月报》，1920年第11卷第5号.
③ 潘家洵：《易卜生戏剧四种》，北京：人民文学出版社，1978年，第37页.

在这段对话中，比较潘家洵的翻译，周瘦鹃省略了"if there is nothing else for it"的翻译，使得语言显得更为简洁，也生动地刻画了培尼克强势果断的性格。

1.5　性格化

人物语言的性格化，是指戏剧中人物的语言富有个性特征。戏剧语言是创造人物性格的重要艺术手段。在任何一部优秀的戏剧作品中，凡是性格鲜明、形象饱满的人物，都必定具有个性化的语言。可以说，戏剧语言的性格化已成为卓越的剧作家艺术成就的重要因素。从语言学角度看，一个人说话的方式和使用语言的习惯往往会显示出这个人的出身、年龄、职业、受教育程度、与谈话对象的亲疏关系等方面的情况，这些无疑是构成个人语言特点的主要因素。无论是戏剧创作还是戏剧翻译，都应把人物语言的性格化放到首要位置。高尔基曾经指出："要使剧中人物在舞台上，在演员的表演中，具有艺术价值和社会性的说服力，就必须使每个人物的台词具有严格的独特性和充分的表现力——只有在这种条件下，观众才懂得每个剧中人物的一言一行。"① 每个剧中人物在舞台上必须根据其社会地位、职业、年龄、经历、生活处境、思想感情、习惯爱好等说出他自己的话，真正做到老舍先生提出的标准："剧作者须在人物头一次开口，便显出他的性格来，这很不容易。剧作者必须知道他的人物的全部生活，才能三言五语便使人物站立起来，闻其声，知其人。"②

　　Johan：Not? What would you wish them to be, then?
　　Dina：I would wish them to be natural.③（*The Master Builder*

---

① 高尔基：《文学论文选》，孟昌等译，北京：人民文学出版社，1958年，第243—245页。
② 老舍：《我是怎样写小说》，上海：文汇出版社，2009年，第441页。
③ Henrik Ibsen. *The Master Builder Pillars of Society Hedda Gabler*. 上海：1935年，第154页。

Pillars of Society Hedda Gabler)

周译：

  约海：如此你要怎样？
  蒂娜：我只要自然，不要装模作样。①（《社会柱石》）

潘译：

  约海：哦？那么，你希望他们怎么样？
  棣纳：我希望他们自自然然地做人过日子。②（《社会支柱》）

  蒂娜是一个舞女的孩子，寄人篱下，没有接受过多少教育，文化水平较低，不喜欢虚伪。在和约海交谈的过程中，她问美国人是不是很喜欢讲道德、讲规矩。约海回答她说他们没有本地人说得那么不堪。在周氏的翻译中，他传神地表达了一个教育程度不高、率直而真实的女孩对美国人的期望——"自然，不要装模作样"。而潘氏的译法则流露出一种身居高位，用俯瞰的语气表达对美国人的期望，这样不符合人物的身份，没能真实地展露人物的性格特点和内心世界。

  2. 文化维适应性转换

  文本的文化背景可被传达的程度也是戏剧翻译者需要考虑的一个重要依据。倘若源语文化可以被顺利地、毫无理解困难地传达给译语观众，那么译者完全可以考虑保留原语文化元素，即采用异化的翻译方法。但是需要指出的是，不同文化之间的风俗习惯、生活态度往往有着显著的差异。当戏剧作品中涉及地域文化色彩浓重的风俗习惯或概念时，译者必须作出一些调整或补偿。而戏剧作品的译者又不同于其他文学作品的译者。诗歌、散文、小说的译者可以

---

① 周瘦鹃：《社会柱石》，《小说月报》，1920年第11卷第5号。
② 潘家洵：《易卜生戏剧四种》，北京：人民文学出版社，1978年，第44页。

采用文内解释或文外加注的方法来向译语读者说明某些特定的文化概念,而戏剧作品的舞台性和瞬间性决定了可供剧本译者选择的补偿手段是非常有限的。

社会文化涉及的领域较多。一般而言,社会文化包括社会阶层、价值观念、亲属关系、政治、法律、教育、哲学、风俗习惯、历史背景、神话传说和思想意识等方面,称谓语就是其中之一。由于受封建社会的影响,汉民族形成了以血缘关系为基础的大家族亲族制度,家庭成员多,关系复杂。然而,在西方国家里,由于家庭结构简单,成员较少,人与人之间的关系便显得比较明了,他们崇尚"人为本,名为用",称谓语比较宽泛。

Peter Stockmann:Good evening, Katherine.① (An Enemy of the People)

周译:

彼得·史托克门:喀瑟玲。(夫人名。)愿你晚安。② (《公敌》)

潘译:

市长:弟妹,你好。③ (《人民公敌》)

Mrs. Stockmann:My dear Peter——④ (An Enemy of the People)

周译:

史托克门夫人:我亲爱的彼得……⑤ (《公敌》)

---

① Henrik Ibsen. An Enemy of the People [OL]. http://www.for68.com/new/2006/9/pa6069415027960024102—0.htm.
② 周瘦鹃:《公敌》,《新中国》,1919年第1卷第8期。
③ 潘家洵:《易卜生戏剧四种》,北京:人民文学出版社,1978年,第290页。
④ Henrik Ibsen. An Enemy of the People [OL]. http://www.for68.com/new/2006/9/pa6069415027960024102—0.htm.
⑤ 周瘦鹃:《公敌》,《新中国》,1919年第1卷第8期。

潘译：

斯多克芒太太：喔，大伯子——①（《人民公敌》）

Katherine 是市长 Peter Stockmann 的弟弟 Dr. Stockmann 的妻子。在这段台词中，潘氏的译法采用了完全的归化法，即按照中国的文化习俗，把简单的人名按照人物的身份和在家族中的关系称谓表现出来。周瘦鹃则采用了注释，在译文中对人物的身份进行了交代。在当时译界推崇直译的形势下，周瘦鹃的翻译是顺应时代潮流的，同时也对异域文化进行了输入，使观众可以感受到中西文化的不同。

宗教文化属于一种特殊的社会文化，是人类文化的一个重要组成部分，几乎每个民族都有自己的宗教信仰。宗教文化包括一个民族的宗教信仰、宗教系统、宗教著作、宗教制度和规章等。宗教文化是由民族的宗教信仰、思想意识等形成的文化，具有鲜明的民族性特点。不同宗教通过不同文化的表现形式，反映出不同的文化特色。宗教属于深层文化，在进行跨文化交际时就难免遇到种种障碍。在这种情况下，戏剧译者会对这些词语进行一些灵活处理，以突出话语的直接演出效果。

Hovstad：What do you want to be, then?

Morten：I should like best to be a Viking.

Ejlif：You would have to be a pagan then.

Morten：Well, I could become a pagan, couldn't I? ②(*An Enemy of the People*)

周译：

霍夫斯德：如此你要怎样？

---

① 潘家洵：《易卜生戏剧四种》，北京：人民文学出版社，1978 年，第 292 页。
② Henrik Ibsen. *An Enemy of the People* [OL]. http://www.for68.com/new/2006/9/pa6069415027960024102—0.htm.

毛顿：我最喜欢的是做第八世纪到第十世纪中间欧洲沿海岸的一种海贼。

哀格烈：那种海贼是信邪教崇拜偶像的，如此你也愿意做邪教徒么？

毛顿：就是做邪教徒也没有什么不好。①（《公敌》）

潘译：

霍夫斯达：那么，你长大了干什么？

摩邓：我想当海盗。

艾立夫：那么，你只能做个邪教徒。

摩邓：那我就做邪教徒。②（《人民公敌》）

周瘦鹃在译文中直接对 Viking 进行了解释，因为对于基督徒来说，任何崇拜别的偶像的人，都属于邪教徒，所以加入"那种海贼是信邪教崇拜偶像的"这个原因，是对后面的邪教徒的补充说明。这样的翻译可以使读者和观众对西方文化有更多的了解，而潘氏的翻译是直译，对于不懂西方文化的人来说，理解起来有一定困难。

二、异化原则下适应性翻译技巧

具体来说，按照异化原则进行翻译可以分为两种情形：一是只需异化，即可清楚、形象、生动地传达出原文的意思，这种情况下大可完全运用异化，保留原文的原汁原味；二是只凭异化，译文读者有时不能完全领会原文的意思，易造成误解，这种情况下就需要采用异化辅以归化的翻译方式，以异化为主，传递原文文化信息，加上必要的归化作为补充，进行阐述，使译文读者既感受到原文的文化特色，又领会到其中的含义。完全异化有以下几种方法：

---

① 周瘦鹃：《公敌》，《新中国》，1919 年第 1 卷第 8 期。
② 潘家洵：《易卜生戏剧四种》，北京：人民文学出版社，1978 年，第 301 页。

1. 直译

Lyubov Grigoryevna, a substantial, buxom lady of forty who undertook matchmaking and many other matters of which it is usual to speak only in whispers, had come to see Stytchkin, <u>the head guard</u>, on a day when he was off duty.① (*A Happy Ending*)

吕白芙葛丽高兰芙娜，一个坚定而壮健快乐的四十岁的妇人，专给人家做媒并担任那种只能低声私语的事情的，伊来瞧<u>车守的头领</u>史铁区根，恰在他休假的一天。②（《良缘》）

2. 音译

对于一些文化空缺中的词语，可以采取音译。有些音译是不会给译文读者的理解造成困难的，因为这些音译的词语基本上是随文化的传入而存在的，如"雷达"（radar），"扑克"（poker），"吗啡"（morphine），"高尔夫"（golf）。在周瘦鹃的译文中也采取了这种方法，如：

但他们总是不住的讲起欧盂，更讲起欧盂的少年时代。欧盂是很爱音乐的，喜弄<u>繁华令</u>，自他死后，便没有人去动他的<u>繁华令</u>。③（《杀》）

异化辅以归化则有以下几种处理方法：

1. 直译加意译

这里意译是作为直译的补充来加以阐述的，在文化没有高度融合的情况下，这是一个比较好的方法，既用异化体现了原文特色，又用归化补充说明了其含义。

---

① Anton Chehov. *A Happy Ending* [OL]. http://www.online-literature.com/anton_chekhov/1229/.
② 周瘦鹃：《良缘》，范伯群主编：《周瘦鹃文集·翻译卷》，上海：文汇出版社，2011年，第379页。
③ 周瘦鹃：《杀》，范伯群主编：《周瘦鹃文集·翻译卷》，上海：文汇出版社，2011年，第150页。

> *Hovstad*：What do you want to be, then?
> *Morten*：I should like best to be a Viking.
> *Ejlif*：You would have to be a pagan then.
> *Morten*：Well, I could become a pagan, couldn't I?①（*An Enemy of the People*）

周译：

> 霍夫斯德：如此你要怎样？
> 毛顿：我最喜欢的是做第八世纪到第十世纪中间欧洲沿海岸的一种海贼。
> 哀格烈：那种海贼是信邪教崇拜偶像的，如此你也愿意做邪教徒么？
> 毛顿：就是做邪教徒也没有什么不好。②（《公敌》）

潘译：

> 霍夫斯达：那么，你长大了干什么？
> 摩邓：我想当海盗。
> 艾立夫：那么，你只能做个邪教徒。
> 摩邓：那我就做邪教徒。③（《人民公敌》）

在这段翻译中，潘家洵采用了直译法，对 Viking 和 pagan 没有作任何解释，只是按照字面意思直译，而周瘦鹃则通过直译加意译，对这两个词语进行了充分的解释说明，弥补了文化差异造成的鸿沟。

2. 直译加注释

直译加注释与直译加意译有异曲同工之妙，只是在需补充说明

---

① Henrik Ibsen. *An Enemy of the People* [OL]. http：//www. for68. com/new/2006/9/pa6069415027960024102－0. htm.
② 周瘦鹃：《公敌》，《新中国》，1919 年第 1 卷第 8 期。
③ 潘家洵：《易卜生戏剧四种》，北京：人民文学出版社，1978 年，第 301 页。

的内容较多、篇幅较长，且放在译文中有损其连贯性时，才采用注脚的形式进行阐述。这种方法多用于对背景知识的介绍。在小说翻译中，考虑到文本的可读性，通过文本注释进行补充说明，有利于读者更好地了解背景知识。如下：

那熊（Bear）又误拼了 Bare，伊便答道："熊字之缀法非大抵作 Bear 者乎？"①（《传言玉女》）

3. 音译加注释

当译文读者已接受从原文文化传达的概念时，可完全采取音译；但当译文读者还没有接受那些他们本族文化中空缺的词语时，加注就是必不可少的了。②

末后他做了一种周刊的经理，薪水不过六利尔（按：此系西班牙货币每利尔合英币二便士半）一天，还是不照常付的。③（《现代生活》）

本章小结

总的来看，周瘦鹃早期的译作倾向于采用归化策略，在语言、文化和交际层面侧重于按照中国本土语言习惯、文化传统和叙述目的来进行翻译。这一切又是源于周瘦鹃基于当时所处的翻译生态环境所作出的选择和适应。到了后期，受五四文化运动的影响，周瘦鹃的翻译策略明显采用异化翻译策略，体现在新词汇的输入和欧化语法的使用，促进了西方语言和文化的传播。

---

① 周瘦鹃：《传言玉女》，范伯群主编：《周瘦鹃文集·翻译卷》，上海：文汇出版社，2011年，第211页。
② 倪育萍、孙洁菡：《从文化交融的视角看翻译异化》，《齐齐哈尔大学学报》（哲学社会科学版），2009年5月。
③ 周瘦鹃：《现代生活》，范伯群主编：《周瘦鹃文集·翻译卷》，上海：文汇出版社，2011年，第217页。

第四章 周瘦鹃翻译思想的适应性选择

周瘦鹃一生翻译了大量作品，但是对于自身翻译思想的阐述并不是很多。然而从他不多的论述中，我们仍能寻觅出主导其翻译思想的蛛丝马迹。他的翻译思想历经了时代的变迁，早期受林纾等第一代传统翻译家的影响，同时浸润在吴地文人的文化圈子中，受到吴地文风的影响，加上个人的情感经历，这些都促使他在翻译主题选择上"以情为尊"；在民初译笔追求雅驯的氛围中，他的翻译风格体现为尚雅求精；后期在五四文学思潮的影响下，他积极调整翻译方向，紧随时代步伐，将目光聚焦在外国人道主义作家身上，翻译了一系列具有人道主义思想的作品，展示了他的人文关怀，翻译风格也以忠实通达为主要原则。

第一节　早期翻译思想：以情为尊，尚雅求精

祖籍苏州的周瘦鹃生于上海长于上海，后因战乱，于1932年移居苏州。在他的内心深处苏州是他真正的故乡。在谈起自己与上海的关系时，他曾说："然而我却怕上海、憎上海，简直当它是一个杀人如草不闻声的魔窟。"① 因此，他虽然在表面上似乎融入了上海的市民社会，在谋生的过程中显示出了勤劳、务实、趋利的市民本色，但在精神上始终追求和向往闲适、优雅、浪漫、脱俗的诗性的生活方式，内心深处有着挥之不去的苏州情结。他曾专在《紫兰小筑九日记》中表达了自己的归隐思想："插脚热闹场中，猎名弋利，俗尘可扑，脱能急流勇退，恬淡自处，作羲皇上人，宁非佳事？"② 受吴地追求清雅生活方式的影响，生活中他以名士派自居，吟诗、作画、玩味典籍、精通园艺体现了他不俗的审美品位。吴地文化不仅影响了他的生活方式，对他的文学作品，甚至是翻译作品也影响深远。

---

① 周瘦鹃：《我与上海》，《文汇报》（香港），1963年9月28日。
② 周瘦鹃：《紫兰小筑九日记》，《紫罗兰》，1943年7月10日第4期。

在他早期的翻译作品中表现得尤为明显，具体表现为内容上以"情"为尊，翻译风格方面尚"雅"求精。

一、以情为尊的选题倾向

鸳蝴派作家大多来自吴地，深受汤显祖的"唯情"论、冯梦龙的"情教"观的影响。因此这种文学审美倾向不可避免地影响了周瘦鹃翻译文学的主题选择。

中国古典文学受儒家思想的影响，强调节制情感，即所谓"温柔敦厚""乐而不淫，哀而不伤"的"中和之美"。到晚明时期，吴地文人在文学思想上崇尚"性灵"说，汤显祖归隐后进一步将"性灵"说发扬光大，将其美学思想定位在"情"这个范畴，提倡以"情"为尊。他在《玉茗堂文之四·耳伯麻姑游诗序》中指出："世总为情，情生诗歌，而行于神。天下之声音笑貌大小生死，不出乎是。因而憺荡人意，欢乐舞蹈，悲壮哀感鬼神风雨鸟兽，动摇草木，洞裂金石。"[①] 在他看来，文学艺术的本质就是"情"，各种文学艺术都是因"情"而发，文学艺术之所以能感动人，也是因为有"情"。这与传统的"文以载道"之说是大相径庭的。传统文学观认为，道是文学的根本、艺术的主体，文只是载道的工具，是道的外在形式。而汤显祖则用感性的情来取代传统意义的道，强调感性主体的存在本质是情，文艺的本体也是情。他以"情"为核心的戏剧观确立了"情"的崇高地位。冯梦龙也在考取功名失利后，走上了与正统儒家相背离的道路。他尊崇"情"，并扩展了"情"的定义，在《情史序》中指出："六经皆以情教也。《易》尊夫妇，《诗》首《关雎》，《书》序嫔虞之文，《礼》谨聘、奔之别，《春秋》于姬、姜之际详然言之。岂非以情始于男女，凡民之所必开者，圣人亦因而导之，俾勿作于凉，于是流注于君臣、父子、兄弟、朋友之间而汪然有余乎！

[①] 汤显祖：《汤显祖诗文集》，上海：上海古籍出版社，1979年，第1127页。

异端之学，欲人鳏旷以求清净，其究不至无君父不止。情之功效亦可知已。"① 由此可见，他已进一步将狭义的男女爱情之"情"扩展为一般意义上的最广泛的人情——君臣、父子、兄弟、夫妇、朋友之情等。这些思想都显示了江南文人在无法进入政治主流之后的思想蜕变，走上了与儒家主流意识不同的道路，形成了自己的审美风格。

受这些文人思想的影响，周瘦鹃也非常重情，与他们的思想非常接近。他认为"然世界中弥天际地，不外一情字，非情不能成世界，非情不能造人类。人寿百年，情寿无疆，纵至世界末日，人类灭绝，而此所谓情者，尚飘荡于六合八荒之间。英国莎士比亚有言：人时时死，虫食其身，而情则不然"②，"大千世界一情窟也，芸芸众生皆情人也。吾人生斯世，熙熙攘攘，营营扰扰，不过一个情罗网之一缕"③。可见，他的"情"包括了人世间的一切情感因素，大体分为男女之情、伦理之情和爱国之情。

周瘦鹃对叙写男女之情的言情小说的翻译选择是与当时的时代合拍的。范烟桥曾说道："民初的言情小说，其时代背景是：辛亥革命以后，'父母之命，媒妁之言'的传统婚姻制度，渐起动摇，'门当户对'又有了新的概念，新的才子佳人，就有新的要求，有的已有了争取婚姻自主的勇气，但是'形格势禁'，还不能如愿以偿，两性恋爱问题，没有解决，男女青年，为此苦闷异常。从这些社会现实和思想要求出发，小说作者就侧面描写哀情，引起共鸣。"④ 民初的言情小说开拓出了"情"的建构的正面意义，如袁进所说：

> 只要把民初言情小说放在晚清言情小说与"五四"爱情文

---

① 冯梦龙：《情史》，杭州：浙江古籍出版社，1983年，第1页。
② 周瘦鹃：《情书话》，《紫罗兰》，1927年7月13日第2卷第13号。
③ 周瘦鹃：《爱之花·弁言》，《小说月报》，1911年9月25日第2卷第9号。
④ 范烟桥：《民国旧派小说史略》，魏绍昌：《鸳鸯蝴蝶派研究资料》上卷，上海：上海文艺出版社，1984年，第272页。

学之间考察，我们便不难发现民初言情小说的过渡作用。民初言情小说显示出的价值观念深层的矛盾冲突，正反映了当时社会从古老的封闭的宗法社会转向近代开放的社会，所必须经历的困惑与阵痛。中国的社会，如果不经历这种矛盾冲突，宗法制的吃人真面目就不易暴露，也难以有"五四"新文化运动的爆发。文学是表现人的情感、人的生活的，民初言情小说"人"的意识的朦胧觉醒，直接促进了文学表现形式、表现手法的变化。①

对男女之情的尊崇与周瘦鹃的初恋密切相关。1912年，在一次观看务本女校的演出时，他与女学生周吟萍相恋。他对自己的这段感情是非常珍视，也非常骄傲的。他在《爱的供状》中寄语道：

> 不过有一件事，是我所绝对的不以为非，而绝对的自以为是的，那就是我从十八岁起，在这账簿的"备要"一项下，注上了一页可歌可泣的恋史，三十二年来刻骨铭心，牵肠挂肚，再也不能把它抹去，把它忘却；任是我到了乘化归尽之日，撒手长眠，一切都归寂灭，而这一页恋史，却是历劫长存，不会寂灭的。我平生固然是一无所成，一无所就，也一无所立；只有这一回事，却足以自傲，也足以自慰。我虽已勘破了人生，却单单勘不破这一回事；也就是这一回事，维系着我的一丝生趣，使我常常沉浸于甜蜜温馨的回忆之中，龚定公《写神思铭》中所谓较温于兰蕙的心灵之香，绝嫣乎裙裾的神明之媚，都让我恣情的享受，直享受了三十二年。②

虽然两个人因家庭反对，没有结合到一起，但是他们各自婚后仍一直保持着联系，"到了六年以后，一个已罗敷有夫，一个也使君有妇，那分明应当忏除绮障，摆脱这一年年煎熬的苦痛了。谁知道

---

① 袁进：《近代文学的突围》，上海：上海人民出版社，2001年，第409—410页。
② 周瘦鹃：《爱的供状》，《紫罗兰》（后），1944年5月第13期。

苦痛竟如跗骨之疽，没法儿把它拔去，并且双方都是一样；同病相怜之余，就不得不求个相互安慰的方法，尤其是她，为了遇人不淑，非得到安慰不可，于是竟邀相约的偷偷会晤起来，接着物质上耳目口腹之娱，稍稍忘却了精神上的苦痛"①。甚至到1946年，周瘦鹃的嫡氏"凤君逝世，而周吟萍亦已守寡，瘦鹃颇有结合意，奈吟萍却以年华迟暮，不欲重堕绮障……"②。与周吟萍"一生相守，无期结缡"的爱情悲剧是周瘦鹃"哀情小说"之源，也是他的泪泉。在他的小说中滔滔汩汩，永无尽头。正如他在《爱的供状》中提到他的初恋时说道：

可是情感因接触愈多而愈加进展，又为了这不可弥补的缺憾而愈加苦痛。尤其是这情痴的我，直痴得像古时抱柱守信的尾生，痛哭琅琊的王生一样，更陷到了苦痛的深渊中去，不可自拔。有时虽也跟朋友们踏进歌台舞榭，在人前有说有笑，像个没事人儿一般，其实内心所感受到的恋爱之苦，无可申诉之时，便诉之于笔墨，一篇篇的小说啊，散文啊，一首首的诗啊，词啊，都成了我用以申诉的工具，三十二年来，也不知呕过了多少心血……

有人说："这是非常时期的非常时期，你却偏有闲情，发表这些靡靡之音的篇什，难道不怕清议么？"我却毅然决然的答道："是啊，我只知恋爱至上，不知道什么叫做清议！"嘲笑谩骂，一切唯命。③

他也注重伦理之情和爱国之情。伦理之情主要涉及父母手足之情。他也曾提道："就是在下做小说，所做的哀情小说要占十之七八。虽也有哀感动人的，而终不及伦理小说的出之于正，动人的力量更大。因此，在七八年前，在下便喜欢做伦理小说，对于父母子

---

① 周瘦鹃：《爱的供状》，《紫罗兰》（后），1944年5月第13期。
② 郑逸梅：《周瘦鹃——伤心记得词》，《大成》（香港），1990年第202期。
③ 周瘦鹃：《爱的供状》，《紫罗兰》（后），1944年5月第13期。

女骨肉之爱,多所发挥……"① 国难当头,周瘦鹃也积极翻译创作爱国小说以鼓舞国人的士气,"吾国民气消沉,非伊朝夕,每遇外侮,受一度刺激,少知振拔,及事过境迁,则又梦梦如故,乐之之道,惟有多作爱国小说,以深刻之笔,写壮烈之事,俾拨国人之心弦,振振而动,而思所以自强强国之道"②。

因此他的翻译小说中除侦探小说和秘闻轶事是为迎合读者的阅读需求外,大都重视以情感人,言情小说如《情奴》反映男女之情,伦理小说如《慈母之心》注重母子之情、《伤心之父》传达父子之情、《阿兄》展示手足之情、《情场侠骨》描绘了朋友之情,爱国小说《无国之人》表达爱国之情,社会小说如契诃夫、莫泊桑等作家作品的翻译小说则倾诉了他的平民情怀。"情"字充斥在他的翻译小说中,成为他翻译作品的首选题材。

在翻译手法上,他善用增译法,通过增加文章的信息量来充分表达情感,增强文章的渲染力,同时运用归化法,使译文更加符合当时的主流意识形态,以达到开启民智的目的。具体参见第三章"文化维的适应性选择转换"给出的例子。

二、尚雅求精的翻译风格

周瘦鹃对自己曾有这样的评价:"我是一个爱美成癖的人,宇宙间一切天然的美,或人为的美,简直是无所不爱。所以我爱霞,爱虹,爱云,爱月。我也爱花鸟,爱虫鱼,爱山水。我也爱诗词,爱书画,爱金石。因为这一切的一切,都是美的结晶品,而是有目共赏的。我生平无党无派,过去是如此,现在是如此,将来也是如此;要是说人必有派的话,那么我是一个唯美派,是美的信徒。"③ 他对

---

① 周瘦鹃:《说伦理影片》,《儿孙福》(特刊),1926年9月。
② 周瘦鹃:《申报·自由谈之自由谈》,1921年7月3日第13版,小说特刊第25号。
③ 周瘦鹃:《〈乐观〉发刊词》,《乐观月刊》,1941年5月1日第1期。

美和雅的追求已经渗透到了生活的细节中,他甚至喜欢用紫色墨水,而且在工整的字迹下加紫色小密圈。

同时他追求译笔雅驯,也与当时文人对译作的审美批评有关。当时的译评有几个显著的特点。第一,不论小说种类,从科学小说、政治小说、侦探小说到言情小说,乃至其他如儿童小说和戏剧短篇,无一例外都以文笔或译笔为评介对象。第二,译笔和文笔经常换着使用,没有明显的区分。这说明在晚清的译评术语中,二者是等同的。对译笔的评语不外乎"雅驯修洁""畅达""韶秀",或是"旖旎""隽雅"等,它们基本上都属于同一语义类型,即对译者字法(文字修养)、句法和章法的要求,这都是传统文论的中心话语。第三,译评中很少提到原作,没有系统的原作和译作之间的对比评论,即使有,也不是建立在语言对比的基础上。侗生就毫不讳言自己"不通日文",却仍要评《一捻红》《银行之贼》《母夜叉》等由日文翻译过来的书,认为它们"均非上驷"。[①] 可见,原作的真正面貌,并不是评论者所关心的因素,译者的文笔才是评论的主要对象。评论界的这种观念和立场,也必然影响了当时的"意译"风尚。在文笔和忠实之间,文笔永远是第一个考虑的因素,并且,文笔雅驯的取得经常是以牺牲原作的形式乃至内容为代价的。因此,只要文笔雅驯,就可以改变原作的形式和内容。如果依事直译,倒可能给译者招致文笔冗复、笔墨无趣的恶名。直至1915年新文化运动前夕,这种译笔等于文笔式的译评仍然可见于当时的报纸杂志。[②]

周瘦鹃也认为:"小说为美文之一,词采上之点缀,固不可少,惟造意结构,实为小说主体,尤宜加意为之。庶春华秋实,相得益

---

① 侗生:《小说丛话》,《小说月报》,1911年第3期。
② 例如:新庵在《月刊小说平议》中说"译本之最劣者,为《紫罗兰》,叙事、译笔,两无可取,阅之令人作三日恶。……《海底沉珠》《左右敌》二书,均周桂笙译。布局、译笔俱佳,但情迹简短,一览无余味"。(新庵:《月刊小说平议》,陈平原、夏晓虹编《二十世纪中国小说理论资料》(第一卷)(1897—1916),北京:北京大学出版社,1989年,第528页)

彰，若徒知词藻，而忽于造意，不重结构，则无异一泥塑或木雕之美人，虽镂金错采，涂泽甚工，而终觉其呆滞无生气也。"① 因此他非常注重译文的结构和意境。

(一) 严谨精练的句子结构

周瘦鹃的早期翻译文集《欧美名家短篇小说丛刊》的五十篇译文中，有三十二篇采用具有骈文四六句特色的文言文翻译。这一文风极受当时的文人雅士的推崇。他虽然明确指出"至于鸳鸯蝴蝶派和写作四六句的骈俪文章的，那是以《玉梨魂》出名的徐枕亚一派，《礼拜六》派倒是写不来的"②，但是受当时文风的影响，周瘦鹃的早期译文多采用具有骈文四六句特色的文言文进行翻译。民初的骈文小说并"不能真骈"，陈平原曾指出："民初的骈文小说不像《燕山外史》，老是骈四俪六，而是把古文的对话、叙述段落和骈文的描写、抒情段落搭配起来，交叉使用，显得错落有致，文体因而较有张力。"③ 与白话文相比，这类文言文显得词语凝练，句式简短，具有结构严谨、辞藻讲究的特点。例如：

(1) A lamp burned on the table, although the weather was mild and warm, and the long curtains hung down before the open windows……④（*The Old Grave Stone*）

桌上灯火通明，绛若胭脂。窗犹未阖，二窗纱已下。窗下列花盆，繁花随意乱开，初不贡媚于人。窗外长天一抹，作深蓝色……⑤（《断坟残碣》）

---

① 周瘦鹃：《申报·自由谈之自由谈》，1921 年 2 月 13 日第 14 版，小说特刊第 5 号。
② 周瘦鹃：《闲话〈礼拜六〉》，范伯群主编：《周瘦鹃文集·散文卷》，上海：文汇出版社，2011 年，第 73—74 页。
③ 陈平原：《二十世纪中国小说史（第一卷）》，北京：北京大学出版社，1989 年，第 219—220 页。
④ Hans Christian Andersen. *The Old Grave Stone* [OL]. http://hca.gilead.org.il/old_grav.html.
⑤ 周瘦鹃：《欧美名家短篇小说》，长沙：岳麓书社，1987 年，第 522 页。

(2) The beautiful sky of Spain spread its dome of azure above his head. The scintillation of the stars and the soft light of the moon illumined the delightful valley that lay at his feet. ①(*El Verdugo*)

西班牙之天容，<u>固甚朗澈，云净如洗</u>，湛然作蔚蓝之色。明星丽于半空，炯炯四灿，与霁月之光，同烛此平台下之山谷。<u>一时谷中树木，都发奇辉</u>。②（《男儿死耳》）

这两篇译文通过增译法，扩展了景物描写，使得文章音韵和谐，又烘托了氛围，渲染了情绪。骈文延宕回环的特点使文章形成徐舒迂缓的叙事节奏，与之后用简洁流畅的散文翻译的作品形成鲜明的对照，形成一张一弛的叙事节奏，因而总体具有不同语体并置产生的张力之美。

(二) 清雅脱俗的审美品位

魏晋六朝以后，文人们对"雅"的认识发生了变化，由魏晋人物品藻而转向文学的审美品格。受道家思想影响，文人们追求一种超尘脱俗的雅韵，从题材内容到语言风格更强调表现清脱风雅的生活情致，更追求淡泊飘逸、含蓄蕴藉、高韵逸响的艺术品位。这时无论从人格理想还是从审美趣味上看，"雅"表现出与儒家之"雅"不一样的超脱世俗的意义。③ 周瘦鹃受道家思想的影响，对人物的描述和意境的描写都体现了其清雅脱俗的审美品位。他曾写道："言情小说非不可作也，惟用意宜高洁，力避猥俗。当下笔时，作者必置其心于青天碧海之间，冥想乎人世不可得之情，而参以一二实事，以冰清玉洁之笔，曲为摹写，无俗念，无亵意，则其所言之情，自尔高洁，若涉想及于闺襜艳福，即堕入魔道中矣。"④ 例如：

---

① Honore De Balzac. *El Verdugo* [OL]. http://www.gutenberg.org/files/1425/1425-h/1425-h.htm.
② 周瘦鹃：《欧美名家短篇小说》，长沙：岳麓书社，1987年，第255页。
③ 孙克强：《雅俗之辩》，北京：华文出版社，2001年，第67页。
④ 周瘦鹃：《申报·自由谈之自由谈》，1921年4月3日第14版，小说特刊第12号。

"There, on the other side of the angle; but you are shortsighted. See, there she is ascending the other eminence in her white frock and green veil, as I told you. What a lovely creature!"① (*The Mysterious Bride*)

地主道:"你天生的一副近视眼,自然瞧不见。她此刻正走上一块高地去,罗衣如雪,青纱如云,好一个可爱的人。凤兮凤兮,仙乎仙乎!"②(《鬼新娘》)

周瘦鹃对女性的描写运用增译手法,用"雪"和"云"这些清新雅致的事物比喻少女的服饰,塑造了一个飘逸雅洁的女性形象。同时加译"凤兮凤兮,仙乎仙乎",进一步发出感叹,描绘了一幅超凡脱俗的女性画面。

I stood still as in a trance. I dreamed that I was enjoying a personal intercourse with my heavenly Father, and extravagantly put off the shoes from my feet, for the place where I stood, I thought, was holy ground.③ (*The Native Village*)

吾木立弗动,似丧吾魂。中心惝恍,又类入梦。眴则脱蓰人寰,竟御风而上九天,亲聆天父之纶音。即觉,颇疑吾所立处,殆圣地也。一时万感潮涌,良难自遣。④(《故乡》)

在这段文字中,作者本意是描绘主人公与上帝的一次心灵交流。然而周瘦鹃的翻译,增加了信息量,使读者感觉这是主人公在宇宙中的一次"神游",是其在回归自然后达到的与天合一的极妙境界。

---

① James Hogg. *The Mysterious Bride* [OL]. http://www.readbookonline.net/readOnLine/7629/.
② 周瘦鹃:《欧美名家短篇小说》,长沙:岳麓书社,1987年,第15页。
③ Charles Lamb. *The Native Village* [OL]. http://books.google.com.hk/books?id=c9MDAAAAQAAJ&pg=PA28&lr=&hl=zh-CN&source=gbs_toc_r&cad=4#v=onepage&q&f=false.
④ 周瘦鹃:《欧美名家短篇小说》,长沙:岳麓书社,1987年,第38页。

可以看出，周瘦鹃清雅脱俗的审美品位是受道家哲学思想的影响。道家认为"雅"的美学精神就是超凡脱俗，而这种超凡脱俗实际上也就是"清雅"。道家哲人主张"返璞归真"，保持一颗天真无邪、澄明空静、道法自然之心，经由这种"雅洁""虚静"的心灵超越有限、具体的"象"，体悟到"道"这种宇宙大化的精深生命内涵和幽微旨意，进入极高的自由境界。周瘦鹃"清雅"的审美追求在译文中得以体现。

(三) 凄婉悲情的审美基调

江南流域丰富的水资源造就了其特有的"水文化"。水的灵动、柔美影响了一代代文人，使江南文人形成了温婉、含蓄、雅致、多情的性格特点，在审美方面追求优美、秀丽、妩媚，故他们喜爱柔美凄婉、风流缠绵的爱情故事也就在情理之中了。以《平山冷燕》《玉娇梨》《好逑传》为代表的才子佳人小说在明末清初盛极一时，其作者也多为江浙人。受这一文风的影响，民初以吴地文人为主要成员的鸳鸯蝴蝶派也擅长写言情小说，然而与明末清初以大团圆为结局的才子佳人小说不同的是，他们的小说多以悲剧告终。

周瘦鹃在小说界就以"哀情巨子"著称。除了大量的悲情翻译小说外，其他的爱国小说和伦理小说也不时地透露了他的悲情情结。在阅读外国文学时，他经常投入到作品中，与主人公同喜同悲："哀情小说以能引人心酸泪泚者为上，作者走笔时，须自以为书中人物，举其中心所欲吐者，衔悲和泪以吐之。庶歌离吊梦，一一皆真，正不必实有其人，实有其事也。读小仲马之《茶花女》，读哈葛德之《迦茵传》，吾泚泪，此之谓哀情小说。"[①] 因此，在翻译作品时，他经常将自己的情感经历投入到小说中去。

> My little pane of painted window, through which I loved to look at the sun, when I awoke in a fine summer's morning, was

---

① 周瘦鹃：《申报·自由谈之自由谈》，1921年3月6日第14版，小说特刊第8号。

taken out, and had been replaced by one of common glass.① (*The Native Village*)

小窗上当年尝嵌一五色绚烂之玻璃,夏晓梦回,吾每好观其弄影于晓日之中,宛类天半长虹,而今亦弗知已零落何所,但易以寻常之玻璃。<u>故物渺茫,骨肉星散,游子重来,对之能无凄咽</u>。②(《故乡》)

在《故乡》一文中,原文作者回到昔日的老屋中,看到满屋荒凉的情境。周瘦鹃通过增译"故物渺茫,骨肉星散,游子重来,对之能无凄咽"这一句再现了文章的情境,呈现了一种悲凉的氛围,准确地表达了原文作者的心境。

And he smiled in bitterness of his pain and self-contempt.③ (*The Blue Curtains*)

一念彼十四年息息不忘之情人,逐辗然而笑。嗟夫读吾书者,<u>须知此一笑者,直以泪泉中万斛眼泪酝酿而成,其痛苦实什百倍于哭也</u>。刹那间胸中思潮溢涌,不能自抑。念日后如何者,<u>寸心已死,万念都灰</u>。④(《红楼翠幌》)

主人公瓶被初恋女友欺骗,误认为她是被家人所迫嫁给别人。在苦恋了十四年后,瓶得知其实是个水性杨花、见异思迁的妇人,他痛苦万分,撕毁情人的照片,自嘲中绝望地一笑。周瘦鹃在此增加了一段自己的观点,对这一笑进行了准确的诠释,道出了瓶万念俱灰的悲痛心情,为最后他选择自杀做了铺垫。

---

① Charles Lamb. *The Native Village* [OL]. http://books.google.com.hk/books?id=c9MDAAAAQAAJ&pg=PA28&lr=&hl=zh-CN&source=gbs_toc_r&cad=4#v=onepage&q&f=false.
② 周瘦鹃:《欧美名家短篇小说》,长沙:岳麓书社,1987年,第36页。
③ H. Rider Haggard. *The Blue Curtains* [OL]. http://www.havaris.ca/horror-stories/stories07/179.htm.
④ 周瘦鹃:《欧美名家短篇小说》,长沙:岳麓书社,1987年,第174页。

第二节　后期翻译思想：人道关怀，忠实通达

李大钊、陈独秀等一大批作家开始在五四时期大力宣扬人道主义，从一定程度上对"人的觉醒"起到了推进作用。20世纪初的人道主义思潮侧重于对个性解放、民主自由平等、科学理性的倡导，力求击碎麻木愚昧的国民性，从而树立起现代的"人"的观念。陈独秀向载道文学大胆开战，热情推荐充满人道主义精神的"平民文学"，标榜"自主自由之人格"①；鲁迅批判"吃人的礼教"，强调"我们目下的当务之急，是：一要生存，二要温饱，三要发展"②；胡适认为个人应有自由意志，而"社会最大的罪恶莫过于摧折个人的天性，不使他自由发展"，"社会是由个人组成的，多救出一个人，便是多备下一个再造新社会的分子"③；周作人提倡"人的文学"，认为"从个人做起，要讲人道，爱人类，便须先使自己有人的资格，占得人的位置"，作家的创作应以人作为思维中心，以人的生活为是，以非人的生活为非④；李大钊认为第一次世界大战的胜利，是"人道主义的胜利，是平和思想的胜利，是公理的胜利，是自由的胜利，是民主主义的胜利，是社会主义的胜利"⑤，他鲜明地提出"以人道主义改造人类精神"⑥。五四时期人道主义思潮的功绩，正是在于经过它的倡扬，人性、人道主义的价值取向在一个缺乏民主传统的国度里开始获得承认，从而成为维护人的生命存在和个性要求的

---

① 陈独秀：《敬告青年》，《青年杂志》，1915年9月5日第1卷第1号，第2页。
② 鲁迅：《狂人日记》，《新青年》，1918年5月15日第4卷第5号，第414页。
③ 胡适：《易卜生主义》，《新青年》，1918年6月15日第4卷第6号，第504页。
④ 周作人：《人的文学》，《新青年》，1918年12月15日第5卷第6号，第575页。
⑤ 李大钊：《布尔什维克主义的胜利》，《新青年》，1918年1月15日第5卷第5号，第443页。
⑥ 李大钊：《李大钊文集（下卷）》，北京：人民出版社，1984年，第68页。

不可小觑的精神力量，形成中国文明史上一次空前的思想大解放。①

在中国，人道主义文学思想的最初形成，是以周作人的"人的文学"为标志的。周作人在《人的文学》这篇文章中给"人的文学"下的定义是：用这人道主义为本，对于人生诸问题，加以记录研究的文字，便谓之人的文学。② 因此，"人的文学"与"人道主义文学"从内涵上说实在是有概念上的同质性，二者的旨归是一致的。"'人'的发现，人对自我的认识、发展与描绘，人对自我发现的对象化，即'人'的观念的演变，是贯穿20世纪中国文学发展的内在动力。"学者陈少峰认为：人道主义大致如此，一为理性主义，即反对蒙昧状态并确立个体人的自主性地位；二为人性论，即确证普遍的人性存在、主张人的自我实现；三为个人主义，即强调个人的尊严、道德自律意识和对人权的维护；四为博爱主义，即泛爱意识的宣扬。这四方面内容中个人主义乃是人道主义的核心。"人道主义是指从文艺复兴时期以来，以人的本质和价值、人的尊严和幸福、人的自由和发展为主旨的社会思潮。它包括四个方面的含义：第一，以人为中心，重视人的价值，高扬人道思想……"这也正是周作人所强调的"个人主义的人间本位主义"。③

一、人道关怀的选题倾向

周瘦鹃怀有一颗悲天悯人的心，一直不遗余力地宣传和提倡人道主义。在其翻译生涯的早期，他就对一些人道主义作家的作品进行了介绍和推广，如托尔斯泰、安德烈耶夫及高尔基。在五四运动

---

① 刁世存：《20世纪中国人道主义思潮的历史轨迹》，《天中学刊》，2004年第19卷第6期。
② 周作人：《人的文学》，《周作人文类编·本色》，长沙：湖南文艺出版社，1998年，第34页。
③ 陈少峰：《生命的尊严——中国近代人道主义思潮研究》，上海：上海人民出版社，1994年，第128页。

时期，在五四作家的影响下，他进一步对世界人道主义进行了介绍，如大量翻译人道主义作家巴比塞、莫泊桑、契诃夫和易卜生等人的作品。他在《我翻译西方名家短篇小说的回忆》中提道："我翻译英、美名家的短篇小说，比别国多一些，这是因为我只懂英文的缘故，其实我爱法国作家的作品，远在英美之上，如左拉、巴尔扎克、都德、嚣俄、巴比斯、莫泊桑诸家，都是我崇拜的对象。东欧诸国，以俄国为首屈一指，我崇拜托尔斯泰、高尔基、安特列夫、契诃夫、普希金、屠格涅夫、罗曼诺夫诸家，他们的作品我都译过。此外，欧陆弱小民族作家的作品，我也喜欢，经常在各种英文杂志中尽力搜罗……"① 他在积极宣扬人道主义精神的同时，也表达了自己的人道主义立场。总结下来，他宣传的世界人道主义有以下几个方面：

（一）博爱思想——托尔斯泰

1914年7月4日，周瘦鹃翻译了俄国托尔斯泰的小说《黑狱天良》，在《礼拜六》第5期的《社会小说》栏目上发表。他也算是较早地将俄国这位大文豪介绍到中国的翻译家之一（内地翻译托尔斯泰作品的最早的译本是1911年热质翻译的《娥眉之雄》）。这篇小说中托尔斯泰着力宣扬了基督宗教的"博爱"主张，其核心思想是一个"爱"字：爱自己、爱别人、爱仇敌、爱一切人。

托尔斯泰认为，爱没有长幼亲疏、人与物的区别，要对万物一视同仁、给予完全平等的爱；爱的对象是所有的人（包括有罪的人和敌人）和物。他说："只爱自己喜欢的人，这种爱不是真正的爱。真正的爱是对存在于别人心中也存在于自己心中的那同一个神的爱。由于这种爱，我们不但会爱自己家里的人，爱那些也爱我们的亲人，同时也会爱我们的仇人。这样的爱，会比只爱我们的亲人更使我们感到喜悦。"② 文中挨克西诺夫在被冤枉杀人入狱后，连妻子也不相

---

① 周瘦鹃：《我翻译西方名家短篇小说的回忆》，《雨花》，1957年6月1日。
② 列夫·托尔斯泰：《为了每一天》，刘文荣编译，上海：文汇出版社，2006年，第8页。

信他,他认为只有上帝才真正明白他,于是日夜祈祷,成为虔诚的基督徒。面对仇敌的挑衅和侮辱,他选择了不去揭发仇敌的逃跑恶行,在不断地祈祷中实现自己的宽恕和内心的平静,以期得到上帝的赦免。可见,托尔斯泰在这里要传达的"爱仇敌",是为了"爱神"。

周瘦鹃在《申报·自由谈之三言两语》中也谈到了他对基督宗教中博爱的看法与推崇,同时对帝国主义国家的侵略战争予以抨击:

> 今天是耶稣基督的诞日,我不是基督徒,因此也并不像佛弟子迷信佛菩萨那样迷信他。不过无论如何,他老人家以一个"爱"字教训世人,这就很可崇拜的了。如今我们北方自相残杀,血肉横飞,而主持其事的恰又是耶稣基督的信徒,基督曾说"尔毋杀",又说"爱尔邻"。如今的所为,却恰恰和这两句话背道而驰。试想邻尚且应爱,何况是自家的同胞手足呢?唉!基督有知,怕也要挥泪长太息罢。①

(二) 反战思想——安德烈耶夫

周瘦鹃是国内翻译安德烈耶夫的《红笑》的第一人,尽管鲁迅对于此书十分看重,屡次将此书列入翻译计划,但均未完成。他曾在《域外小说集》第一册和第二册的卷末都附有"域外小说集第一册以后译文"和"域外小说集第二册以后译文"的预告,其中都表示要翻译安德烈耶夫的《赤笑记》,但是后来他在《关于〈红笑〉》中回忆说,《赤笑记》没有译完。此后数年,国内文坛对俄国现代人道主义的文学家都再未介绍,直到1917年才有周瘦鹃所译安德烈耶夫的《红笑》问世,收入《欧美名家短篇小说丛刊》,但未译全。周作人曾在《〈齿痛〉译者附记》中声称,对安德烈耶夫的汉译截止到当时(1919年),"只有《域外小说集》里的《默》与《谩》,《欧美名家短篇小说丛刊》里的《红笑》。此外重要著作,全未译出"②。

---

① 周瘦鹃:《申报·自由谈之三言两语》,1925年12月25日第1版。
② 周作人:《新青年》,1919年12月1日7卷1号。

《红笑》是俄国作家列·安德烈耶夫于1904年日俄战争之际创作的小说。它通过两兄弟的札记，展现了哥哥眼里被战争蹂躏和摧残的、恐怖荒诞的世界以及弟弟在他死后的战争生活中所感受到的生生不息、如影随形的疯狂和恐怖——"一种血红色的迷雾"，这就是"红笑"。作品体现了安德烈耶夫（以下简称安）对人类战争的坚决态度——战争是反人民的，也是反历史的；同时作品通过"蒙太奇"式的荒诞情节、综合的象征意象和怪诞无常的心理描写手法表现了战争的残酷和理性的虚妄，大声疾呼人性的复归。安德烈耶夫认为《红笑》的主题是"收集战争的事实"，用"心里流出的血"表现非理性世界种种的真实场景及其本质——非正义和反人道。[①] 周瘦鹃在翻译中也增译了一些内容，进一步体现战争的残酷和疯狂。

周瘦鹃对于战争一直是痛恨的，抗战爆发后，他撰写和翻译了不少反战小说，也因此引起了日本特务的注意，上过黑名单。即便如此，他仍笔耕不辍，身体力行地加入抗日救国的阵营中。抗战期间，他积极在由鲁迅等人带头发表的抗日救国联合声明上签字，签字的还有茅盾、巴金、郭沫若等人。除了小说，他也在报纸上发表评论控诉战争的残酷，例如在1925年6月1日第17版的《申报·自由谈之三言两语》写道：

> 地上一抹一抹的血痕，被一夜雨水冲洗去了，但愿我们心上所印悲惨的印象，不要也和血痕一样淡化。
>
> 邻居的一条狗死了，那爱狗的主人抚着狗尸，抽抽咽咽的哭着，我道：现在的人命也不稀罕，何必怜惜这么一条狗。

两个月后，他对这份悲痛和仇恨还念念不忘：

> 砰砰的枪声，孤儿寡妇们热热的眼泪，哀哀的哭泣，这是我们中国民族史上所留着的绝大纪念。任是经过了两个多月，

---

① 王艳卿：《灵魂世界的协奏：〈红笑〉叙事的心理意义》，《俄罗斯文艺》，2002年第5期。

已成陈迹，而我们的心头脑底，似乎还耿耿难忘罢。《自由谈》销声匿迹，已两个多月了，如今卷土重来，满望欢欢喜喜的，说几句乐观的话。然而交涉停顿，胜利难期，在下在本报上和读者相见，只索流泪眼望流泪眼罢了。①

(三) 无产阶级人道主义思想——高尔基

周瘦鹃在1917年《欧美名家短篇小说丛刊》中翻译了高尔基的《大义》。这是除了吴梼译的《忧患余生》（今译为《该隐和阿尔乔姆》，1907年发表在《东方杂志》第4卷第1至第4期的小说栏内）和刘半农译的《廿六人》前半部（今译《二十六男和一女》，刊登在《小说海》第2卷第5号上）外，国内对高尔基作品较早的译介。周瘦鹃对高尔基进行了很高的评价：

> 无论哪一国的文学家、小说家，单单做一国闻名的文学家、小说家，不算稀罕，必须做成一个世界闻名的文学家、小说家，才是难能可贵。俄罗斯的高尔基氏（Maxim Gorki）就是当代世界闻名的文学家、小说家之一，俄罗斯人的敬爱他，崇拜他，尤过于执掌全国政权的史大林氏，他那一枝笔，真的是胜于十万毛瑟……然而他却因此见多识广，终于做成了一位善写平民疾苦的文学家、小说家，他的文章，都是用他的笔尖儿蘸着他自己的血、汗和眼泪写出来的。一八九四年，他开始刊行他的第一种短篇小说，以后就做了许多长篇、短篇与剧本，行间字里，充满了悲天悯人之念，所以他至今还做着新俄罗斯文坛上的权威者。我译过他两个短篇小说，一：《绿猫》，二：《薄命女》。②

高尔基的文学作品中充斥着人道主义思想。但他的人道主义思想经历了发展、变化、成熟的过程。在创作初期，他虽然接触到了

---

① 周瘦鹃：《申报·自由谈之三言两语》，1925年8月5日第9版。
② 周瘦鹃：《紫罗兰庵谈荟》，《申报·春秋》，1933年2月10日第18版。

一些无产阶级革命思想，但总的来说，其世界观还属于革命民主主义的范畴。他这个时期的人道主义，主要是通过描写被侮辱与被损害的人民的不幸遭遇，并寄予深切的同情来表现的。如在小说《薄命女》中，高尔基塑造了一位丑陋的没有人关心和爱护的底层女性的形象，只有请别人以她想象的情人给她写信时，她才能感受到世间的温暖。在译作中周瘦鹃增加了翻译内容，以表达自己对底层人民的同情：

> 到此我（指作者）方始明白了，我自觉好像是犯了甚么罪，甚是羞惭，又像受了刺激，身体上感受一种苦痛。在我的身边，相去不过一臂之近，竟有这么个可怜的人。世界中没一个人对于伊表示一丝感情，没有父母，没有朋友，甚么都没有，因此这可怜虫便给自己造出一个恋人，造出一个未婚夫来。①

高尔基人道主义思想的发展过程是一个反复的过程。在他发表的"不合时宜的思想"的系列文章中，以及后来给列宁和罗曼·罗兰的信里，他虽然拥护社会主义，却反对暴力革命，反对武装夺取政权，宣扬社会主义发展的道路首先必须是"从道德上革新"，说明他在无产阶级革命、无产阶级专政等一系列重大问题上偏离了马克思主义的政治立场，陷入了一般民主主义和抽象的人道主义思想的泥潭。从20世纪30年代初起，《给人道主义者》《"文化大师们"，你们跟谁站在一起？》《无产阶级人道主义》《论文化》等文章里，高尔基运用马克思列宁主义理论，对暴力、爱与恨、无产阶级专政以及战争等一系列问题，作了重新阐释，深刻批判了旧的资产阶级人道主义的虚伪性，确立了新的无产阶级人道主义原则。②

他的作品中，母亲是生活严峻正直的裁判员，她们代表着真理

---

① 周瘦鹃：《薄命女》，范伯群主编：《周瘦鹃文集·翻译卷》，上海：文汇出版社，2011年，第180页。
② 陈寿朋、邱运华：《二十世纪八十年代以来的高尔基学——高尔基学术史研究》，《东吴学术》，2012年第2期，第124—125页。

和正义。如《大义》中,为捍卫祖国的荣誉,发扬美好正直的人性,当儿子背叛祖国后,母亲毅然刺死依在她怀中的孩子。在母亲心中,真理和正义高于一切。母性本能的爱与正义、真理、未来、创造融合为一,这是高尔基笔下母亲人性意识的升华。母亲人性意识的升华体现着时代的共同情绪,即对自由生活及真理的追求,代表着整个无产阶级的共同理想。在文中,高尔基宣扬了无产阶级人道主义思想,他认为,"革命无产阶级的人道主义是勇往直前的。它不说些关于爱邻人的响亮的和甜蜜的语言,它的目的是把全世界无产阶级从资本家的可耻的、血腥的、疯狂的压迫中解放出来,教导人们不要把自己当作被买卖的商品,当作制造资本家的黄金和奢侈品的原料"[1]。高尔基认为无产阶级人道主义是"真正博爱的学说",因为它是在没有阶级压迫的基础上实现全人类的博爱,所以它就克服了资产阶级人道主义的欺骗性和空想性。作为一个无产阶级人道主义者,高尔基赋予艺术领域的人学,特别是社会主义艺术领域的人学的重大使命是:为"人性"——为改造不符合"人性的环境"和发扬善良美好的"人性"而斗争。[2]

(四)揭示人的本性——巴比塞

新浪漫主义文学大师法朗士、罗曼·罗兰、巴比塞是活跃于20世纪前半叶法国文坛的进步作家,以高举和平主义和人道主义的旗帜而著称。他们的共同特点是:崇尚正义,向往光明,充满理想,积极参与政治性的社会活动。小说在他们手里成为参与政治的有力武器,无论是抨击资本主义制度的致命弊端,还是揭露生活中的丑恶现实,他们总是运用那支犀利的笔发出进步和正义的声音。

正是"一战"后"反战"思潮和"人类大同"的人道主义思想

---

[1] 陈寿朋:《高尔基美学思想论稿》,西安:陕西人民出版社,1982年,第195—196页。
[2] 陈寿朋、邱运华:《二十世纪八十年代以来的高尔基学——高尔基学术史研究》,《东吴学术》,2012年第2期,第125页。

的流播，扩大了主张"反战"的人道主义作家罗曼·罗兰的《约翰·克利斯朵夫》和巴比塞的《光明》《火线下》在中国文坛的影响。五四作家对巴比塞做了大力推荐和宣传，其中以茅盾为积极的倡导者。1920年，沈雁冰在《非杀论的文学家》中对巴比塞的"新浪漫主义/新理想主义"学给予了肯定，其实也正是对巴比塞主张"非杀论"（反战）、"人道"的肯定，其在不久后写作《欧美新文学最近之趋势》时，更进一步指出，巴比塞的"新浪漫主义/新理想主义"代表作《光明》，最大的特点就是写青年"入于战场而终能超于战场，不为战争而战争"。[①] 他认为：巴比塞的小说"大概都含有一种新人生观在文字夹行中"。因此，他们的小说"不是绝望的文学，乃是希望的文学，得救的文学，也可以说是理想主义的文学"。这种将"新理想新信仰灌到人心中"的新理想主义正是自然主义和当时的中国文学极为缺乏的。自然主义认为现实人生中所有的只是丑恶，因此专注于表现世间丑恶的一面。新浪漫主义则强调要综合地全面地表现人生，以为生活中除了丑恶，更多的却是真善美。"他们暴露了现实的丑恶，同时也发现了在现实的根底，原来还藏的有美善的生活力。"茅盾认为，只有这种既能揭露假恶丑，又能展现真善美的文学，才真正符合艺术的最高目的。综上所述，茅盾认为，新浪漫主义可以"为补救写实主义丰肉弱灵之弊，为补救写实主义之全批评而不指引，为补救写实主义之不见恶中有善"，而作出其他文学流派所难以替代的特殊贡献。

受五四作家的影响，周瘦鹃翻译了巴比塞的很多作品，他在翻译《瘫》时曾写道："巴比塞（H. Barbusse）是法国现今最有名的小说家，欧战中做了一本《火线中》（*Under Fire*）的长篇小说，已传诵欧罗巴洲，他的宗旨是弭战，所以描写战祸极其深刻。我新近得了他一本短篇小说集，很多好作品，预备逐一译出来，介绍予读者，

[①] 潘正文：《沈雁冰提倡"新浪漫主义"新考》，《文学评论》，2009年第2期。

这一篇就是集中之一。"①

周瘦鹃的译作侧重于展现巴比塞的新浪漫主义文学特色,侧重对人性的展示,具体言之,新浪漫主义文学的哲学心理基础是现代人的生存苦闷,创作理念基础是对个体生命的认同,其艺术表现原则是倡扬自由地表现本源自我。如《瘫》和《定数》都揭露了生活中的丑恶现象。《瘫》描写了一个瘫子寄居在他的亲戚家,有一天亲戚被人发现砍死在家,警方侦破无果,最后偶然发现凶手竟然就是瘫子,瘫子为了亲戚的钱财而残暴地杀害了他的故事。小说反映了资本主义社会人与人的赤裸裸的金钱关系。《定数》中格劳德因为女友的父亲不同意他们的婚事,便在一个夜晚埋伏在路边杀了他的岳父。然而他后来得知在他杀死老人之前,老人已经同意了他们的婚事。

他翻译的《同病》体现了茅盾所谓的新浪漫主义精神。故事的主人公因病住进了传染病医院,医院的病人们都在生死线上挣扎,人们每天生活在绝望、压抑和痛苦中。直到有一天主人公爱上了医院的女侍奉,但是考虑到自己的病情他只好把爱压在心里。最后他得知她也是病人,两人终于牵手。在这篇小说中我们看到了绝望生活中的希望,看到了有别于自然主义的积极向上的精神面貌。由此可见周瘦鹃对法国作品的钟爱,其原因之一在于巴比塞小说中体现出了新浪漫主义文学元素以及他的人道主义精神。

(五)对底层人民的关注——莫泊桑和契诃夫

莫泊桑是19世纪后期自然主义文学潮流中仅次于左拉的大作家。他继承了法国现实主义文学的传统,又接受了左拉的影响,带有明显的自然主义倾向。他在相当短暂的一生里,取得了令人瞩目的文学成就。他既是一系列著名长篇小说的作者,更是短篇小说创作的巨匠。他的数量巨大的短篇小说所达到的艺术水平,不仅在法国文学中,而且在世界文坛上,都是卓越超群的,具有某种典范的

---

① 周瘦鹃:《瘫》,《礼拜六》,1921年9月3日第125期。

意义，所以人称"短篇小说之王"。他的短篇小说侧重摹写人情世态，构思布局别具匠心，细节描写、人物语言和故事结尾均有独到之处。

周瘦鹃对莫泊桑评价道：

> 毛柏桑之所以以短篇小说名者，亦即以善写社会琐事。故二子咸好浪游，故见闻亦广。凡恒人所不经意之事，二子独经意焉。于是嬉笑怒骂皆成文章，而读者之喜怒哀乐，遂亦授之于书而不自觉矣。予居恒好为短篇小说，随意杜撰，有时资料枯窘，苦思不可得，则于途中留意一切极平淡寻常之事。归后笔之于书，少少点染之，遂成篇幅。故作小说时不得资料，可于街头随处掇拾，若效董仲舒之三年目不窥园则难乎其为小说家矣。[①]

由此可见，莫泊桑对周瘦鹃的影响是巨大的，其从平凡琐屑的事物中截取富有典型意义的片段，以小见大地概括出生活的真实，对底层人民寄予极大的关注和同情，这些在周瘦鹃创作的小说中都有所体现。

而契诃夫的小说都是旨在揭示社会现实的可怕及对人性的扭曲、摧残，以求刺痛人们麻木的心灵，唤醒人们的觉悟，来改造社会，而这一切的背后包含着作家的人文关怀。契诃夫的人文关怀贯穿于他创作生涯的始终，他在以"小人物""知识分子""女性"为写作对象创作的典型作品中，通过对下层人物不幸生存境遇的关注、对知识分子困境的探索、对社会制度戕害下人的心理及灵魂变异的展现，来揭示"小人物"的境遇及人性的变异；通过对女性不幸的命运、婚姻及生存状态的描绘，来表现自己对女性问题的思索和对女性前途命运的关怀，从而阐发人文关怀。而与契诃夫的人文关怀相联系的是他的人道主义理想：尊重人的生命、价值、尊严。作家以

---

① 周瘦鹃：《说觚》，《小说丛谈》，上海：大东书局，1926年。

冷峻、幽默的笔调展示了人的生命、尊严、价值、情感、自由的被剥夺和被损害，揭示了凡俗生活隐藏下的悲剧和人性的变异，也使我们看到了含泪的微笑之下的希望，以此呼唤对人的生命价值体验的尊重与关注。契诃夫的全部创作，尤其是中短篇小说的创作，在否定、讽刺、鞭挞和批评之外，肯定了一切平凡和普通的人、一切劳动者和创造者所应有的享受幸福的权利，以此来传达他的人文关怀。周瘦鹃对他如是赞誉："俄罗斯名作家柴霍甫氏（A. P. Chekhov），以短篇小说名于时，与法之莫泊桑氏、美之欧亨利鼎足而三。其所作率讽刺人生，冷隽有味。而悲天悯人之念，复时时流溢行间，读之令人凄然。"①

周瘦鹃六岁丧父，家中"一贫如洗"，全靠母亲"做女红换饭吃"，"在艰难困苦中成长"，直至20世纪50年后，他回忆起来依然觉得"简直是比黄连还苦啊"！但是他立志向上，以自立自强、勤奋刻苦的精神，以编、译、著的成就名列《上海最近一百名人表》，跻身于海上新晋文化绅士之列。周瘦鹃从穷小子到文化绅士的成功史，是一部底层人物个人的奋斗史。早年困难生活的经历和奋斗历程的辛酸，使他对苦难的劳工阶层有着天然的体贴和同情。他对劳工阶层的关注也深受当时抒写社会疾苦的文学思潮的影响，1921年1月30日，他在《自由谈之自由谈·小说特刊》第4号就表述了当时的情景："国事日非，民生愈困，三年以还，小说界之趋势亦变。时贤作品，率多抒写社会疾苦，一唱三叹，不同凡响。当兹岁暮天寒，以为展读，恍见行墨间有小民泪血之痕，与啼饥喊寒之凄态也。"②他的时评，就像小小的问题小说，三言两语描述一个场景或一个片段，描述车夫、乞丐、工人、妓女等的悲惨遭遇，引起社会的关注和同情，然后发问，引导社会思考问题的解决之道。

人生经历之苦与国事民生之非，促使周瘦鹃创作了大量关注底

---

① 周瘦鹃：《顽劣的孩子·弁言》，《紫罗兰》，1929年7月1日第4卷第2期。
② 周瘦鹃：《申报·自由谈之自由谈》，1921年1月30日第14版，小说特刊第4号。

层的作品，只不过他描写的不是乡土农民的困顿，而是以市民喉舌身份自觉地把目光投向城市黑暗角落里挣扎的劳工阶层。小说《血》《脚》描写了学徒枉死的悲剧人生，《挑夫之肩》讲述了教员到挑夫的痛苦生活。他也公开表达了自己悲天悯人的情怀：

> 袁寒云曰："小说以社会为最上选，言情备一格而已，而惨情者尤败人兴趣，著作愈佳，愈使人短气，每读瘦鹃此类之作，辄怆然掩卷。"允哉袁子之言也，社会小说，固为小说眉目，悲天悯人之念，非社会小说不能写，而欲挽救世变，亦非社会小说不为功。挽近以来，颇知事此，顾生性善感，涉笔每多凄响，恬管难鸣，哀弦不辍，袁子读吾文，姑作午夜鹃啼观可也。①

（六）对弱小民族的同情

周瘦鹃在《丛刊》一书中翻译的"弱小民族"文学作品涉及的国家有俄国、德国、意大利、匈牙利、西班牙、瑞士、丹麦、瑞典、荷兰、塞尔维亚、芬兰等十一个国家，共计十五篇作品（俄国四篇、德国作品两篇、其余各国各一篇）。他是公认第一个将意大利、西班牙、瑞典、荷兰、塞尔维亚文学作品翻译介绍到中国的作家。另外，据对现有资料的考察，他也是第一个翻译瑞士文学的作家，他翻译的高德弗来甘勒（Gottfried Keller）的《逝者如斯》（*The Funeral*）比林纾和陈家麟合译的鲁斗威司的《颤巢记》（1920年）要早三年。他在1947年结集出版的《世界名家短篇小说全集》（4卷）中也收集了不少弱小国家的文学作品，如意大利、西班牙、匈牙利。周瘦鹃在《悼念鲁迅先生》一文中，提到了当年鲁迅对他的赞誉：

> 那知过了三十余年，方始从那两篇文章中得知鲁迅先生那时正在教育部任社会教育司金事科长，审阅了我的书，加上了批语，给了我奖状，而我却好似睡在鼓里，什么都不知道。据说鲁迅先生对我采译英美以外的大陆作家的小说一点，最为称

---

① 周瘦鹃：《申报·自由谈之自由谈》，1921年4月10日第14版，小说特刊第13号。

赏。这时先生的《域外小说集》早已失败,不料在此书中看出了类似的倾向,不胜有空谷足音之感。不错,我曾从英文中译了高尔基的《叛徒的母亲》、安特列夫的《红笑》等作品,恰是跟先生的《域外小说集》走一条路子的。[①]

近代以来,中国在政治、经济和文化上受西方列强的压制、入侵,戊戌变法以来中国历代志士不断寻求强国之道,"五四"新文化运动更是民族意识的高度觉醒。在对世界文化和文学的开放过程中,学习西方近代以来的先进文化和文学成果,一方面是更新民族文化、寻求民族文化和文学复兴、进行文学现代化的方式,但另一方面,向强大的敌人学习这一过程本身,压抑了自身的民族情感,特别是压抑了近代以来受西方强国欺凌的屈辱感。"师夷长技以制夷"的口号,从民族现代化战略的意义上看是十分明智的,但"师夷""制夷"的最终目的都是为了民族的自强和文化的繁荣,在完成这一目标的过程中所压抑的屈辱感终归需要释放,需要在相应的对象身上寄托这一份情感。于是,中国人在那些同样受英、法、德、美等西方强国压制的"弱小民族"身上,看到了与自己同样的命运,在他们的文学中,听到了同样的抗议之声,体会到了同样的寻求民族独立、人民解放的情感。而一批敏感的新文化人士,正是为了唤起独立自强的激情,寄托屈辱的民族情感,促使新兴的中国新文学与民族现实命运紧密结合,才大力提倡、积极译介那些"被损害"的民族的文学。

周瘦鹃就曾指出:"此外,欧陆弱小民族作家的作品,我也欢喜,经常在各种英文杂志中尽力搜罗,因为他们国家常在帝国主义者压迫之下,作家们发为心声,每多抑塞不平之气,而文章的别有风格,犹其余事。所以我除于《欧美名家短篇小说丛刻》中发表了一部分外,后来在大东书局出版的《世界名家短篇小说集》八十篇

[①] 周瘦鹃:《悼念鲁迅先生》,《文汇报》(香港),1964年10月19日第6版《姑苏书简》专栏。

中，也列入了不少弱小民族作家的作品。"①

在对"弱小民族"苦难命运的感同身受的激励下，在世界人道主义思潮的影响下，在对待战争、暴力与社会不公等世界难题时，周瘦鹃较早地介绍了一批人道主义作家的作品，积极地推动了人道主义思想在中国的传播，表达了自己的人道主义立场。

二、忠实通达的翻译风格

就翻译理论来说，晚清对后世影响最大的当属严复所出、高度概括的"信达雅"说。然而晚清大多数的文学翻译均背离了他们所声称的"信"，"译意"和"达旨"大行其道而成为主流。翻译批评家和读者也不在意，或不关注原文和译文的文本对照，甚至将貌似翻译（或声称或以为有原文本）的中文文本都当作翻译来接受，极少有人对译作的"信"进行对比考察或提出质疑。到了五四时期，五四学者对晚清文学翻译作品的"信"提出质疑，真正的翻译批评话语才逐渐形成。人们在反思晚清文学翻译实践的同时，试图从学理上探讨和研究翻译的规律。"信"逐渐成为翻译家相互批评和译作品评的兴奋点，同时也成为译家在实践中追求的目标。

五四新文学时期翻译事业的繁荣，带来了翻译思想的活跃，在翻译理论上呈现出"百家争鸣，百花齐放"的新局面。在这一时期，轰轰烈烈的文学革命、蓬勃发展的白话文运动，促进了翻译文体的彻底革命，从而推动了传统翻译思想发生重大转折。当时主要争论的焦点为："直译与意译""信与达""形似与神似"。

（一）直译与意译

五四前后，翻译界围绕"直译""意译"展开了一场大讨论。这场论战中的主将，"信"派的代表人物是鲁迅和瞿秋白；"顺"派的代表人物是梁实秋和赵景深。根据现实的需要，鲁迅强调准确地引

---

① 周瘦鹃：《我翻译西方名家短篇小说的回忆》，《雨花》，1957年6月1日。

进异质文化。因此在翻译上他主张"硬译",并付诸实践。针对当时存在的"牛头不对马嘴""削鼻剜眼"的胡译、乱译现象,鲁迅力主译文对原文的"信",他还特有所指地提出"宁信而不顺"的观点。根据鲁迅的表述可以判断,"硬译"只是他对"直译"的替代说法。至于"宁信而不顺"一语,只不过是他针对"宁顺而不信"一说所表现出的暂时的意气用事罢了,有矫枉过正之嫌。在鲁迅看来,"信"与否是创作与翻译的本质区别,牺牲"顺",目的是为了求"信",硬译只是达到"信"的不得已的策略或手段。用"求真""负责"来表述"信",应该说颇有独到之处。

周作人比较成熟的直译观主要见于《陀螺》译文集"序言",文中写道:"我的翻译向来用直译法,我现在还是相信直译法,因为我觉得没有更好的方法。"他同时强调,直译必须是有条件的,即一定要达意,并竭力保存原作的风格,换言之,他主张直译,但并不排除兼用意译,问题的关键在于使译文符合汉语的表达习惯,也就是对于原文的"信"与"达"。在他看来,直译和意译并不相悖,而是体现为两种概念与方法的同一。他认为,lying on his back 译为"仰卧着"既是直译,也可以说是意译,而译作"卧着在他的背上"则只能认为是逐字的"死译"了。[①] 由此可见,周氏所谓的"直译",绝不是一般人所误解的把原文逐字地译成汉语,而是在汉语表意能力所及范围之内,尽力保存原作的风格,表现原文的语义。

刘半农的观点与周作人十分接近,1921年他在给周作人的一封信中谈了自己的一些翻译见解,其中有一段有关直译的论述:"我们的基本方法,自然是直译。因是直译,所以我们不但要译出它的意思,还要尽力把原文中的语言的方式保留着;又因为直译(Literal translation)并不就是字译(Transliteration),所以一方面还要顾着译文中能文从字顺,能否合乎语言的自然。"实际上,他们在《新青年》上发表的译作,就是他们这种主张的实践。他们以忠于原作为

[①] 周作人:《陀螺·序言》,《语丝》,1925年第32期。

翻译标准，译风甚是严谨。

可以看出，当时的直译者所反对的其实并不是意译，意译者所反对的也不是直译。他们所反对的都是错误的翻译，即呆译、死译、胡译和曲译。所以其正面主张非常相似，都追求一种在直译与意译完美结合中而获得的信与达的理想状态。周作人就曾指出："直译也有条件，便是必须达意，尽汉语的能力所及的范围内，保存原文的风格，表现原语的意义，换一句话说就是信与达。"[1]

周瘦鹃在论及"直译""意译"观点时也提出了自己的看法："持花镜前，观镜中花影，一瓣一萼，悉与真花同。持紫兰，镜中现紫兰，持玫瑰，镜中现玫瑰，迻译西方名家小说，亦常如是，庶不失其真，今人尚直译，良有以也。然中西文法不同，按字直译，终有钩辀格磔之弊，奈何。"[2] 从这段文字可以看出，周瘦鹃的"直译"和当时许多翻译家的观点一样，即等同于"硬译"。但是还可以看出，周瘦鹃并不认同为了保持对原文的忠实度，而使得译文难于理解的翻译态度。这点接下来还会进一步谈到。

(二) 信与达

1920 年，郑振铎进一步对"信"和"达"的辩证关系进行分析："译书自以能存真为第一要义。然若字字比而译之，于中文如不可解，则亦不好。而过于意译，随意解释原文，则略有误会，大错随之，更为不对。最好一面极力求不失原意，一面要译文流畅。"[3] 在忠实与流畅的辩证关系中，"信"是首位。"我们应该忠实的在可能的范围以内，把原文的风格与态度极力的重新表现在译文里；如果有移植的不可能的地方，则宜牺牲这个风格与态度的摹拟，而保存原文的意思。"他认为，好的译文应该是"贵于得其中道，忠实而不

---

[1] 转引自陈言：《论 20 世纪中国文学翻译中的"直译""意译"之争》，《首都师范大学学报》，2009 年第 2 期。
[2] 周瘦鹃：《申报·自由谈之自由谈》，1921 年 3 月 20 日第 14 版，小说特刊第 10 号。
[3] 转引自陈福康：《中国译学理论史稿》，上海：上海外语教育出版社，1992 年，第 222 页。

失其流利,流利而不流于放纵"①。郑振铎的主张已经非常接近当代译学理论,特别是奈达的功能对等。②

1929年9月10日,梁实秋在《论鲁迅先生的硬译》中提出"与其信而不顺,不如顺而不信"的主张,说:"一部书断断不会完全曲译……部分的曲译即使是错误,究竟也还给你一个错误,这个错误也许是害人无穷的,而你读的时候究竟还落个爽快。"早在1928年,梁实秋在《论硬译》一文中就指出:"硬译"无异于"死译",其危害更甚于"曲译"。他曾不止一次地枚举过鲁迅"硬译"的例子,并根据自己的翻译标准进行分析与批评。

继而赵景深在《论翻译》一文中,也为误译辩解说:"我以为译书应为读者打算;换一句话说,首先我们应该注重于读者方面。译得错不错是第二个问题,最要紧的是译得顺不顺。倘若译得一点也不错,而文字格里格达,吉里吉八,拖拖拉拉一长串,要折断人家的嗓子,其害处当甚于误译。……所以严复的信、达、雅三个条件,我认为其次序应当是达、信、雅。"③ 他于是提出了"宁错而务顺,毋拗而仅信"的翻译主张。

后来鲁迅一连发表了《论"硬译"与文学的阶级性》《几条"顺"的翻译》《风马牛》等措辞辛辣的文章进行了强有力的反驳。其实,"硬译"这一概念对鲁迅和梁实秋来说是具有不同含义的。鲁迅将自己的翻译谓之"硬译",显然并无任何贬义,此处之"硬"字,实际上是针对某些句法而言的。它只是作为"直译"的代替说法罢了。④

---

① 转引自陈福康:《中国译学理论史稿》,上海:上海外语教育出版社,1992年,第230页。
② 廖七一:《中国近代翻译思想嬗变》,天津:南开大学出版社,2010年,第145—147页。
③ 赵景深:《论翻译》,《读书月刊》,1931年3月第1卷第6期。
④ 王秉钦、王颉:《20世纪中国翻译思想史》,天津:南开大学出版社,2009年第2版,第121页。

1918年，刘半农在批评林纾的翻译时详细分析了著书与译书的区别："当知译书与著书不同，著书以本身为主体，译书应以原本为主体；所以译书的文笔，只能把本国文字去凑外国文，绝不能把外国文字的意义神韵硬改了来凑本国国文。"[1] 刘半农看似在谈论文笔（译笔），实际上是强调翻译必须以"原本为主体"，必须忠实于原文的"意义神韵"，必须"实事求是，用极缜密的笔墨，把原文精义达出"，"没有自己增损原义一字"。[2] 他认为，翻译不能"以中国古训，补西说之未备"。在《关于译诗的一点意见》中，刘半农提出翻译必须做到三点：第一，要传达出原诗的意思；第二，要尽力把原文中的语言方式保留下来；第三，要传达出原诗的情感。[3] "信"必须是在意义、语言形式和情感上符合原文。

　　在翻译界对翻译标准、翻译方法的讨论中，周瘦鹃在五四时期，提高了对译文的翻译忠实度的关注，在对契诃夫进行介绍时，他也强调愿"以忠实之笔，从事移译"。

　　在译文的通达方面，他主张译文应通畅明白，这点在他和胡适先生的交流中可以看出："当下我们讲到短篇小说，胡先生捡起一本《新月》杂志来送给我，指着一篇《戒酒》道：'这是我今年新译的美国欧亨利氏的作品，差不多已有六七年不谈此调了。'我道：'先生译作，可是很忠实的直译的么？'胡先生道：'能直译时当然直译，倘有译出来使人不明白的语句，那就不妨删去，即如这《戒酒》篇中，我也删去几句。'说着，立起来取了一本欧亨利的原著指给我瞧道：'你瞧这开头几句全是美国的土话，译出来很吃力，而人家也不明白，所以我只采取其意，并成一句就得了。'我道：'我很喜欢先

---

[1] 转引自陈福康：《中国译学理论史稿》，上海：上海外语教育出版社，1992年，第209页。
[2] 转引自陈福康：《中国译学理论史稿》，上海：上海外语教育出版社，1992年，第210页。
[3] 转引自陈福康：《中国译学理论史稿》，上海：上海外语教育出版社，1992年，第213页。

生所译的作品,往往是明明白白的。'胡先生道:'译作当然以明白为妙,我译了短篇小说,总得先给我的太太读,给我的孩子们读,他们倘能明白,那就不怕人家不明白咧。'"①

从周瘦鹃对胡适译作的夸赞可以看出,他对胡适译文的欣赏主要在于其译文的明白易懂,可见作为通俗作家,关注读者,让读者能清楚明白译文是他翻译的一个主导思想。

(三)形似与神似

中国译论体系中的"神似"论,最早是茅盾在《新文学研究者的责任与努力》(1921年)一文中首先提出的,他也在《译文学书方法的讨论》(1921年)② 一文中进行了详尽论述;后来郭沫若、闻一多在论及诗歌翻译时提出译"风韵",译"精神",译"气势"的问题;八年后,陈西滢在《论翻译》中提出"三似论"(形似、意似、神似);1933年,林语堂在《翻译论》中提出"达意传神"说。这是"神似说"在现代翻译史上的源流。

1929年,陈西滢在《新月》上发表《论翻译》一文。他把翻译家比作画家和雕刻家,提出了"信"的三种不同境界:"形似""意似""神似"三格。他认为:"形似"翻译,就是直译,它"注重内容,忽略文笔及风格","因为忽略了原文的风格,而连它的内容都不能真实的传达",此为下乘;"意似"翻译,"便是要超过形似的直译⋯⋯译者的注意点,不仅仅是原文里面说的是什么,而是原作者怎样的说出他这什么来",其缺点在于得不到原文的"神韵",此得其中;"神似"翻译,唯有"神似"的译文独能抓住这不可捉摸的"神韵",此为上品。陈西滢的翻译主张是独重一个"信"字,而以"神似"为标准,即不幸而落到"意似",尚还不算下乘。他最终认为,古今中外"神似"译品寥寥难得,"千万年中也不见能遇到一次",不过他觉得"应当放一个不能冀及的标准在眼前,'取法乎上,

---

① 周瘦鹃:《胡适之先生谈片》,《上海画报》,1928年10月27日第406期第2版。
② 茅盾:《译文学书方法的讨论》,《小说月报》,1921年第12卷4号。

失之于中'"①。

周瘦鹃对各国文学的风格也深有领会,在广泛阅读文学作品、大量翻译外国小说后,他对各国的文学特点形成了自己的看法:

>以言小说界人材,则英国最多,法国、美国次之,俄德又次之。其他意大利、西班牙、瑞典、日本诸国,虽有名家,不过一二人而已。以言文字,则一般人多推法国为最,英美次之。法之作者,文字多极纤丽,有非英国作家所能及者。而黄钟大吕之音,则终推英国。盖英国如中闺命妇,仪态端重,示人亦不可犯。法国则如十八九好女儿,回眸送笑,做媸人娇态也。美国以清新隽逸见长,如裘马少年,翩翩顾影。俄德亦极质实,悃愊无华,如老名士然。其他诸国,各有所长,各有所短。而小说之盛,亦殊不逮英法美俄诸国也。②

周瘦鹃在翻译中非常注重"神似",力求再现原文的风格。如他在 1920 年发表的《报复》中,态度鲜明地表示:"这一篇原名叫作'*La Revanche*',体裁像小说又像剧本,很别致的。毛柏霜的笔本很冷峻,这一篇更在冷峻之中带着'Powerful',实在是极好的作品。我译时很着意,不给他走样,但总没有他那种精神呢。"③ 此时的周瘦鹃关注着译作取材的文学性,他一直都坚持对西方作品进行不断的了解、学习。他在《紫兰小筑九日记》里记述过两个夜晚阅读英文著作的情况:一是"读英译法兰西大文豪都德氏 A. Daudet《巴黎三十年》,'*Thirty Years of Paris*'一章,此书述其三十年间之文学生活,滋有意味";二是"夜读英国名作家琼士冬女士 M. Johnston 所作《郎德兰》'*Audrey*'说部,词旨华赡,不啻一长篇散文诗也"。④

---

① 转引自顾建新:《清末民初文学翻译方法与文学翻译文体的发展》,《外语教学》,2004 年第 25 卷第 6 期。
② 周瘦鹃:《小说杂谈(一)》,《申报·自由谈》,1919 年 7 月 2 日第 14 版。
③ 周瘦鹃:《报复》,《小说月报》,1920 年 4 月 25 日第 11 卷。
④ 周瘦鹃:《紫兰小筑九日记》,《紫罗兰》,1943 年 7 月 10 日第 4 期。

从上面的记述中，我们可以看到周瘦鹃对西方作家作品意境、用词、体裁等的领会和感悟，通过这些体会，他在翻译过程中可以更真实地将原作呈现给读者。

本章小结

从周瘦鹃早期的翻译作品中可以看出他的翻译思想是对"情"的尊崇和对"雅"的追求。这一点也主导了他的文本选择和翻译策略。在翻译策略上他通过增译和归化的手法，增加文本的内容，将个人的情感和文风在译文中展现，将原著和本国的思想相融合，使得译文与当时的主流意识形态相吻合，同时又与清末民初的文坛风气相契合，由此确立了他在文坛举足轻重的地位。周瘦鹃后期的翻译思想力求"忠实通达"。他认为"中西文法不同，按字直译，终有钩辀格磔之弊"。在这里他的直译也等同于"硬译"。但是他提出译文要"庶不失其真"，也就是要忠实原文。在这里，忠实观指的是译文要体现原文的精神风貌，即"神似"，这点和傅雷的观点一致：

> 两国文字词类的不同，句法构造的不同，文法与习惯的不同，修辞格律的不同，俗语的不同，即反映民族思想方式的不同，感觉深浅的不同，观点角度的不同，风俗传统信仰的不同，社会背景的不同，表现方法的不同。以甲国文字传达乙国文字所包含的那些特点，必须像伯乐相马，要"得其精而忘其粗，在其内而忘其外"。而即使是最优秀的译文，其韵味较之原文仍不免过或不及。翻译时只能尽量缩短这个距离，过其求其勿太过，不及则求其勿过于不及。①

---

① 傅雷：《〈高老头〉重译本序言》，王秉钦、王皵：《20世纪中国翻译思想史》，南京：南京大学出版社，2009年，第265页。

第五章 周瘦鹃文学创作的适应性选择

大量翻译外国小说使得周瘦鹃在潜移默化中受到外国文学的影响，同时五四文学对西方文学技巧的大量借鉴和提倡，促使周瘦鹃在自身的文学创作中也积极进行了调整：在小说创作方面，他的叙事方式明显借鉴了外国小说的特点；他的散文创作深受外国小品文的影响，尤其可以看到兰姆和欧文的文风特色；他的影戏话受外国电影的影响，在启蒙教育的宣传、影片制作、编剧理念和拍摄手法方面，都表达了自己独特的视角和观点。

第一节　小说叙事

对西方文学的大量翻译，使得周瘦鹃深受西方文学的影响，大量吸取了西方文学写作技巧的精华，并应用到自己的文学创作中来。首先他在叙事模式上有了重大突破。虽然这些新尝试总体上还不够成熟完善，而且存在着表面化、程式化的弊端，但它们对旧形式的突破却起了相当重要的作用，是我们研究中国小说由古典形态向现代形态演变的进程时不可忽略的一个重要环节，具体体现在以下几个方面：

一、叙事角度

叙事角度是指作家在安排故事情节时，从何种角度来叙事。同样一件事，从不同的角度进行描述和刻画，读者会有不同的感受。从作者的立场来看，不同的叙事角度意味着读者可以看到不同的"风景"，获得不同的审美感受。"叙事角度是一个综合的指数，一个叙事谋略的枢纽，它错综复杂地连接着'谁在看''看到何人何事何物''看者和被看者的态度如何''要给读者何种召唤视野'。"[①] 因

---

① 杨义：《中国叙事学》，北京：人民出版社，1997年，第191—192页。

此,"实在不应该把视角看成是细枝末节,它的功能在于可以展示一种独特的视境,包括展示新的人生层面,新的对世界的感觉,以及新的审美趣味、描写色彩和问题形态"[①]。

叙事视角可以分为三种:全知叙事,即叙事者处于至高无上的位置,对发生的事无所不知,可以出现在叙事中的任何场景,对人物的所有过往与秘密了如指掌,甚至可以跳出小说的世界,以作者的身份对故事中的人物和事件作出评价。限知叙事,即故事的展开是以小说中的某一个人为叙事者来讲述,特定的叙事角度要求叙事者只能讲述他的所知所感所想,不能为他人代言,更不能随便进入他人的内心。限知叙事包括第一人称叙事和第三人称叙事。纯客观叙事,即叙事者只要向读者交代所见所闻便可,不需要进入人物的内心,也无须对人物事件作出评价。

中国传统小说中,叙事视角相对单一,多为全知型叙事视角,传统"说书人"的身份赋予叙事者无上的权威,绝对固定的叙事声音和任意变动的叙事视角使得叙事者能够"究天人之际,通古今之变",对于事件的前因后果、来龙去脉,无所不知,无所不晓。但是这种叙事视角让读者一方面容易对小说的真实性产生怀疑,另一方面又会陷入一种被动的接受状态,品味不到参与感。全知视角虽然可以自由地描写场景,剖析人物心理,但由于它的全知全能,反而容易在阅读中造成一种虚幻感和封闭性。我国的长篇小说发展到清初时,仍是以全知全能型叙事为主,主要表现在,小说中说书人这个假设的叙事者经常跳出作品直接发表议论,但与此同时,限知视角的叙事也在慢慢地发展。《红楼梦》是我国古典小说的集大成者,在叙述的过程中,基本采用限知性视角,不同视角间的转换也随处可见,但作者又时不时地跳出小说之外,对事件的背景、创作动机、人物的是非等作出评价。因而,从总体上看,《红楼梦》的叙事视角

[①] 许怀中:《中国现代小说理论批评的变迁》,上海:上海文艺出版社,1990年,第98页。

依然是全知型的。直到清末民初，中国译者在对西方小说的翻译过程中，模仿借鉴了西方小说的表现技巧，才使得限知视角的实验渐呈多样化，第一人称及第三人称限知视角应用增多。"民初至少有十余位作家运用过第一人称叙事，作品数量之多远远超过晚清。从此，它在中国小说界真正扎下根来。"①

第一人称叙事就是作品以"我"的口吻来讲述故事，故事是从"我"的观察中得来，再由"我"将所见所闻所想传达给读者，一方面便于作者抒发真情实感，另一方面，读者在"我"的亲身体验中能感受到强烈的真实感和浓烈的生活气息。创作主体和叙述主体的合二为一，使文本产生了独特的艺术效果。随着创作活动的积累，周瘦鹃对小说技巧的认识不断提高，他对传统的全知全能的叙事者提出质疑，努力调整叙事者的位置，使人物自我化，以此来营造一种真实感。《此恨绵绵无绝期》便运用了主观、个性化的第一人称。故事以第一人称"吾"的自述开篇，吾便是小说的主人公纽芳。宗雄是吾之夫，秋塘是吾夫的好友。三人之间的感情纠葛正是通过"吾"的观察、倾听、感受才得以关联。整个作品都带有"吾"的个人感情色彩，尽管这种感情体验是轻微的，但毕竟在叙事实验上迈出了可喜的一步。作品还细致刻画了人物的心理，秋塘初来时，吾听到马蹄之声，不知是谁，嗔道："阶下绿草不芊，今日谁来践踏者？"主人公好奇又埋怨的心绪显露出来。及与秋塘感情日佳，听闻秋塘将来，心理活动转为"心不期微跃"，主人公的满腔欢喜不言而喻。由于第一人称的使用，作品尽管不是作者的亲身经历却带有浓厚的个人感情色彩。②

周瘦鹃小说创作中还存在第一人称的另一种形式：日记体和书信体。这些作品显然是受了西方翻译小说的影响，周瘦鹃自己就翻

---

① 袁进：《试论近代翻译小说对言情小说的影响》，王宏志：《翻译与创作：中国近代翻译小说论》，北京：北京大学出版社，2000年，第218页。
② 黄蕾：《从传统到现代——周瘦鹃短篇小说研究》，安徽大学2013届硕士学位论文。

译过《自杀日记》，不仅如此，当时的文坛还出现了不少模仿《茶花女》的日记体、书信体小说。周瘦鹃的《断肠日记》就是受到了《茶花女》的影响，文中瘦鹃的朋友将从别人手中得到的一卷《断肠日记》赠予瘦鹃，后者为了后世之人能看到此文，在大致介绍了事情的原委之后，便将整部日记摘录放入作品中。日记从某年的农历新年开始，大致记录了三个月，主要记录了"吾"暗恋他人，最终却得不到所爱的愁肠心结。日记将"吾"三个月的心情由郁郁寡欢到欢天喜地再到无穷幽恨尽情展现。小说结尾，作者也为女子的不幸遭遇而感到心酸，特作咏情诗一首哀叹此女。这种心灵独白体的日记形式，能很好地将"吾"倾注于日记字里行间的声声哀愁表现得淋漓尽致。《避暑期间的三封信》由"我"写给莲哥的三封书信组成，第一封写"我"于无意中发现莲哥在外面另结新欢；第二封写"我"在看戏时如何亲见莲哥的外妇；第三封写莲哥被外妇抛弃重新回归家庭。书信的内心独白显现出了强烈的感情色彩和自我意识，这种对自我情绪的宣泄和对自我个性的张扬，正是现代性的显著特征。

随着创作和翻译活动的积累，周瘦鹃对于小说技巧的认识渐有觉悟，还尝试在一篇故事中多次转换叙事视角。例如在《旧约》中，作品以第三人称的叙事开头，写年轻人因交易所失利，在河边喃喃自语。接着转到第一人称，以主人公的视角来展开故事情节。结尾交代故事的结果，又落到全知视角。这种多次转换叙事视角的现象说明作者努力尝试使用从西方作品中学到的限知视角，但又无法彻底抛弃传统的全知叙事的矛盾心态，正如陈平原所言："一方面想学西方小说限知叙事的表面特征，用一人一事贯穿全书，一方面又舍不得传统小说全知视角自由转换时空的特长……一方面追求艺术价值，靠限知视角来加强小说的整体感，一方面追求历史价值（补史），借全知视角来容纳尽可能大的社会画面。"[1] 这同样也是整个晚

---

[1] 陈平原：《二十世纪中国小说史》（第1卷），北京：北京大学出版社，1989年，第232页。

清小说家共有的复杂心态。即便如此,晚清小说家好用第一人称,对作品真实性的刻意渲染,事必亲历的创作手法,为五四时期叙事角度的成熟作出了一定的贡献。

二、叙事时间

叙事时间是指"事件的原有形态的时间长度(时长)和时间顺序(时序)经过处理后在文本中的变形表示"[①]。时长的变形表示通常有三种:一是文本的时间长于原生态的时间,表现形态如精致的细节描写;二是文本的时间短于原生态的时间,如对时间的缩写;三是文本的时间等于原生态的时间,对话即属于此类。对时序的变形通常表现为倒叙和插叙。

我国传统小说的叙事时间多为连贯叙事,即按照事件的发生、发展、高潮、结局来进行创作。一方面是受史传文学遵循历史线性时间的传统影响,另一方面缘于古典小说以情节为中心的叙事结构的规约。然而到了晚清,西洋侦探小说的译介,使得倒叙的手法普遍起来。据统计:"晚清四大小说杂志共刊登采用倒叙手法的小说五十一篇,而其中侦探小说和含有侦探要素的占四十二篇。"[②] 侦探小说往往在故事的开头就将结局呈现在读者面前,制造悬念,这对于迷恋讲故事的作者来说,可以将故事讲得更加扑朔迷离,对于热爱听故事的读者来说,倒叙的手法使故事更加具有吸引力。周瘦鹃的小说《十年守寡》以寡妇哭夫的场面描写开头,给人以突兀感,就像电影画面一般定格在了读者的脑海,吸引读者去探寻寡妇丈夫的去世之谜。

[①] 刚欣:《从叙述学的角度看周瘦鹃小说对传统小说的继承与创新》,《山东省农业管理干部学院学报》,2002年第18卷第5期。
[②] 陈平原:《中国小说叙事模式的转变》,上海:上海人民出版社,1988年,第49页。

但倒叙手法的运用在周瘦鹃的作品中还为数甚少，他的小说在叙事时间上更多的则是对传统与现代的叙事方法的混合。在长期的创作实践中他确定了较为固定的基本模式：开篇场面描写，接着是对人物溯源式的介绍，包括家世、背景等，最后又回到场面描写。例如《之子于归》主要讲的是咏絮遵从父命违心嫁给一纨绔少年的痛苦经历。开篇是一小段场景描写，关于咏絮出阁的场景布置，接下来追溯咏絮从小至今始终都是一冰雪聪明、不同寻常的女子，然后又回到出阁当日的场景，细致刻画了咏絮矛盾复杂的心理，最后在连贯叙事的传统手法中略写了咏絮出阁后的生活状况。虽然小说整体上仍在维系着线性连贯的叙述，继承了传统的叙事模式，但其进步之处也是显而易见的：小说没有对情节做事无巨细的刻画，主要是从生活中截取重要的横断面来构建小说，总体保持了重要场面的连缀，这种结构方法暗含着一种文化机制的转变，即快节奏的现代生活冲击了传统稳固的生活状态，传统文人对于越来越趋向复杂的人生无从把握，只能截取一个或几个重要的场面来窥视复杂的人生境况。在传统小说叙事模式中嫁接倒叙手法，一方面突破了古典小说千篇一律的追根溯源式的开头，另一方面，作家在不断地尝试中，使得小说的开头方式越来越多样化、现代化。

三、叙事结构

叙事结构关系到作者在创作时以什么为中心来架构小说。中国古典小说多以情节为中心，情节是否生动曲折是评论家评判小说是否成功的关键因素之一。

传统小说重视历时性叙事和纵向展开，较少注意共时性叙事和横向展开。现代小说则更注重以局部显示整体，在共时性的叙事中彰显历时性，即"截取一段人生来描写，而人生的全体因之以见"。周瘦鹃大量借鉴了域外小说中"截取横断面"的手法而不再因循"来龙去脉，首尾呼应"的传统线性叙事。《对邻的小楼》由四幅不同的画面组成：小楼四易其主，四对房客遭际不同，性格迥异。画面的转变揭示了人世沧桑、世事无常这一主题。而小楼更像是社会的缩影，让我们看到了众生百态。没有什么曲折离奇的情节，只有对凡人琐事平淡细腻的刻画。但宏大的主题却在这种平淡之中得以彰显。《旧恨》中的女主人公五十年前因为未婚夫放浪形骸而心灰意冷，毅然出家为尼，如今两人在庙中邂逅，昔日浪子已成得道高僧。就在两人的对视中，老尼突然仆地，含笑圆寂。女主人公五十年的等待和幽怨尽在两人目光交换那电光石火的一瞬间得以化解，"目光交换"的横断面浓缩了五十年的辛酸，令人感到"言已尽而意未穷"。对日常生活片段的截取，不仅是个形式技巧问题，它还反映出作家观察现实的视角发生了变化，创作思维模式发生了变化，作家开始把自己融入普通市民阶层，不再视自己为俯视众生的"觉世者"。这正是西方人本主义文学观影响的结果。

周瘦鹃还创作了一篇颇似西方复调结构的小说——《脚》。一段总述之下统领着两个不同的故事，而"脚"就是联系两个不同故事的红线。第一个是关于一位黄包车夫的故事：因为先天的跛脚他处处遭人白眼，连靠出卖自己的劳动力来维持最基本的生存都做不到。而第二则是关于一个小学徒的：因为无钱治他的伤脚，母亲只能眼睁睁地看着他死去。不同的情节体现了同样的主题：世事艰辛，穷人命贱如蝼蚁。《春宵曲》更是在结构方面做了有趣的尝试，开篇即是一段温情脉脉的描写：著名女演员和天才作曲家在一个甜美的春宵互诉衷肠。正当读者沉浸于这似水柔情之中时，叙事角度突然改变了，真正的主人公登场了，至此，读者才恍然大悟：原来这开头只不过是主人公正在看的一部电影。主人公颇受剧情的感染，决定从此对妻子加倍殷勤爱护。孰料他这一腔柔情蜜意倒换来了妻子的无限猜忌，于是一个本该甜美的春夜变成了夫妻俩冰冷的战场，想象的完美更凸显了现实的尴尬。

晚清翻译小说的译介冲击了传统小说以情节为中心的模式，特别是《茶花女》的风靡使时人认识到小说除了重视情节之外，还应重视心理活动和环境的描写。古典小说在描写人物、刻画人物性格时主要通过富有个性特征的语言行动等细节来实现，需要读者自己去感受与领悟。对人物语言和行动的刻画，虽使人物形象生动传神，但仅基于此就难以对人物的心理进行深入细致的开掘。传统小说心理描写的缺失，与中国传统文化对个体存在价值的轻视有着千丝万缕的联系，正如刘再复所论："我们以为中国古典文学绝少展开人物的心理活动……揭穿了无非是那个社会对人的价值的冷漠在文学表现上的反映。"[1]

晚清时期，随着作家对"人"本身价值关注度的提高，小说对人物的塑造便不再停留在外在形态的表现上，内在世界的挖掘成为作家的新尝试。"鸳蝴派"之前也有小说对人物的心理进行直接的展示，但数量比较少。而"鸳蝴派"小说注重写情，细腻深入的情感刻画使得作家的笔触由动态的间接描写向静态的直接描写转变，心理描写受到大多数作家的重视，恽铁樵甚至认为，"言情小说，心理学之一部耳"，他将人物内向性的深化视为写情小说的关键。周瘦鹃在刻画人物时就运用了大量的心理描写来展现人物的心理活动、深化人物的性格。《最后之铜元》就是一篇较为出色的心理独白小说，典型的"重描写，轻情节"。故事的主人公是一位被饥饿所困的穷人，通篇展现的都是穷人的心理状态：饥饿时幻想"美酒白饭"，偶得一枚银四开，酒足饭饱之后开始想入非非，在物质得到满足后开始追求精神的慰藉，但他的终极理想也无非是逛窑子、娶老婆，鲁迅先生批判的国民的劣根性在他身上被放大。与此同时，他身上也彰显着善良的本性，在看到比自己更穷苦的难友时，经过一番激烈的思想斗争，他还是将身上所剩不多的钱拿出来救济难友，他的解囊相助让我们看到他身上未曾磨灭的侠义心肠。小善与小恶的心理刻画使人物形象栩栩如生，更加血肉丰满，也更加真实。值得一提的是，周瘦鹃还曾创作过连环心理小说。《惜分钗》《诉衷情》《燕归

---

[1] 刘再复：《性格组合论》，北京：人民大学出版社，2010年，第18页。

梁》三篇小说就是以主人公的内心变化为线索展开叙述的。主人公痛下决心要与爱人决裂，甚至焚烧了他们昔日的爱巢以明志，但终究情欲战胜了理性，尽管曾发誓要将女人当成无情之人而退避三舍，最终还是捐弃前嫌重新投入了爱人的怀抱。矛盾、反复无常的心理状态为我们塑造了一个内心软弱的主人公形象。虽然对人物内心世界的过多展示，暂时中断了故事情节的连贯性，但有了这些内心纠葛，单纯的故事框架里就生出了很多景致，人物形象也变得愈发摇曳动人、熠熠生辉。《自由》一文中，在主人公俊才答应校长去帮助他的朋友编字典后，有一大段心理描写，从俊才幼年在上海生活的情景，写到了他和同学妹妹之间一段朦胧的初恋。这段描写交代了事情的缘由，为之后两人的重逢埋下了伏笔。

由此看出，周瘦鹃在小说的创作中加入心理和景色的描写，迈出了叙事结构转型的第一步。中国小说发展到五四时期，新文学作家更是将淡化小说情节、改变读者的阅读趣味作为改革文学的任务之一。茅盾就对如何提高读者的审美作出过一番评论："中国一般人看小说的目的，一向是在看点情节，到现在还如此；情调和风格，一向被群众忽视，现在仍被大多数人忽视。这是极不好的现象。我觉得若非把这个现象改革，中国一般读者鉴赏小说的程度终难提高。"[①]

另外，周瘦鹃作品的结尾写作方式也发生了变化，出现了不是明确交代故事结果的开放性结局。例如讲述留美学生朱良材与纽约少女爱丽丝的爱情故事的短篇小说《似曾相识燕归来》，最后写朱良材与爱丽丝来到爱丽丝家中，见到爱丽丝的丈夫已经死去。小说戛然而止，不再提供任何明确而肯定的叙述，读者只能据此猜测与想象，开放性的结局充满了暗示，又具有某种不确定性，这在传统小说中是难以见到的。在"情节中心"的文化语境下，周瘦鹃能煞费

[①] 沈雁冰：《评〈小说汇评〉创作集二》，《时事新报·文学旬刊》，1922年7月21日第43期。

苦心，极具匠心地为小说谋篇布局，域外小说为他的写作带来的裨益是不能否认的。

总之，周瘦鹃的小说，尽管具有很多局限性，但它们毕竟是中国小说发展历程中不可缺少的一环，起着承上启下的作用。叙事视角的突破，增强了人物的自我化，反映出作者观察视角的变化，不再以居高临下的姿态俯视众生，人文主义的精神在小说中得以彰显。叙事时间的突破使小说神秘跌宕，形式丰富多彩。叙事结构突出了心理描写，淡化了小说的情节，小说结尾的多样性也打破了传统小说"大团圆"的固有模式。在一定程度上，他的小说叙事模式的革新是对传统小说叙事模式的背离与超越。

第二节　散文创作

在新文化运动兴起之后，"鸳鸯蝴蝶派"的作家及其作品遭到了以鲁迅、沈雁冰等为首的新文化运动阵营的激烈批判，此后的周瘦鹃在主编《紫罗兰》等文艺刊物方面显得较为活跃，但是在创作及翻译上，则显得力不从心，可以说他在现代新文坛上被一定程度地边缘化了。九一八事变后，周瘦鹃感慨国事日非，文笔不济于世，于是投笔毁砚。1931年他在苏州买宅，1932年移居苏州，修建周家花园，经营"紫罗兰庵"，广蓄古今树花文玩，亲手培植花木水石盆景，游览山水，终年陶醉其间，自比陶渊明、林和靖。或许因为在20世纪二三十年代被过早地边缘化，解放之初的周瘦鹃面对新的社会和无产阶级思想及政治文化一开始显得无所适从，茫然而消沉，甚至有强烈的自卑心理。1962年，他在编选《拈花集》时就在前言中坦言："解放初期，万象更新，文艺界也换上了新的面貌。我怀着自卑感，老是不敢动笔；打算退藏于密，消磨岁月于千花百草之间，以老圃终老了。当时曾集清代诗人龚自珍句成诗以寄慨，……可见我那时的心情非常萧索，是充满黄昏思想的。"①

解放后，在他的精心经营下，"周家花园"名扬国内外，先后接待了董必武、周恩来夫妇、朱德、陈毅等，还有二十个国家的贵宾。据说，他曾被毛主席接见过一次，主席亲自为他点过一支香烟，并鼓励他继续创作。为了纪念这次会见，周瘦鹃把毛主席请他吸的中华牌香烟留了半截，并系上红线，放在玻璃盒中纪念，成为他家爱莲堂中最引人注目的陈列品。相对宽松的政治环境以及党和国家领导人对他的礼遇，使得周瘦鹃重新燃起了生活的热情，他一边从事园艺工作，一边投身到文学创作中，只是所写的文学形式转为了散文，他也以小品散文再次活跃于十七年文坛。他在文中记述道：

> 我的家园，自从解放以来，就向群众开放，来者不拒。全国各地的工农兵以及首长、干部和国际友人们，都来参观我的花草，表示特殊的好感，使我精神上得到了莫大的安慰，也增加了我劳动的热情，总想精益求精，使他们乘兴而归，不要败兴而去。有好多来宾还要求我多写些有关花草的文章，以供观摩。我兴奋之余，就把一支闲搁了十多年的笔，重新动了起来，居然乐此不疲。②

从1954年冬天到1966年"文革"爆发前夕，周瘦鹃创作发表散文小品三四百篇，先后结集出版《花前琐记》《花花草草》《花前续记》《花前新记》以及《行云集》等五种散文小品集。1962年，他还以前四种为主，自选一百五十篇加以修改、润色后，合编为《拈花集》，送交上海文化出版社出版，后因世事变迁未果，延至1983年6月才得以面世。

周瘦鹃这时期的散文从内容上看大致可以归为三类。第一类是歌颂新社会新生活的随感。它们记叙作者亲历的故事，抒写他在新

---

① 周瘦鹃：《拈花集·前言》，上海：上海文化出版社，1983年。
② 周瘦鹃：《花花草草·前记》，《花花草草》，上海：上海文化出版社，1956年。

时代里的新感受。其中像《初识人间浩荡春》《我的心被拴在怀仁堂》描述两次见到毛主席的情形，《一时春满爱莲堂》《年年香溢爱莲堂》等篇分别记叙周恩来、朱德等领导人到周家花园参观的经过，《一双花布小鞋》《花布小鞋上北京》以及《迎春时节在羊城》等则叙写作者外出开会、参观的经过与感受。在这些随感中，周瘦鹃对新社会新生活的热爱之情，对党和国家领导人的感激之情溢于言表，读者从中不难了解到一个旧的知识分子在新旧交替的历史时期的人生历程，感受到他进入新社会而又受知遇之恩的喜悦与兴奋。毛泽东等党和国家领导人对他的"礼遇"，奠定了周瘦鹃散文小品的基本格调，即以感恩的心态热情讴歌新社会，并矢志改造自己的思想和创作观念。

第二类作品是以介绍各种花草果木为主，同时讲述与之相关的文学掌故以及历史传说的散文。这是周瘦鹃本时期创作的主要部分。它们的篇幅大多较小，一般只有千把字，却包含着密集的知识容量，接近于知识小品。但作者却能以其特有的人生经验、美学素养以及情趣横生的妙笔，为读者构筑出一个个清新淡雅的艺术世界，让读者在轻松地浏览中增进知识、陶冶性情，感受在那一时期文学作品中难得感受到的闲情与安适。因此，周瘦鹃这类散文小品在当时颇受广大读者的青睐。

第三类作品记录了作者游踪，描绘风景胜地，介绍各种风土俗尚、奇珍异宝。从姹紫嫣红的南国花市到令人称奇的宜兴双洞，从危崖层叠的黄山到满山绿竹的莫干山，从淡妆浓抹总相宜的西子湖到绿水青山两相映的富春江，凡作者游踪所至，那里的风物、胜景、珍闻、瑰宝无不成为其叙写的内容。当然，周瘦鹃在散文中写得最多的，还是他那以风景、园林称奇而又具有丰富历史文化意蕴的江南小城苏州。这类作品虽属记游之作，但由于包含着丰富的历史掌故与人文知识，也很接近于知识小品。

然而周瘦鹃从骨子里毕竟是一个典型的江南旧式文人，长期浸濡在浓厚的古典文学和文化学养之中，政治文化的作用力也并不能使他完全摒弃这种文化内质的潜移默化的引力。他从 20 世纪 30 年代中期退隐于苏州，在园艺盆景艺术中寄情逸兴，这种行为本身就是江南文人的典型做派，有其悠久的文化渊源。周瘦鹃的女儿周全曾言："在我的印象中，父亲与其说是个作家，不如说是个种花人。"① 真正能够触动周瘦鹃感应神经和兴奋点的自然还是那些负载他个人情趣的花花草草以及山山水水。所以，相比较那些新时代新社会的颂歌，周瘦鹃的花木散文和游记散文则显得收放自如、摇曳多姿，更多地表现出周瘦鹃作为传统江南文人所崇尚的雅致闲适与清幽淡然的审美品位，也为周瘦鹃在十七年文坛上博得文名。

周瘦鹃的翻译生涯对他的文学创作有着相当大的影响。周瘦鹃的散文小品虽然有着旧式江南文人独特的文化色彩和个性气息，但是从中还是可以看到外国文学对他的散文的影响。他是国内第一位翻译兰姆作品《故乡》的人，也较早地翻译了欧文的作品。在文体风格上，周瘦鹃的花木散文受英国散文家兰姆的影响，游记散文则体现出美国作家欧文的特色。

一、兰姆闲适幽默的影响

（一）闲适旨趣

兰姆随笔的形式被后人称为"兰姆式"，常取材于与其自身相关的日常生活，叙写人间百态，赞美天真憨厚、质朴单纯、诚实智慧等品性。在艺术表现上，兰姆的作品文笔细腻，风格柔美，重视技巧与文情的统一，极具人情味和感伤情调；且语调亲切自然，以坦诚、恳切的语气，闲适、从容的笔调将所写的内容娓娓道来，与读者直接进行着心灵交流。利查·艾克斯纳认定：兰姆随笔是一种个

---

① 周全：《怀念父亲——种花人》，《拈花集》，上海：上海文化出版社，1983 年，第 491 页。

人化的"私语",他是"一个杰出的絮语散文开拓者"。① 兰姆的"闲话风",带有任心恣意、旁征博引的特点。

周瘦鹃的散文受兰姆的影响,也具有闲话风的特点。闲适文风源于他的隐退思想,他曾在《劳者自歌》里阐释了自己的想法:

> 我从十九岁起卖文为活,日日夜夜地忙忙碌碌,从事于撰述、翻译和编辑的工作。如此持续劳动了二十余年,透支了不少的精力,而又受了国忧家恨的刺激,死别生离的苦痛。因此在解放以前愤世嫉俗,常作退隐之想;想找寻一个幽僻的地方,躲藏起来,过那隐士式的生活,陶渊明啊,林和靖啊,都是我理想中的模范人物。②

周瘦鹃的花木小品没有过多地受到十七年散文宏大叙事的影响和政治文化的束缚,也并不一味地将生活、时代诗意化,而更多是从文学艺术和文化角度将其所描述的对象趣味化,他的个性在引经据典、神游花草之际,尽显闲适旨趣。在剪裁花木制作盆景与欣赏花木盆景艺术的过程中,周瘦鹃又回到了自身,回到了江南文人一向追求的生活境界中:"窗明几净,供上一个富有诗情画意的盆景,朝夕坐对,真可以悦目赏心,而在紧张劳动之后,更可以调剂精神,乐而忘倦。"③ 这完全是一副身闲心亦闲的悠然姿态。我们之所以能够静赏周瘦鹃的小品意趣,起到平复、静心之功效,其实正是因为周瘦鹃在创作过程中持有这种宁静闲适的心态,他的笔法自然也就自由灵活了许多。取材随意,在行文中随心任意地插入相关的知识掌故,整个文章的结构就显得从容舒缓,体现出一种娓娓道来的

---

① 转引自傅德峨:《外国作家论散文》,乌鲁木齐:新疆大学出版社,1994年,第28页。
② 周瘦鹃:《劳者自歌》,范伯群主编:《周瘦鹃文集·散文卷》,上海:文汇出版社,2011年,第83页。
③ 周瘦鹃:《盆盆纷陈些子景》,《拈花集》,上海:上海文化出版社,1983年,第204页。

"谈话风",如在《花雨缤纷春去了》中他说"春既挽留不住,那么还是送它走吧。……好在今年送去了春,明年此时,春还是要来的啊"[①]。作者在闲谈之中透着一股淡雅与悠闲的意味,显得自然活泼,轻松闲适。

(二)立意构思

以兰姆为代表的英国小品文作家创作的共同特点就在于,他们都善于在作品里展示自己的心灵,跟读者进行交流。他们的作品大都取材于自己的日常生活经验,他们从个人的立场出发来观察、体验、品评人生百态,把自己的阅历、感受、臆想和判断作为题旨,以身边的零散琐事入题,采取一种特别的观察点,在每篇作品中都留下鲜明的个人印记。梁遇春在其著述中不止一次地专门强调过英国小品文创作这一尤其值得借鉴的长处。在传统的中国散文中,无论是"载道"还是"言志",都很少关注日常经验中的人生状态。说到人生,不是直接引入"道"的终极范畴,便是将其具体物化为草木虫鱼之类。相比之下,英国散文从18世纪开始就受到报刊的影响而形成了直截了当地谈论人情事况的基本特点。散文家常常从日常生活中人们司空见惯的事物入手,选择材料时没有中国作家常有的或审美或故意不审美的倾向,而是就从实际出发,取材更为切实,远离低俗,含有一种人性的庄严和简朴之美的调侃。

周瘦鹃的散文小品秉持了深入思索、努力发掘的原则,能够深入地阐述哲理,表现美学见解,具有独特的理趣色彩。作者常常借助特定的描述对象,含蓄地表达对生活的感悟和对人生的思考,开拓出具有认识价值和审美价值的新意来,借此深化作品的寓意。这使他的千字小品在表述上不流于表面,在内容上不显得单薄。

周瘦鹃对结构的经营也独具匠心。文章对于开头、结尾以及过渡的安排,对于引用插入相关知识掌故或自己诗作的处理,写法上

[①] 周瘦鹃:《花雨缤纷春去了》,范伯群主编:《周瘦鹃文集·散文卷》,上海:文汇出版社,2011年,第154页。

的虚实结合,都有他自己的考虑,正如有评论所言:"信笔所至而又井然有序,粗看似漫不经心,实则苦心经营,大多体现出格局紧凑而又曲折有致的精巧美。"① 虽然有时仍不免在结构上有模式化的弊病,但总体上长处是主要的。

如在《咖啡谈屑》中,周瘦鹃引用自己旧作"更啜苦咖啡,绝似相思味"的诗句后又进一步议论说:"其实咖啡虽苦,加了糖和牛乳,却腴美芳香,兼而有之。相思滋味,有时也会如此;过来人是深知此味的。"② 正是在这种似乎轻描淡写的叙述和漫不经心的闲谈中,作者透露了真切的个人感受,同时也揭示了一定的人生哲理。这类篇章在周瘦鹃的散文小品中为数虽然不是很多,但却因其深厚的内涵而引人注目。

(三) 诙谐幽默

兰姆的随笔所具有的幽默风格,是举世公认的。"很少有小品文作家能像他这样亲切而幽默地把诗意和真实结合进他们对往事的回忆之中。"艾弗·埃文斯所著《英国文学简史》写道:"查尔斯·兰姆,他在日常生活的情绪和琐事当中温和而幽默地运用这种精致的集锦。"③ 毛如升说:蓝姆的小品文有三大特色……第二,美妙的幽默和双关戏语(Genuine humor and Witty puns),真正的幽默乃是一种谑而不虐,介乎同情与厌恶之间的情绪(a kind of emotion between sympathy and antipathy)。④

周瘦鹃的小说向来以哀情见长,散文却一改幽怨文风,带上了幽默腔。他的散文小品的语言风格,常常显露出机智、诙谐的特色,

---

① 辜也平:《当代散文园地中的艺术奇葩——论周瘦鹃的散文小品》,《福建师范大学学报》(哲学社会科学版),1998年第3期。
② 周瘦鹃:《咖啡谈屑》,《拈花集》,上海:上海文化出版社,1983年,第153页。
③ [英] 艾弗·埃文斯:《英国文学简史》,蔡文显译,北京:人民文学出版社,1984年,第30页。
④ 转引自黄遥:《兰姆随笔在中国的传播和影响》,福建师范大学2009届博士学位论文。

使他的作品呈现出风趣活泼的喜剧格调。他在行文中能随时寻找契机，巧用抒情设譬等艺术笔触，将一些说明性的文字写得妙趣横生，令人读时轻松愉悦，忍俊不禁。这类例子，在他的作品中俯拾皆是。例如他把老枣树比成是自己的"老朋友"，夸赞移植的小枣树"绰有父风"①；他写杜鹃鸟的叫声，说"四川的杜鹃到了苏州，也变北腔，懒得说普通话了"②；他将蚁群伤害建兰的根说成是"在根部的土壤中开辟殖民地"，写防治的方法时，则说："要防止这个可恶的侵略者，必须在盆底垫上一个大水盆，使蚁群望洋兴叹，没法飞渡，那么虽欲染指而不可得了。"③所有这些，遣词造句轻松灵活，设譬状物形象贴切，并不落俗，使文章显得活泼生动，谐趣横生，具有浓烈的喜剧格调。

二、欧文生态伦理的影响

另外一位对周瘦鹃小品文有重要影响的外国作家是华盛顿·欧文。他在1915年《礼拜六》第60期上就翻译了欧文的 *The Pride of the Village*（《这一番花残月缺》），此外，他还翻译了 *The Widow and Her Son*（《慈母》），收入《紫罗兰集》中。华盛顿·欧文被誉为"美国文学之父"，他的传世之作《见闻札记》（1820年）是一部散文、随笔、故事集，这部作品为欧文赢得了世界性的声誉。欧文的随笔形式同样被称为"欧文式"，他的随笔突破了传统的束缚，多取材于自然风光、人文景观，抒发性灵，实言观感，传递着热爱自然、热爱生活的乐观而幽默的情绪。其文笔优雅，辞藻华美，想象丰富，格调清新、明快、活泼，富于浪漫情怀，具有蓬勃向上的民族精神。

---

① 周瘦鹃：《枣》，《拈花集》，上海：上海文化出版社，1983年，第387页。
② 周瘦鹃：《杜鹃枝上杜鹃啼》，岑献青：《中国现当代方法名篇佳作选·散文卷（一）》，北京：中国少儿出版社，2000年，第38页。
③ 周瘦鹃：《秋兰送满一堂香》，《花木丛中》，南京：金陵书画社，1981年，第158页。

在浓郁的抒情背后，民族自豪感溢于言表，作品也透露出他主张人与自然和谐共处的生态思想。

周瘦鹃对欧文赞誉有加，曾撰文写道："予于美利坚文学家中，深佩华盛顿欧文（Washington Irving）。欧文杰作凡十数种。以《笔记》（Sketch Book）一书为最著，几乎家弦户诵，传遍世界。学校中多取为课本。为文幽馨淡远，如花中紫兰，而其轻倩飘逸处，则又类掷笔空中，作游龙之夭矫。《笔记》中如《李迫樊温格尔》《睡洞》《碎心》《惠斯明斯德大寺》诸篇，皆戛戛独造，不落恒蹊。"① 受其影响，周瘦鹃的游记散文也生动地描述了大自然的山川、河流、小鸟、野花，渗透着浓浓的生态意识，构建了自己的生态美学思想。在游记散文中，真正拥有生态思想、生态情感的周瘦鹃总是从生态全局出发，把创作的支点放在自然，很少放在"自我"方面，具体有以下体现：

（一）热爱自然

他的游记小品文创作于新中国成立之后，其文风深受欧文的影响，一改小说的哀怨情怀，表达了热爱自然、积极向上的人生观。他也指出："祖国获得了新生，国恨也一笔勾销了。到如今我已还清了泪债，只有欢笑而没有眼泪，只有愉快而没有悲哀。"② 他在游记中表达了自己对祖国山水的热爱之情，例如：

> 日思夜念，忽忽已二十五年了，每逢春秋佳日，更是想个不了。这是怎么一回事？却原来是害了山水相思病，想的是以幽壑奇峰著称的浙东第一名胜雁荡山；不单是我一个人为它害相思，朋友中也有好几位是同病的，只因一年年由于天时人事的牵制，都一年年的拖延下来，只索一年年的作神游作梦游罢

---

① 周瘦鹃：《说觚》，《小说丛谈》，1926年10月。
② 周瘦鹃：《红楼琐话》，范伯群主编：《周瘦鹃文集·散文卷》，上海：文汇出版社，2011年，第72页。

了。①(《听雨听风入雁山》)

看了雁荡不可胜数的胜景，足证祖国的"江山如此多娇"，真使人有游不尽看不足之感。②(《听雨听风入雁山》)

我在游雁荡之前，早就久慕大名，心向往之；甚至假想雄姿，制成盆景，朝夕相对，聊慰相思，也足见我对它们的倾倒了。③(《欲写龙湫难下笔》)

我已十年不到西湖了，前年春季，忽然渴想西湖不已，竟见之于梦。④(《新西湖》)

梦想雪窦山十余年了。在十余年前，曾有一位老同学作雪窦之游，回来极言其妙，推为四明第一。从此以后，那瀑泉飞雪的千丈之岩，流水涵云的九曲之溪，使我魂牵梦萦，恨不得插翅飞去，啸傲其间。⑤(《雪窦山之春》)

我爱富春江，我也爱富春江的画眉，虽然瞧不见它的影儿，但听那婉转的鸣声，仿佛是含着水在舌尖上滚，又像百结连环似的，连绵不绝，觉得这种天籁，比了人为的音乐，曼妙得多了。⑥(《绿水青山两相映带的富春江》)

一段段的叙述，一篇篇的散文，在对大自然热情洋溢的描绘和歌颂中他将祖国的大好河川展现在读者面前。从字里行间我们可以

---

① 周瘦鹃：《听雨听风入雁山》，范伯群主编：《周瘦鹃文集·散文卷》，上海：文汇出版社，2011年，第416页。
② 周瘦鹃：《听雨听风入雁山》，范伯群主编：《周瘦鹃文集·散文卷》，上海：文汇出版社，2011年，第418页。
③ 周瘦鹃：《欲写龙湫难下笔》，范伯群主编：《周瘦鹃文集·散文卷》，上海：文汇出版社，2011年，第412页。
④ 周瘦鹃：《新西湖》，范伯群主编：《周瘦鹃文集·散文卷》，上海：文汇出版社，2011年，第393页。
⑤ 周瘦鹃：《雪窦山之春》，范伯群主编：《周瘦鹃文集·散文卷》，上海：文汇出版社，2011年，第381页。
⑥ 周瘦鹃：《绿水青山两相映带的富春江》，范伯群主编：《周瘦鹃文集·散文卷》，上海：文汇出版社，2011年，第391页。

看到周瘦鹃对大自然的热爱、向往。对大自然的热爱,使得他愿意一次次脱离凡俗事物,投入自然怀抱,去感受它赞美它。

(二) 回归自然

如果说欧文赞美大自然、投身大自然是因他对现实生存环境的不满,那么回归人的自然天性则体现了他对人心不古以及当时人们精神生活和社会道德普遍堕落的批判。卢梭提出的有关回归人的自然天性的思想极富生态色彩:人在过去原始的状态下所表现出来的纯真、质朴的自然人性,由于科学技术的进步和发展,会助长人的虚假世故、享乐至上和拜金主义,致使人的道德和情操日趋变质。欧文无疑在不知不觉中接受了这个观点,他在《作者自述》一文中明确指出,"我并非仅喜爱美丽风光——果真如此,便无须去国外旅游……然而,欧洲自有其迷人之处——它能给人历史与诗意的联想","简言之,我欲脱身于平凡的现实,沉醉在古昔朦胧的壮丽之中"。在当时的美国,科学技术蒸蒸日上,而科学技术的发展源于人的贪婪和虚荣,显然欧文本人是很希望能够回到过去,回归过去那种纯朴善良的天性:有责任感、正直、人道以及品行高尚。说欧文的避世为逃避主义或者是消极的浪漫主义是有失偏颇的,首先他提倡融入大自然是为了获得无穷乐趣的源泉,其次他赞赏人要回归人的自然天性才能有快乐的境地,总之,他倡导的是一种积极快乐的生活方式。他在向人们讲述故事的同时表达了他的回归自然观。他追求古朴,热爱大自然,关注真挚纯朴的感情和朴素的田园生活,这实际是关注人与自然的关系,因为"回归大自然与回归人的自然天性,是人类健康生活的必需"[①]。周瘦鹃的游记散文也在字里行间透露出了他回归自然、远离尘嚣的思想。如他写道:

> 我在这里坐了半小时,真觉得俗尘万斛,全都涤尽了,因口占一绝句:"桃李恹恹春寂寂,风风雨雨做清明;何如笠屐来

---

① 王诺:《欧美生态批评》,上海:学林出版社,2008年,第24页。

灵隐，领略幽泉泻玉声。"①（《新西湖》）

这时四下里寂寂无声，只听得我们一行人踏在沙上的脚步声，在瑟瑟地响。好一片清幽的境界。使我的胸襟也一清如洗，尽着领略此中静趣，……这是从前诗人画家以及一般隐逸之人的看法，而爱好热闹的人，也许要嫌这环境太清幽，太冷清了。②（《万古飞不去的燕子》）

瀑下有洼，积水可仰止桥下泻，不知所之。游人到此，真的尘襟尽涤，心中一些儿没有渣滓了。③（《雪窦山之春》）

在这些词句中，我们可以看到周瘦鹃在大自然中洗涤心灵、与大自然融为一体的意愿，与此同时我们也能感受到，他在适应新生活、新社会过程中的步履沉重，这促使他在趋向主流政治的同时却又有远离尘嚣、逃避现实的情怀。江南文人的闲适隐匿思想让周瘦鹃在外国散文中找到了立足点，使得他在其花木散文和游记小品中或多或少地透露出他的真情实感。然而对时代歌颂的散文却显示出他向主流政治靠拢的倾向，这与当时的政治环境及周瘦鹃的心态有很大关系。例如他曾撰文写道："我过分自命风雅，以为这是低级趣味，并无可取。可是一想到这是劳动人民所喜闻乐见，并且是津津乐道的，也就粲然作会心之笑，跟他们契合无间，立即口讲指划地附和起来。"④ 这种政治倾向和他骨子里作为文人的品性是格格不入的，造成了他散文中的矛盾情结。

20 世纪的中国散文发展史上可谓群星璀璨，周瘦鹃是这其中熠

---

① 周瘦鹃：《新西湖》，范伯群主编：《周瘦鹃文集·散文卷》，上海：文汇出版社，2011 年，第 397 页。
② 周瘦鹃：《万古飞不去的燕子》，范伯群主编：《周瘦鹃文集·散文卷》，上海：文汇出版社，2011 年，第 401 页。
③ 周瘦鹃：《雪窦山之春》，范伯群主编：《周瘦鹃文集·散文卷》，上海：文汇出版社，2011 年，第 384 页。
④ 周瘦鹃：《雁荡奇峰怪石多》，范伯群主编：《周瘦鹃文集·散文卷》，上海：文汇出版社，2011 年，第 419 页。

熠闪亮的一颗。周瘦鹃雅致闲适的生活情趣让他在兰姆的闲适文风中找到了共通之处，隐匿避世的追求向往让他寄情山水，这又和欧文的热爱自然的散文主题相合拍，因此周瘦鹃的散文在十七年散文中呈现出别具一格的特点。他的特别之处正在于他既响应时代，又突出自我，既融于主流，又别于主流，他以其对花木草本的专注与挚爱，对古城底蕴的发掘与升华，对融诗词为一体、颇具知性与感性的艺术传达方式的执着与圆通，显示出个性，立足于文坛。

第三节　影戏话书写

周瘦鹃在翻译生涯的早期，把看过的外国电影用影戏小说的形式介绍给了读者，从这些影戏小说中，我们可以看到在翻译电影小说时，周瘦鹃对电影的独到见解，这也主导了中国早期电影评论的方向。

一、伦理影片与启蒙教育

虽然周瘦鹃推崇电影的娱乐性，但他更加注重电影的教化功能。1919年他的《影戏话》连载在《申报·自由谈》上，和此前所发表的有关电影的译介文章迥然不同，他在文中对1910年代在上海放映的西方影片作了系统的回顾，对白珠（Pearl White）、卓别林、格里菲斯（D. W. Griffith）等好莱坞明星和导演推崇备至，并提出："盖开通民智，不仅在小说，而影戏实一主要之锁钥也。"[①]

周瘦鹃认为电影不仅仅是娱乐的工具，更加是教育社会、感化民众的重要手段，他非常希望通过电影来达到"感化人心"的目的。他非常重视伦理影片的介绍，翻译了伦理影戏小说《阿兄》，并在

[①] 周瘦鹃：《影戏话（一）》，《申报》，1919年6月20日第15版。

《说伦理影片》一文中指出这部影片所传达的"孝"非常感人,就连他本人也不禁流下了眼泪。

> 近二十年来,所看西方影片不少。但看了哀情影片,不大会落泪,而竟有两种伦理影片,是我看了,不知不觉的落泪不少的。其一是玛利贾尔女士主演的《过山》(Over the Hill)(按:即当年上海大剧院开演的《慈母》);其二是曾在浩灵班见过的《吾儿今夜流浪何处?》(Where is My Wandering Boy Tonight?)。这两片中描写的父母之爱,子女与孝子、不孝子的区别,是何等强烈。此外在我国国产影片中也曾见过几种伦理片,也足以拨动我的心弦,不能自遏。可知伦理影片之动人,实超过描写男女情爱的作品。①

而该影片最成功之处便在于其强烈的教育意义:"而苛待其父母者,如拉以观此片,必能潜移默化,悔改其过矣。所谓社会教育,所谓有功于世道人心者,惟此片足以当之。"② 从中可以看出周瘦鹃对于电影教化功能的重视,而这种教化并不是硬生生的教育,而是一种"情教",通过情感上的感化,而达到"感化人心"的作用。③ 周瘦鹃谈论孝道,追忆传统,但他并不是个泥古主义者,他将中国传统精神(孝)与西洋文字(filial)、西人行为和西方电影结合起来谈影论道。

> 即如西洋各国,也未尝非孝。试将其英文字典一翻,便有filial 一字,即是中国的孝字,既有孝字之一字,便有孝的所为,我们虽没有机会到西方人的家庭中去参观一回,但我们在影戏院许多外国影片中,可以见西方人对于父母实在非常孝顺。而以养母为尤甚。便是在久别重逢之际,儿子总得拥抱着父母,

---

① 周瘦鹃:《说伦理影片》,《儿孙福》(特刊),1926 年 9 月。
② 周瘦鹃:《志〈慈母〉片》,《申报》,1924 年 12 月 14 日第 14 期。
③ 汤嘉卉:《论周瘦鹃的电影批评与早期中国本土电影观念的生成》,《南京艺术学院学报》,2013 年 3 月。

重重的接吻，随处有真性情流露，为吾国人所不及。只须在这极小的一点上看去，便知西方人未尝非孝了。平心而论，我们做儿子的不必如二十四孝所谓王祥卧冰、孟宗哭竹行那种愚孝，只要使父母衣食无缺，老怀常开，足以娱他们桑榆晚景，便不失为孝子。①

实际上，周瘦鹃在《说伦理影片》中提出的，是尚未被"五四"新文化知识分子认识到的电影这一独特的现代文化形式在"感化人心"方面所可能具有的强大的社会功效。如果说，新文化运动和五四运动更多是从思想和行动上"解放"了一部分中国的"新青年"，那么，针对后"五四"时期出现的新问题，周瘦鹃则试图将传统文化营养融入中国的西方浪潮，并借助现代文化形式来寻求解决之道。这种将观念和思想诉诸情感，把某些基本理念建立在情感心理的根基上，从而达到理智与情感之交融的设想，实际上源自中国儒家强调建构人性和心灵以达到人际关系的情感认同与和谐一致（由"礼"而"仁"），从而稳定社会的传统文化心理结构。这正是针对"五四"启蒙之后所出现的种种问题，诚恳地想要通过挖掘中国固有的传统文化营养并运用现代社会特有的文化形式，去对更多的平民大众进行"再启蒙"的努力。

20世纪20年代中期，针对道德沦丧的中国社会，很多人又在反弹式地激烈呐喊恢复"旧道德"，但只要我们追溯西方启蒙的精神内核，就会发现：启蒙绝不是一会儿猛烈地打倒传统，出了问题，再又同样激进地搬出传统。在18世纪的欧洲，康德就断言"启蒙就是人类摆脱自我招致的不成熟"，并将"有勇气运用你自己的理智"作为启蒙的座右铭。②周瘦鹃之所以既不同于"五四"时期激烈反传统的那些人，又不同于后"五四"时期形形色色的复古主义者和保守

---

① 周瘦鹃：《说伦理影片》，《儿孙福》（特刊），1926年9月。
② [美]詹姆斯·施密特：《启蒙运动与现代性——18世纪与20世纪的对话》，徐向东、卢华萍译，上海：上海人民出版社，2005年，第61页。

主义者，就在于他能够成熟地运用自己的理智，针对中国本土的问题，去寻求在秩序混乱的时代中可以操作的面向平民大众的"再启蒙"路径。周瘦鹃并不以启蒙者自居，但他选择的是渐进改良的启蒙路径，这与郑正秋（1889—1935）倡导的以电影来"改良社会心理"①的观念相合，只不过，周瘦鹃提出的问题和建议更具体，开出的药方更有针对性。他不仅倡导将传统营养注入平民大众喜闻乐见的现代电影文化形式中，而且，实实在在地为扶持中国电影事业和净化媒体舆论贡献了力量。他既对同属"鸳鸯蝴蝶派"的友人朱瘦菊"很想借银幕感化人心"而连续摄制劝善惩恶的《马介甫》和伦理巨作《儿孙福》的实际行动大加鼓励，又对《儿孙福》的导演史东山（1902—1955）能深入浅出地将父母子女的心理表现于银幕之上，让观众感同身受的艺术创作手法予以赞赏。

周瘦鹃透过电影和现实生活深切体悟到过去的历史和传统正从现代中国社会中消逝，受西潮冲击的中国社会、中国电影和中国人已病症重重。因而，他试图将失忆的传统和消散的历史重新捡拾起来，并融入电影这一拥有相当广泛的城市平民接受群体的现代文化形式，来构造"过去"，疗救"现在"。他对电影批评的重心基本上都集中于如何从散失的历史和传统中汲取文化营养输入现代电影，以期感化人心、改良社会。②

二、 战争影片与影片制作

在那个国内国外充斥着战争的年代，反映战争的很多电影也被介绍到了中国。周瘦鹃也翻译了一些战争题材的电影，如《何等英

---

① 郑正秋：《中国影戏的取材问题》（载1925年明星公司特刊第2期《小朋友》号），中国电影资料馆编：《中国无声电影》，北京：中国电影出版社，1996年，第290页。
② 薛峰：《"复线历史批评"与中国传统的现代回响——以20世纪二三十年代"鸳鸯蝴蝶派"文人的电影批评为中心》，《当代电影》，2010年第5期。

雄》《呜呼……战》。特别是《呜呼……战》这部电影，它是一部反战片，当时欧战正酣，周瘦鹃把这部影片另译为《战之罪》，在"附识"中强调："特取以示吾国人，并将大声疾呼，以警告世界曰：趣弭战！"① 影片中飞行员阿道尔菲与哀娜相爱而互托终身，但战火骤起，两人分属交战之国。在空战中哀娜哥哥因飞机被阿道尔菲击中而丧生，阿道尔菲的战机也坠落，他藏身于磨坊之中，被麦克西姆中尉烧死。后来哀娜嫁给麦克西姆，得知阿道尔菲死于其手，伤心欲绝，遂入修道院了此残生。影片呈现了战争对人的伤害，呼吁停止战争。

在影戏话中，谈及电影《世界之心》时，他对战争影片的制作提出了自己的看法：

《世界之心》（Hearts of the World）为影戏中最近杰作，与《难堪》一片，同出美国影戏界巨子格立司氏手。全片凡长十二万尺，其见于幕上者，仅十分之一。盖少有毁损，即弃去也。揣其主旨，在写欧洲大战之惨况，而斥德意志人之残酷。将藉区区电影，留一深刻之印象于世人心坎脑府中，俾永永不之忘也。当制片时，曾携其全部演员，躬赴欧洲前敌，得英国陆军部特许，恣其自由。并得英首相劳德乔治氏嘉勉，其言曰："君之为此，实足为人道之保障。他日传遍世界，动人观感，将使人人心中，洞知爱国爱家忧人之义。君之功大矣。"格氏既赴法国战地，英法军官争助之，匪所不至。然出入药云弹雨中，险乃万状。德军三次猛攻，每次至四小时之久，格氏均亲历之。所部有两女郎，曰丽丽痕甘希（Lillian Gish）及杜露珊甘希（Dorothy Gish），年甫及笄，并负绝色，并一六龄之稚子，均从格氏往来战地，坦然若无所慑，而濒于险者屡矣。历时十八月，耗资二百万，全片始获告成。演之世界诸大都会，备受欢迎。

---

① 周瘦鹃：《呜呼……战》，《礼拜六》，1915年第33期。

自来海上，一演于浩灵班，再演于维多利亚部。予尝一见，叹为观止。其最足动人者，在状战事之惨烈。予于此得见数种特殊之战器，一为极巨之战炮，一为泄放毒气之钢管，一为状如球板之爆裂弹，杀人如麻，流血似潮，人命之贱，殆逾于蝼蚁矣。①

这段评论叙述了格氏为了真实地再现战争的残酷和非人道，和演员亲赴战场制作影片，以达到"动人观感，将使人人心中，洞知爱国爱家忧人之义"。由此，可以看出周瘦鹃对外国影片的制作敢于花大代价展现场景的真实性予以高度评价。他曾呼吁国内电影界同仁向西方学习："欧美之人，事事俱尚实践，故一影片之微，亦不恤间关万里，实事求是。此等精神，实为吾国人所不可及者。苟吾国大小百事，能出以美人摄制影戏之精神，以实事求是为归，则国事可为矣。"②

三、影戏小说与编剧理念

周瘦鹃自 1928 年起任大中华百合电影公司编辑，相继编写了《水火鸳鸯》《马介甫》《透明的上海》《同居之爱》《儿孙福》《还金记》等影片，不下几十部，并主笔《大中华百合特刊》，配合电影宣传，出品电影配套影刊，兼及介绍影视明星。

周瘦鹃的影戏小说选择影片首先以文学性为标准。如他 1919 年在《影戏话》中声称："英美诸国，多有以名家小说映为影戏者。其价值之高，远非寻常影片可比。予最喜观此。盖小说既已寓目，即可以影片中所睹，相互印证也。"③ 他看了不少这类翻拍文学名著的影片，如狄更斯《双城记》、大仲马《基督山伯爵》、小仲马《茶花

---

① 周瘦鹃：《影戏话（十三）》，《申报·自由谈》，1919 年 12 月 16 日第 14 版。
② 周瘦鹃：《影戏话（十）》，《申报·自由谈》，1919 年 11 月 13 日第 14 版。
③ 周瘦鹃：《影戏话（一）》，《申报·自由谈》，1919 年 6 月 20 日第 15 版。

女》、左拉《萌芽》等。这个固然出自他的个人趣味，但在中国早期电影观众喜看滑稽、侦探片之时，他专写有文学意味的故事片也是一种提升电影身份及国人观赏品位的策略。如在《阿兄》的小引中他这样介绍这部影片："本于法兰西与大仲马齐名之小说大家挨尔芳士陶苔氏（Alphonse Daudet）之杰作 *Le Petit Chose*。是书直与英国却尔司迭更司氏之名著 *David Copperfield* 同一价值，彼邦人士读之罔不击节。"①

周瘦鹃非常重视电影的编剧，从他的数篇电影评论中都能够看得出他对电影编剧的要求与态度。作为鸳鸯蝴蝶派文人的重要代表，周瘦鹃自然非常推崇由经典文学作品改编而成的电影剧本。如在《影戏话》中周瘦鹃说："英美诸国，多有以名家小说映为影戏者。其价值之高，远非寻常影片可比。予最喜观此。盖小说既已寓目，即可以影片中所睹，相互印证也。"②周瘦鹃解释了电影由名小说改编而来的好处：一方面观众看过原著就事先对电影剧情有所了解，因为当时的国产影片尚在初创时期，国外影片又是英文字幕，对于普通观众来说，看懂电影还是有些困难的，若是事先就能了解剧情，就能很容易地看懂电影了。另一方面对于观众来说如果本来就对小说很感兴趣，自然就会对电影有所期待，这也是对电影的一种宣传。在周瘦鹃之后的许多电影评论文章中，都能看出他对"名小说改编"的偏好。如周瘦鹃在1924年3月发表的一篇《影戏话》中说，美国有一部小说叫作《大街》，因为其描写尽致而博得读者热烈欢迎，有人独具慧眼将其拍成电影，结果电影取得了比小说更加热烈的欢迎。又如在一篇名为《志影片〈钟楼怪人〉》的文章中，周瘦鹃说他看过雨果的著名小说《钟楼怪人》，觉得这是一部非常伟大的小说，他在看小说时就觉得这部小说如果能改编成影戏，一定有非常好的效

---

① 周瘦鹃：《阿兄》，《礼拜六》，1914年第24期。
② 周瘦鹃：《影戏话（一）》，《申报·自由谈》，1919年6月20日第15版。

果:"如能摄之为影戏,现之银幕者,必有触目惊心之妙。"① 没想到还没过多久,美国人就把这部小说拍摄成电影了。周瘦鹃听到这个影讯后非常兴奋,迫不及待地想要观看到这部影片,看过之后"为之欢喜,不能自已"。这表明"名小说改编"对于电影的宣传与对观众的吸引是有很大作用的。周瘦鹃这种"名小说改编"的编剧观念也正是电影起步时期出现"剧本荒"之后,电影界向文学界求助现象的表现。②

周瘦鹃还非常重视剧作情节的跌宕起伏,在《参观〈茶花女〉影片后》一文中,周瘦鹃谈到观影以后觉得这部影片在情节设计上非常新颖,就如同编导朱瘦菊的小说那样,"处处奇案突起,深入浅出"③,这在小说之中就已经非常不容易做到了,而朱瘦菊把小说搬上了银幕,情节还自然,不留痕迹,这不得不佩服朱瘦菊的编剧导演能力了。从中便能看出周瘦鹃因追求剧情的波澜起伏而形成的"情节剧"的编剧观念,这也与其文学创作观念相符合。因此,周瘦鹃的这种"名小说改编"观念和"情节剧"观念便构成了其对于电影编剧的观念。④ 他本人在撰写影戏翻译小说时也非常注重对情节的描述,他曾说道:"小说之作,情节应与文字并重。情文兼茂,斯为上乘。盖文字为表,情节为里,二者相得益彰,不可偏废。"⑤ 在影戏小说《阿兄》中,为了推动情节的发展,他对主人公弟弟在学校中受到学生戏弄的情节进行了绘声绘色的描述。对电影《庞贝城之末日》,他称赞道:"情节布景并臻神境,不觉叹为观止。"⑥

---

① 周瘦鹃:《志影片〈钟楼怪人〉》,《申报》,1924年12月第7期。
② 盘剑:《论鸳鸯蝴蝶派文人的电影创作》,《文学评论》,2014年第6期,第309页。
③ 周瘦鹃:《参观〈茶花女〉影片后》,《申报·自由谈》,1924年9月1日第8版。
④ 汤嘉卉:《论周瘦鹃的电影批评与早期中国本土电影观念的生成》,《南京艺术学院学报(音乐与表演版)》,2013年第3期。
⑤ 周瘦鹃:《骆无涯》,《小说丛谈》,上海:大东书局,1926年,第73页。
⑥ 周瘦鹃:《庞贝城之末日》,《礼拜六》,1915年第32期。

四、写作手法与拍摄手法

表象地说,画面感指的是这样一种具象性的文字效果:绘声绘色绘形绘影,如见其人如闻其声,即要求以文字塑造出一种视觉形象,能让读者看出画面来。小说是语言的艺术,电影则是通过声音和画面来呈现的视觉艺术。电影语言的传达,显著方式之一是通过镜头的拉伸来展示空间画面,而镜头的切换则组成了叙事的方式和节奏。文字描绘应该体现出诸种艺术手段的综合,既可见光影、色彩、声音、画面构图、场面调度及蒙太奇,等等,又可见导演、摄影、表演、美工等方面的提示。①

(一)小说文本中的镜头元素

电影画面主要通过摄影(像)机的镜头拍摄记录下来,镜头运用对影像效果的影响主要取决于景别、角度和运动等因素。在周瘦鹃的小说文本中,他也尽量注意运用多种景别和多种角度选择画面。

如在《影戏话(八)》中,周瘦鹃描述卓别林喜剧长片《狗生活》的开头云:

> 开首发源于白星一点,已而渐化渐入,则为朝旭一轮,隐隐见礼拜堂塔尖及万家屋宇,盖天已破晓矣,时卓别林方卧于一荒场上,睡若甚酣,且觉有寒风袭其股,醒而起视,见破壁上有一孔,风方由此入,因拾纸塞,偃地复睡。少选,复有热气以袭,且杂以奇馨,愕然外窥,则有卖小食者方停其檐于场外也。②

在这段文字中我们看到镜头实现了从天空—房屋—荒场—破壁—场外的转移,也运用了远景(天空和塔尖、房屋)、中景(卓别林卧于荒场上)、近景(卓别林的酣睡)、特写(壁上的小孔),这一段

---

① 徐志祥:《论画面感对影视文学的制约》,《江汉论坛》,2002年10月。
② 周瘦鹃:《影戏话(八)》,《申报・自由谈》,1919年11月1日第14版。

文字用电影化的方式来叙述剧情，画面意识与叙事意识融为一体。

(二) 小说文本中的造型元素

所谓造型，是指在特定视点上，通过形、光、色等空间元素来表现人、景、物，塑造视觉形象。造型不仅具有叙事功能，而且具有表意功能；不仅是一种客观再现，同时也是一种主观表现，表达作者特殊的人生体验、人文倾向和审美理想。在造型时，首先应该有美的构图。构图是电影美学空间性最直接的体现。在下面的小说文本中，周瘦鹃非常注重构图的艺术性，由此呈现完整的、具有质感和内涵的画面。

> 那千丝万丝粉霞色的日光，一丝丝斜射在茜纱窗前放着的三四盆紫罗兰上，把满屋子里都筛满了影子。这壁厢疏疏密密，那壁厢整整斜斜，一时间雪白的壁上咧碧绿的地衣上咧好似绣上了无数的紫罗兰。薄飔过处，枝叶徐动，活像是美人儿凌波微步的一般。这花影中却有一个脂香粉腻雪艳花娇的女郎亭亭坐着。瞧了他的玉容，揣测他的芳纪，遮莫是才过月圆时节，大约十六七岁的光景，两个宜嗔宜喜的粉颊上仿佛敷着两片香馥馥的香水花瓣儿，白处自白，白中却又微微带着些儿媚红。一双横波眼直具着勾魂摄魄的大魔力，并且非常非常澄澈，抵得上瑞士奇尼佛湖光一片，檀口儿小小的，很像是一颗已熟的樱桃，又鲜艳又红润，管教那些少年儿郎们见了，恨不能一口吞将下去。一头艳艳黄金丝似得香云，打了一条松辫儿披在那白玉琢成一般的背儿上。单是这一缕缕的金丝发也能络住天下男子的心坎，不怕他们拔脚逃去。① (《不闭之门》)

在这段文字描写中，作者给我们描绘了一个光影融会、色彩斑斓的画面。视角也实现了天空—窗前的紫罗兰—人物的转换，最后定格在人物的特写上。特写的取景范围一般是人物两肩以上的部分，

---

① 周瘦鹃：《不闭之门》，《礼拜六》，1915 年第 59 期。

可将对象从周围背景或环境中突出出来,大大增强表现力和感染力。又如《女贞花》开头一段映入观众眼帘的是美丽的野外风景:"半泓幽濑衬着千行密柳,一片孤岩,那绿油油的水光,绿油油的树影,和绿油油的山色,彼此打合在一起,仿佛结成了个绿世界。"① 以欢欣的白描所呈现的"绿世界"似乎受赐于电影技术逼真再现现象世界的优越性,为银幕染上了明亮的色调。《庞贝城之末日》也展示了广阔的自然、社会场景和各阶层的生活形态,虽以妮蒂霞为情节主线,却处处展示奇观,令人眼花缭乱、惊心动魄。即周氏称赞的:"情节布景并臻神境,不觉叹为观止。"这部意大利影片至今仍被誉为早期影史的杰作,其场景富于变化,包括城景、街道、豪宅、酒馆、花园、洞穴等,如表现神殿中大主教以魔咒召唤幻景,自然风光中情侣依恋,内室泳池中女子身影绰约,格斗场中罪囚面对群狮,至最后火山爆发、群众狂奔乱窜等场面,极富奇观效果,无不对视觉造成冲击,这些都突破了周氏平时的文学想象与修辞习惯。

影片最后火山爆发的场景极为壮观,原片三个连续镜头的字幕:"此时出现一个男子,面孔苍白而扭曲,此即克劳狄司,及时来到广场,控诉大主教挨培司的罪恶。"接下来字幕:"群众高呼:把这埃及人去喂狮子!"第三片字幕:"在众声喧嚣中响彻了一声尖叫:'看维苏维亚火山!'"小说这么描写:

> 克劳狄司兀立如山,戟手指看挨培司,滔滔滚滚的宣布他荒淫奸滑的罪状,于是近旁的几十个人一个个都把眼儿去瞧那无道的大主教。挨培司做贼心虚,被大众一瞧,脸儿霎时变作了惨白,呐呐的说不出一句话儿来分辨。众人瞧了这一张惨白的脸儿,好似得了一纸供状,众口同声的呼噪起来道:"拿下这贼主教!拿下这万恶的主教!快些儿杀却,沥他的血儿去洗净伊利士的污点!"这么一呼,不到五分钟,早已传遍了全场,四

---

① 周瘦鹃:《女贞花》,《小说大观》,1918 年第 11 期。

下里几千几万的人都振喉高呼，响彻云表。在这当儿，挨培司举手指着一边，狂呼道："呀！火山！火山！火山爆裂！"他身边的人即忙向着他手儿指处瞧去，果然见维苏维亚火山口中红红的火黑黑的焰，同时向着天空喷去，非常猛烈，隆隆之声声声的送入耳鼓。瞧那半天上，早殷红如血，大家预料庞贝城已到了末日，一点钟后，这赫赫有名城，定然变成一个瓦砾之场。当下里便也不去顾那挨培司，各自分头逃命。全场的人都东南西北的乱窜，好似无数没头的苍蝇，你挤着吾，吾挤着你，乱得个不可开交，哭声喊声杂遝而起，比了大海扬波还要响上几倍。①（《庞贝城之末日》）

这段描绘有声有色，给人身临其境的感受。这样的自然奇景对于中国观众来说无疑十分新鲜，这类描写必然突破"哀情小说"的叙事逻辑和语言规范，当他将影像世界的感官体验诉诸文字时，再现了震撼的影像体验，构筑了崭新的文字奇观。

（三）小说文本中的闪回手法

闪回指在一定的场景结构中插入另一场景或片段，以此来表现人物精神活动、心理状态和情感起伏的一种艺术手法。在影戏小说 WAITING 中，周瘦鹃描写男主人公在临死前回忆与爱人的温馨时刻时就采用了这种电影手法。

> 慧尔乃槁坐椅上，沉沉以思，痴视不少瞬。刹那间往事陈陈，尽现于目前，初则见小园中喁喁情话时，继则见火车站前依依把别时，终则见个侬姗姗而来花靥笑倩，秋波流媚。直至椅则垂臻首，默默无语，但以其殷虹之樱唇，来亲己吻。慧尔长跽于地，展双臂大呼曰："梅丽吾爱！予待卿已三十年矣，卿何姗姗其来迟也？"呼既，即仰后仆于椅上，寂然不动而梅丽小

---

① 周瘦鹃：《庞贝城之末日》，《礼拜六》，1915 年第 32 期。

影尤在手。①

这种手法在传统文学当中是很难寻觅到的，可见将影视手法运用于文学作品中，周瘦鹃算是文人中较早的。文章让读者的视角在慧尔临终前的画面与慧尔和梅丽往昔在花园、车站中的温馨浪漫的场面间穿梭，更凸显了男主人孤独寂寞的情形。最后周瘦鹃在男主人公去世后将视角定格在其女友照片的特写上，更深切地表达了主人公对爱人的一往情深。

(四) 小说文本中的平行蒙太奇手法

平行蒙太奇是指以两条以上的情节并行表现，分别叙述，最后统一在一个完整的情节结构中，或通过两个以上的事件相互穿插来表现，揭示一个统一的主题或情节。周瘦鹃在《庞贝城之末日》中描写女主人公妮蒂霞逃出牢狱去往法场救恋人克劳狄司的情节时，就采取了平行蒙太奇手法。一方面叙述妮蒂霞如何破除万难，逃出牢狱，寻找证人，赶往刑场；另一方面又描写克劳狄司被转往刑场，行刑队做刑前准备的画面。这样的平行叙述使得小说情节更为生动、紧凑，营造了紧张刺激的氛围，引起了读者强烈的情感，带来了与众不同的写作效果。

李欧梵就认为鸳鸯蝴蝶派文人起初和电影接触的时候，主要还是通过电影讲故事，而不是把电影作为一个视觉艺术。但不知不觉之间，他们开始把说故事的方式，转变为视觉性的呈现。在周瘦鹃的小说《对邻的小楼》中，男主人公可以偷窥到邻居一栋出租房子里的人的活动，一会儿是一对男女前来幽会，一会儿换成一对小夫妻，后来又有别的关系，完全不能确定，营造出类似希区柯克《后窗》的风格，"这个可能和当时看电影有关，就是一种对于视觉的觉醒，写小说时不自觉地就用上去了"②。《紫罗兰电影号》中体现出

---

① 周瘦鹃：WAITING，《礼拜六》，1915年第25期。
② 李欧梵、罗岗：《视觉文化·后史记忆·中国经验》，《天涯》，2004年第2期，第12—13页。

的文学与电影空间的互通，至少部分说明电影这一现代化的样式对人们日常生活的影响。它通过文学题材与电影元素的融合、文学描写的电影化，使人们在阅读小说的同时感受到电影的存在，进而获得一种关于现代化生活的想象与新的阅读体验。①

本章小结

周瘦鹃的翻译生涯对其文学创作和影视评论都有深远影响。大量的翻译使他掌握了外国小说的写作技巧，并将其应用到自己的小说创作中，在叙事角度、叙事时间、叙事结构等方面借鉴了外国小说的特点。在他的花木、游记散文创作中可以看到兰姆和欧文的文风，透露出闲适和隐匿的心态，而在歌颂新中国的散文中又可以看到他积极向主流政治靠拢的矛盾心态。从周瘦鹃的影戏小说中可以管窥到他对电影产业的观点，如从伦理电影的书写中，他意识到电影对启迪民智的巨大作用；对战争电影的介绍上，他主张电影要更加真实地再现生活，以达到"早日弭战"的目的。在影戏小说写作中，我们可以看到他对名著改编电影的提倡，在编剧方面注重情节的引人入胜，在写作手法上注重画面的效果和造型元素，其电影拍摄手法的叙事方式，文字与影像的有效结合一定程度上为晚清文学带来了新的景观，显示了与"晚清文学"乃至"民初文学"之间的断裂。周瘦鹃在文学创作中的多元取向、开放式的态度使得他的文学较早地具有了现代性的特征，给我们审视文学现代性的历史形成提供了一个新的截面。

---

① 李斌：《早期电影对通俗文学的影响——以〈紫罗兰电影号〉小说为例》，《重庆邮电大学学报》，2012 年第 24 卷第 2 期。

第六章 周瘦鹃的翻译成就

通过前面几章的论述，可以看出周瘦鹃对民国翻译界所作出的贡献是有目共睹的。在他的翻译作品中，无论是从语言、体裁、主题还是翻译策略和翻译思想上，我们都可以看到时代变迁的痕迹。其译作在当时已经较早地拥有了"现代性"的标识，他的翻译文本所体现的先进性、进化性、异质性、时代性以及在当时社会文化、文学语言转型时期，所担负的"风向标"的功能正是其翻译作品的现代性之所在。

第一节　翻译作品的现代性

"现代性"的含义在学术界一直以来都有争议，如何在把握"现代性"这个最具有活力的理论资源的同时，又能回到文学本身，是当代中国文学研究一直关注和探讨的。吉登斯认为现代性的起源就是一种断裂，是现代性最重要的特征。陈晓明认为，如果把握住"断裂"这一关键性的问题，就可以理解文学的现代性的真实含义。一方面，文学艺术作为一种激进的思想形式，直接表达现代性的意义，它表达现代性急迫的历史愿望，为历史变革开道呐喊，当然也强化了历史断裂的鸿沟。另一方面，文学艺术又是一种保守的情感力量，它不断地对现代性的历史变革进行质疑和反思，它始终眷恋历史的连续性，在反抗历史断裂的同时，也遮蔽和抚平历史断裂的鸿沟。简言之，文学现代性的双重含义就在于：从"断裂"这个视点来看，文学的现代性既表现和促成这种断裂，又掩盖和抚平这种断裂……不管是中国的社会历史，还是文学历史，都不是简单的"断裂"，而是断裂与弥合的双向运动。而文学则努力使（社会历史的）断裂显得合情合理，它使那些断裂彼此之间息息相关，环环相扣，使那些断裂更紧密地铰合在一起。这就是中国现代性文学的内在性，在现代性的巨大谱系中，在一个强大的历史化的运动中，它们又构成一个整体。①

吉登斯认为现代性的基本特征就是表现为时代的断裂,现代性以前所未有的方式把我们抛离出所有类型的社会秩序的轨道,从而形成其生活形态。②中国的现代性文学重塑了现代性的历史,它不仅在传统向现代的转型中给出了历史断裂的明确标志,同时给那些阶段性的断裂划定界限,给历史的转折提供合理性的阐释。周瘦鹃翻译作品的现代性有以下几个方面的体现:

一、 翻译语符的现代性

翻译语符的现代性,即翻译的书写语言从文言向白话转变。郭延礼先生在总结中国翻译文学由近代向现代转变时指出:近代翻译家在翻译语言上还处于"变"的动态中,还没有形成固定的翻译文体(主要指语言)。中国翻译文学走向成熟并形成固定的文体——白话文体,是"五四"之后的事。③

文言文作为古时的书面语言,只有士大夫与文人阶层才会运用,对它的掌握与运用在漫长的历史过程中,逐渐成为他们的专利,进而演化成他们身份的象征,并成为他们思维运作的工具与文化心理显现的外衣,因此在这种符号背后无不隐含着他们的文化哲学。以文言语符进行文学创作及翻译,显然是受着这种文化心理与文化哲学的制约的。到了近代中国社会,随着自然经济社会的逐渐解体与工业文明社会的日益崛起,社会转型所带来的驳杂的新事物、新概念、新思想以及社会心理结构与传统思维模式的转变,都使文言语符体系中的能指已无法再自由地表达这些新的所指意义,这就需要有新的语符系统来填补这一空白,而白话语符作为一种有生命力的

---

① 陈晓明:《现代性与文学研究的新视野》,《文学评论》,2002年第6期。
② [英]吉登斯:《现代性的后果》,田禾译,南京:译林出版社,2011年,第36页。
③ 郭延礼:《中国近代翻译文学概论》,武汉:湖北教育出版社,1998年,第55页。

语符系统自然承担起这一任务。为此,白话文运动的核心人物胡适在《新青年》上提出:"中国若想有活文学,必须用白话,必须用国语,必须做国语的文学。"①沈雁冰认为:"努力创作语体文学的人的责任,一是改正一般人对文学的观念;一是改良中国几千年来习惯上沿用的文法。"②沈雁冰不只是把白话文作为一种工具,而是上升到文体建构和审美范畴的高度,白话文能以个性化、陌生化和创造性的语言体式引发读者审美期待心理的积极性。

白话文的使用不仅是文体的解放,同时也是思想体系的解放。就文必秦汉的凝固的文言而言,历经两千年的漫长岁月,其不能随着时代的发展而发展的语言形式,显然不能与变化的社会相适应,因而表现出强烈的守旧性。其在形成之初,与先秦之后的口语相互补充,完成了语言的社会功能和交际功用,并在构成和传达封建文化方面起到了不可磨灭的重要作用,后来它与口语的隔膜越来越大,甚至到了分途而治的地步。而近代中国社会变革所具有的强烈的民主意识要求言文一致——这是一种趋势——发展到了近代,对于不断产生的新思想、新文化,文言已不能适应表达和传播,也就在容纳新思想、新变化上远远不如白话。从这一点来讲,白话取代文言,自有其合理性。③

早在五四运动之前,周瘦鹃就用浅近文言以及白话文进行翻译,具体作品可见1917出版的《欧美名家短篇小说丛刊》。他的白话文运用不仅体现在新词汇的输入上,同时也体现在欧式语句的使用上。白话文的使用体现了他与旧时代的断裂,标志着他的思维运作和文化心理的改观,也展示了他在翻译领域的前瞻目光和一个时代文人所承载的历史使命感,这一切都是其现代性的标识。

---

① 胡适:《建设的文学革命论》,《胡适精品集》(第1卷),北京:光明日报出版社,1998年,第58页。
② 沈雁冰:《语体文欧化之我观》,《小说月报》,1921年第12卷第6号。
③ 时世平:《从传统到现代的衍变——文言白话转型论》,《理论与现代化》,2013年第5期。

二、翻译主题的现代性

在文学翻译史上，周瘦鹃翻译出版的《欧美名家短篇小说丛刊》（1917年），首次大规模地介绍了一批"弱小民族"的文学作品。鲁迅在1917年11月30日的《教育公报》上对《丛刊》称赞有加："凡欧美四十七家著作，国别计十有四，其中意、西、瑞典、荷兰、塞尔维亚，在中国皆属创见，所选亦多佳作。"由此可以看出周瘦鹃对翻译界的巨大贡献。他是第一个将意大利、西班牙、瑞典、荷兰、塞尔维亚的文学作品翻译介绍到中国的作家，是翻译这些弱小国家文学作品的先驱。之后他也一直致力于"弱小民族"文学的翻译，在1947年结集出版的《世界名家短篇小说全集》（四卷）中也收集了不少弱小国家的文学作品。从文学"现代性"的断裂特性来审视，周瘦鹃翻译作品拥有划时代的意义。

（一）超越通俗文学审美观

在周瘦鹃之前，"弱小民族文学"并没有受到中国翻译作家的特别关注，这与之前作家特定的文学审美观念有关。清末民初梁启超等人通过政治小说所竭力提升的文学功用没有得到社会的广泛认同，因而，对于晚清的文学家来说，无论是作者还是译者，都呈现出相当明显的"商业化"倾向。这就使得侦探小说、历史小说、科学小说等通俗文学类型成为译介主体，而弱小民族文学的译介难成大器。因此，选择弱小民族文学进行翻译，很大程度上在于译者个人的审美观念的转化，同时促进了整个时代文学观念的嬗变。周瘦鹃就曾指出：

> 东欧诸国，以俄国为首屈一指，我崇拜托尔斯泰、高尔基、安特列夫、契诃夫、普希金、屠格涅夫、罗曼诺夫诸家，他们的作品我都译过。此外，欧陆弱小民族作家的作品，我也欢喜，经常在各种英文杂志中尽力搜罗，因为他们国家常在帝国主义者压迫之下，作家们发为心声，每多抑塞不平之气，而文章的

别有风格,犹其余事。所以我除于《欧美名家短篇小说丛刻》中发表了一部分外,后来在大东书局出版的《世界名家短篇小说集》八十篇中,也列入了不少弱小民族作家的作品。①

这里周瘦鹃对以往所翻译的文学作品进行了审美理念的反思、批判和超越,产生了具有现代性的审美观,形成了以启蒙为核心的文学观念,在选择翻译作品时逐渐抛却了浮靡的商业气息。他基于对社会危机、文化危机的把握,对自己的翻译作品进行文学转型,将目光聚焦在"弱小民族文学"上,从而使"弱小民族文学"从被晚清译者所忽视的地平线上脱颖而出,以崭新的姿态为大家所认识、接受。吉登斯认为:"现代性的特征并不是为新事物而接受新事物,而是对整个反思性的认定,这当然也包括对反思性自身的反思。"②反思性意味着文学的独立,从此以后文学不再是意识形态的附庸,而与其分道扬镳,独立地承担着反思、批判社会现实的功能。

(二) 探讨现代文学的认同问题

周瘦鹃在那些同样受英、法、德、美等西方强国压制的"弱小民族"身上,看到了与自己国家同样的命运,在他们的文学中,听到了同样的抗议之声,体会到同样的寻求民族独立、人民解放的情感。为了唤起独立自强的激情,寄托屈辱的民族情感,促使新兴的中国文学与民族现实命运紧密结合,他开始大力译介"弱小民族"文学。

《丛刻》畅销后,文学界开始对"弱小民族文学"加以关注。以鲁迅、周作人、茅盾、郑振铎等为代表的"五四"文学作家也在不断反思和探讨中达成了共识。鲁迅在《我怎么做起小说来》一文中说:"在翻译,而尤其注重于短篇,特别是被压迫的民族中的作者的作品。因为那时正盛行着排满论,有些青年,都引那叫喊和反抗的作者为同调的。……因此所看的俄国、波兰以及巴尔干诸小国作家

---

① 周瘦鹃:《我翻译西方名家短篇小说的回忆》,《雨花》,1957年6月1日。
② [英]吉登斯:《现代性的后果》,田禾译,南京:译林出版社,2011年,第34页。

的东西就特别多。"①

茅盾也提到译介弱小民族文学的必要性和紧迫性，并将文学的命运和国家的命运联系起来："我鉴于世界上许多被损害的民族，如犹太如波兰如捷克，虽曾失却政治上的独立，然而一个个都有不朽的人的艺术，使我敢确信中华民族那怕将来到了败政破产强国共管的厄境，也一定要有，而且必有不朽的人的艺术！"②

郑振铎也阐明了观点："人类本是绝对平等的。谁也不是谁的奴隶。一个民族压伏在别一个民族的足下，实较劳动者压伏于资本家的座下的境遇，尤为可悲。凡是听他们的哀诉的，虽是极强暴的人，也要心肝为摧罢！何况我们也是屡受损害的民族呢？我们看见他们精神的向上奋斗，与慷慨激昂的歌声，觉得自己应该惭愧万分！我们之受压迫，也已甚了，但是精神的堕落依然，血和泪的文学犹绝对的不曾产生。"③

正是这一批敏感的新文化人士，为了唤起独立自强的激情，寄托屈辱的民族情感，促使新兴的中国新文学与民族现实命运紧密结合，才大力提倡、积极译介那些"被损害"民族的文学，从而引发了翻译"弱小民族"文学的热潮。鲁迅等主持的《新青年》于1918年6月第4卷第6号推出了"易卜生号"；1921年由茅盾主持改革的新版《小说月报》相继推出了"被损害民族的文学号"（1921年第12卷第10号）、"俄国文学研究专号"（1921年第12卷号外）、"太戈尔（泰戈尔）专号"（1923年第14卷第9、10号）、"安徒生专号"（1925年第16卷第8、9号）等；由鲁迅和茅盾发起的《译文》杂志在1937年4月（第3卷第2期）也推出"西班牙专号"等专辑。

---

① 鲁迅：《我怎么做起小说来》，《鲁迅全集》第4卷，北京：人民文学出版社，2005年，第511页。
② 茅盾：《一年来的感想与明年的计划》，《小说月报》第12卷第12号，1921年12月10日。
③ 郑振铎以笔名C. T. 介绍《小说月报》"被损害民族的文学号"，《时事新报·学灯》，1921年11月9日。

(三) 开辟现代文学的发展方向

中国现代性以人道主义和理性为精神内核,其落脚点是现代的人及其所拥有的主体意识、开放意识、民主意识和科学意识、理性精神。① 茅盾等人主张将文学、翻译与政治糅合在一起,认为弱小民族文学之所以值得提倡,是因为它们是人的文学,描写出下层人民的苦痛,且对本民族的前途又抱有希望;对弱小民族文学的译介能够促使中国读者惊醒于亡国灭种的命运,并激起他们重新振兴中华民族的雄心。②

> 凡在地球上的民族都一样的是大地母亲的儿子;没有一个应该特别的强横些,没有一个配自称"骄子"!所以一切民族的精神的结晶都应该视同珍宝,视为人类全体共有的珍宝!而况在艺术的天地内是没有贵贱不分尊卑的!凡被损害的民族的求正义求公道的呼声是真的正义真的公道,在榨床里榨过留下来的人性方是真正可宝贵的人性,不带强者色彩的人性。他们中被损害而向下的灵魂感动我们,因为我们自己亦悲伤我们同是不合理的传统思想与制度的牺牲者;他们中被损害而仍旧向上的灵魂更感动我们,因为由此他们更确信人性的砂砾里有精金,更确信前途的黑暗背后就是光明。③

在对"弱小民族"苦难命运感同身受的激励下,在对待战争、暴力与社会不公等世界难题时,周瘦鹃敏锐地觉察到外国文学作品,特别是俄国作品中蕴含的丰富的人道主义精神,较早地介绍了俄国作家具有代表性的人道主义观点,即托尔斯泰的博爱思想、安德烈

---

① 王龙洋、颜敏:《论文学现代性的三个维度》,《内蒙古社会科学(汉文版)》,2012年第11期。
② 陆志国:《弱小民族文学的译介和圣化——以五四时期茅盾的翻译选择为例》,《外语教学理论与实践(FLLTP)》,2013年第1期。
③ 茅盾:《"被损害民族的文学号"引言》,《小说月报》,1921年10月10日第12卷第10号。

耶夫的反战思想以及高尔基的无产阶级人道主义。

三、 翻译策略的现代性

周瘦鹃中后期翻译策略用直译取代译述、意译，不仅是其翻译方法的改变，更重要的是他世界意识的觉醒，以及世界意识与本土意识地位的调整。前期译作受晚清"译述"和"达旨"翻译的影响，节译、转译、删节增译的现象极为普遍。翻译方式上的意译风尚集大成于"林译"小说，这种唯中国读者传统的阅读习惯及审美趣味为取向的翻译策略无疑表明了译者缺乏对外国文学的尊重及明确的文学意识，同时也印证了传统文化影响之大及"中学为体"观念之深入人心。在以西洋文学为代表的"世界文学"暂且强势压倒本土文学的背景下，"直译"更能接近西洋文学的真实面貌。因此从某种意义上讲，转型时期的中国新文学的萌芽也造就了"直译"。对于沈雁冰、郑振铎这批新式知识分子而言，翻译成为改良中国旧文学、催生新文学的唯一路向。翻译的主要功能是协助译入语文化里的文学系统制造新的模式，从而将原著里大多数的新元素（相对于译入语文化的原有元素），在"高保真"状态下带到译入语文化系统。因此发挥译者再创造本领的"意译"的效果当然比不上"直译"。所以，周瘦鹃转变翻译策略和思维模式，采用"直译"的背后，其实潜藏着"现代文学"初期创造者们对于西方现代文学的崇拜心理以及急于开掘西方文学资源的心态，他们想给读者呈现的是西方现代文学的真情实景，带来一种完全不同于阅读"林译"时代经过"译述"和"意译"被歪曲的译文的感受。通过直译方式，一方面是试图以西洋现代文学的成熟来弥补中国早期现代文学的稚嫩，为构建一个更为合理的现代文学框架贡献一份力量，而另一方面，则是通过直译再现原作，在如实传达原作思想的前提下，展现译者作为新式知识者在翻译策略上的"现代性追求"。

对于翻译，周瘦鹃最值得称道的是一种始终如一、引领时代风尚的前瞻姿态。这种前瞻、开放的姿态，使其翻译从传统思维转向现代思维、从文言转向白话、从意译转向直译、从情爱角度转向普世关怀。他的包容和进取，使他避免了如林纾般被时代所抛弃，对同时期的文化群体起着良好的引领作用。尽管他与新文学作家翻译群体始终保持着被动疏离的状况，但是不得不承认，他们彼此对西方文学在内容和策略的选择方面依然有着高度共通之处，这揭示了周瘦鹃的翻译生涯可以从1915年延续至1947年的真正原因。

第二节　翻译贡献

综上所述，周瘦鹃的译作选择是顺应时代和个人经历的选择，综观周瘦鹃的翻译成就，他在中国早期译界是功劳卓著的。其贡献体现在以下方面：

一、 开拓国人视野

周瘦鹃在自己的翻译生涯中，翻译了大量作品，介绍了许多国外的著名作家。他的翻译作品涉及国家广泛，有英国、法国、美国、俄国、德国、意大利、匈牙利、西班牙、瑞士、丹麦、瑞典、荷兰、塞尔维亚、芬兰；翻译的作家汇集了狄更斯、哈代、伏尔泰、大仲马、左拉、莫泊桑、霍桑、马克·吐温、托尔斯泰、高尔基、歌德等著名作家。相对于单调的传统小说，外国文学给国人呈现了一个色彩纷呈的世界。首先，种类繁多。虽然以"哀情巨子"著称，但是周瘦鹃在翻译题材选择上涉猎极广，有言情小说、爱国小说、伦理小说、侦探小说、秘史轶事小说、弱小民族文学、影戏小说、社会小说等。这些作品又都发表在为当时广大市民所追捧的《礼拜六》《小说月报》《紫罗兰》等报纸杂志上，因而影响是深远的。其次，表现手法多样。叙事视角的多元化、叙事时间的多变性、叙事结构的多样性给读者一种全新的感受和体验。最后,外国小说的译介为中国作家提供了借鉴的文本,加速了中国小说由传统向现代转变的步伐。

二、拓清翻译标准

中国的早期翻译存在较多的缺点,这些缺点也会表现在通俗作家的翻译操作过程中。只要看他们五花八门的标示就可以知道,这是很不正规的操作法。他们除了用"译"标示外,还有"译述""译意""意译""戏译""重译""译补""述译""助译""原译""校订""校补"等。当时有些作家常将自己的创作以译作的形式拿出去发表,或者将译作戴上创作的桂冠。周瘦鹃在《游戏杂志》第 5 期发表小说《断头台上》时,有"瘦鹃附识":"系为小说,雅好杜撰。年来所做,有述西事而非译西文者,正复不少。如《铁血女儿》《鸳鸯血》《铁窗双鸳记》《盲虚无党员》《孝子碧血记》《卖花女郎》之类是也。"[1] 在翻译的标准问题上,他逐渐创建了自己的模式,给当时混乱的翻译界建立了较为完备的翻译体例。他的"自暴其假"表明了他规范翻译标准的勇气和决心。

三、建立翻译体例

晚清翻译界混乱,往往因为译名的不统一,造成一部小说多人翻译的局面,复译现象层出不穷。同时也存在大批胡译本、乱译本和滥译本,甚至有不少抄袭作品。造成这种现象大致有以下几个原因。有人似乎认为翻译是沽名钓誉的捷径,利用管理机制不完善钻空子。出版社把目光盯在公版名著的复译上。为追求短期商业效益,

---

[1] 范伯群:《周瘦鹃论》,《周瘦鹃文集·小说卷》,上海:文汇出版社,2011 年,第 15 页。

出版社常常约请一些二三流，甚至是末流的译者译名著。即使聘请的是翻译名家，也常因出版社催稿急迫和翻译不认真等问题，造成翻译作品的粗制滥造。而且，过多的复译，浪费了有限的出版资源，遮蔽了优秀译本，令一般读者无所适从，复译的这些不良现象也理所当然地引起了翻译界的忧虑和批评。① 周瘦鹃就曾呼吁译界针对此现象寻找一个切实可行的解决方法：

> 挽近俄法名家说部，迻译者蜂起，移其思想之花，植之吾土，诚盛事也。然雷同之作，多如束笥，如托尔斯泰、毛柏桑两家作品，往往一短篇而先后有五六人译之者，虽译笔不同，就有虎贲中郎之似。审填如予，亦复不免。窃愿与薄海同文，商榷一防止之法也。②

民初的翻译体例很不完备，往往不注明原著的作者，更不注明作者的国籍，即使注出原作者的姓名，但因为译名不统一，也会给查找带来一定的困难。周瘦鹃率先以严肃的翻译态度，推动了新的翻译体例的建立，鲁迅称赞《丛刊》中"每一篇署著者名氏，并附小象略传。用心颇为诚挚，不仅志在娱悦俗人之耳目，足为近来译事之光"。例如周瘦鹃在介绍德国作家 Johann Heinrich Daniel Zschokke 时写道：

> 盎黎克查格（Johann Heinrich Daniel Zschokke）以一七七一年三月二十二日生于德国之麦蒂堡（Magdeburg）。善为小说家言，并以史家、宗教家闻。一七七六年，六岁，举家移居瑞士，氏遂亦长于其地。瑞士富山水，湖光峦影，足以悦性怡情。氏自少受其陶熔，宜其发于文者，隽妙无艺。生平所为小说，庄谐并擅，落笔虽极轻澹，而其刻画入微处，则锐如利镞。今者

---

① 陈言：《20世纪中国文学翻译中的"复译""转译"之争》，《四川外语学院学报》，2005年第21卷第2期。
② 周瘦鹃：《申报·自由谈之自由谈》，1921年3月13日第14版，小说特刊第9号。

德国全境，犹啧啧称道之。久居瑞士，敷历瑞士政界，垂数十年。公馀则一以著述为事，文名亦籍甚。以一八四八年六月二十七日卒于瑞士之挨劳（Aarau），小说有《挨劳之墓地》(*Der Freihof von Aarau*)、《美国生产之欧人》(*Der Cerole*)、《挨拉孟塔特》(*Alamontade*) 诸书，均一时名作。外此又有史书、宗教书多种。①

华裔英国翻译家孔慧怡也评价道：

> 1916 年中华版的《福尔摩斯全集》，就小说翻译的标准而言是一个里程碑，编辑于翻译态度之严谨应该值得评家注意。全集共十二册，音译标准化，附有详尽的作者生平及三序一跋；作者生平中所有英文专有名词音译都附上原文；所有故事标题除中译外也附上英文。这当然说明了科南道尔在世纪之交的中国译者及读者心目中的地位崇高，但更重要的是，这套书建立了新的小说翻译、编辑及出版标准。②

可见，周瘦鹃的翻译模式为后人制定了新的标准，开辟了翻译界的崭新局面。

本章小结

以上可以看出，周瘦鹃的译作较早地具有了"现代性"的特征，体现在翻译语符、翻译主题以及翻译策略等方面，其次在翻译作品的数量、翻译的态度和建立翻译体例方面，周瘦鹃作出了历史贡献。周瘦鹃在近代翻译文学史上起着承上启下的桥梁作用。周瘦鹃于20世纪初期跻身第一代传统文学翻译家（以梁启超、林纾为代表）的

---

① 周瘦鹃：《欧美名家短篇小说》，长沙：岳麓书社，1987年，第479页。
② 转引自范伯群、周全：《周瘦鹃年谱》，范伯群主编：《周瘦鹃文集·杂俎卷》，上海：文汇出版社，2011年，第463页。

行列，传承了他们的翻译风格，后期则紧随第二代现代文学翻译家（以周氏兄弟、胡适等五四翻译家为代表）的足迹，作为文学翻译的先驱，开创了中国现代翻译文学的新局面，是 20 世纪早期具有开拓精神和影响力的短篇小说翻译巨匠。

结语

历史不会永久地湮没人才，璀璨的光芒终将会显露出来。当我们从史海中钩沉那些尘封的历史，周瘦鹃在文学界中作出的卓越贡献越来越呈现出清晰的轮廓。从现今的研究我们可以看到周瘦鹃在20世纪之初的历史转折期对翻译及文学创作的寻踪、追随、反思和超越，认识到他在两代文学翻译家之间起到的承上启下的重要作用，为后人开辟了道路。现代派作家施蛰存就曾坦言他的文学创作受到周瘦鹃翻译作品的影响。他曾写道："最先使我对于欧洲诸小国的文学发生兴趣的是周瘦鹃的《欧美短篇小说丛刊》，其次是《小说月报》的'弱小民族文学专号'，再次是周作人的《现代小说译丛》。这几种书志中所译载的欧洲诸小国的小说，大都是篇幅极短，却强烈地表现着人生各方面的悲哀情绪。这些小说给我的感动，比任何一个大国度的小说给我的更大。"[1]

以往的研究更多地关注他在1917年出版的《欧美名家短篇小说丛刊》以及《礼拜六》中的翻译小说，未能全面涵盖周瘦鹃各个时间段的译作，因此对他译作特征的总结具有片面性，这无疑会左右人们对他的正确认识和客观评价。本研究除了从市民作家的角度考察周瘦鹃的翻译作品，更多地将目光聚集在具有领先时代意义的译作上，如对弱小民族国家作品的翻译，对人道主义作家托尔斯泰、安德烈耶夫、巴比塞、莫泊桑、契诃夫和易卜生等作家作品的翻译。

评论一位翻译家的翻译风格，应将其置于宏观和微观的背景中去考察，这样才能得到公正的结论。过去的研究或运用勒菲弗尔的"操控理论"，从译语文化的意识形态、赞助者和诗学三方面对周瘦鹃的短篇小说译作进行分析；或从叙事视角、叙事评论的角度进行研究；或以文化语境为视角进行探讨。即使运用多元系统理论进行研究，其视角也相对狭窄，没有将读者的审美需求、地域文化、资助人、译评者和周瘦鹃的个人经历、兴趣爱好等因素考虑进去，因此也未能全面地把握周瘦鹃的翻译风格。本项研究较为全面地梳理

---

[1] 施蛰存：《北山散文集》，上海：华东师范大学出版社，2001年，第1223页。

了制约周瘦鹃题材选择和翻译策略选择的实际因素，还原其早期和后期的不同翻译风格及呈现的历史变化的轨迹。

目前的资料显示，周瘦鹃对其翻译思想的论述并不是很多，前人也未曾对其翻译思想进行过研究，但是我们仍能从他的译作和点滴评论中得出总结，体会到前期他以市民作家的身份在翻译作品中追求译文至情至性以及译笔雅驯精美的一面；后期受到时代的影响，他的译作更多地从人道主义作家的立场彰显其对人民大众的人文关怀，侧重于以忠实通达之文笔再现原文神韵的另一面。

周瘦鹃的散文创作是他文学创作生涯中除小说外的另一朵奇葩。人们更多地从江南文人的角度研究他的散文风格，却忽略了他的文风与外国散文的契合之处。兰姆对中国小品文的影响意义深远，他的随意自由、絮语漫谈、幽默风趣都可以在周瘦鹃的花木散文中看到，而欧文散文中蕴含的热爱自然、回归自然的精神主题在周瘦鹃的游记散文中也可以觅得踪迹。

纵观周瘦鹃的翻译成果，可以看到无论在翻译作品的数量上，还是在翻译的态度以及建立翻译体例上，他都作出了巨大贡献。他作为中国近现代翻译史临界时段的一位代表人物，始终坚持对外国文学作品审美的领会和追求。他的翻译风格随社会文化各种因素和自身主观因素的嬗衍而变化，他能选择符合时代要求的标准，规范自己的翻译活动。通过对周瘦鹃翻译活动的研究，可以完整了解传统翻译观念到现代翻译观念的转变过程，可以深切体会一位翻译家在时代的大转折中所表现出的前瞻和远见。在20世纪初，周瘦鹃追随第一代以梁启超、林纾为代表的传统文学翻译家的足迹，传承了他们的翻译风格，后期跻身于以周氏兄弟、胡适为代表的第二代现代文学翻译家的行列；同时他的译文呈现出一种引领时代风尚的前瞻姿态，具体体现在他对白话文的使用，对弱小民族文学作品的超前选取，对影戏小说的探索与试验，以及对翻译策略的变通方面。作为翻译家，他超越了雅俗，开创了中国现代翻译文学的新局面，是20世纪早期具有开拓精神和影响力的短篇小说翻译巨匠。

本文研究依然存在不足。首先从文本选择来看，尽管笔者扩大了译本的选择面，对周瘦鹃各个时期的译作都进行了收集，但是仍未能达到完全。另外周瘦鹃的译作主要是参考英文版本，但是由于搜集到的英文版本资源有限，以及搜集到的版本未能确定是周瘦鹃参考的版本，因此可能会造成对周瘦鹃的研究不够真实、彻底和全面。其次是研究方法，本研究主要从翻译理论的角度进行，结论就未免单一，多角度的研究可以让我们更真实地把握他的译作。再次，周瘦鹃的翻译数量众多、体裁多样、题材涉及范围较广，对于这样一位成绩卓越的翻译家，对其翻译思想的归类应该继续细化。

本文未来研究仍有发展空间。研究应该进一步加强对周瘦鹃译作以及英文译本的搜集，细化他在各个时期的翻译特点。以本研究为基础，今后还可以从理论上对周瘦鹃的翻译思想体系及其翻译实践作出更深入、多角度、跨学科的诠释与研究，例如从语言学、翻译学、比较文学、接受美学等方面对周瘦鹃的翻译思想和翻译成果进行深层次研究，以期揭示他在我国翻译理论建设与翻译实践发展，特别是在文学翻译事业发展中的价值和意义。

另外应拓宽对周瘦鹃和其他同时代的翻译家的比较研究，考察他对前人的继承和发展，例如在选材方面，他就比林纾具有超前的目光，大量翻译弱小民族国家的作品；就翻译策略而言，他的翻译比鲁迅更忠实于原著且更多地考虑读者接受度，讲究对文章神韵的把握，这样的翻译理念更接近现代翻译观。

参考文献

英文文献

［1］Alexandre Dumas. *Solange*［EB/OL］. http：//www. online-literature. com/dumas/3175/2011.

［2］Anton Chehov. *A Happy Ending*［OL］. http：//www. online-literature. com/anton_chekhov/1229/.

［3］Charles Lamb. *The Native Village*［OL］. http：//books. google. com. hk/books? id = c9MDAAAAQAAJ&pg = PA28&dr = &hl = zh-CN&source = gbs_toc_r&cad = 4♯v = onepage&q&f = false.

［4］François-Marie Arouet. *Memnon The Philosopher，or Human Wisdom*［OL］. http：//admin. zadigam. com/userfiles/Memnon%20The%20Philosopher（1）. pdf.

［5］Francois Coppee. *The Substitute*［OL］. http：//readbookonline. net/readOnLine/33478/.

［6］Guy de Maupassant. *A Vagabond*［OL］. http：//www. classic-shorts. com/stories/Vagabond. html.

［7］H. Rider Haggard. *The Blue Curtains*［OL］. http：//www. havaris. ca/horrorstories/stories07/179. htm.

［8］H. C. Bunner. *The Love Letters of Smith*［OL］. http：//www. unz. org/Pub/FinleyJohn-1921v15-00046.

［9］Hans Christian Andersen. *The Old Grave-Stone*［OL］. http：//hca. gilead. org. il/old_grav. html.

［10］O. Henry. *The Last Leaf*［OL］. http：//www. online-literature. com/donne/1303/.

［11］Henrik Ibsen. *An Enemy of the People*［OL.］http：//www. for68. com/new/2006/9/pa6069415027960024102-0. htm.

［12］Henrik Ibsen. *The Master Builder Pillars of Society Hedda Gabler*［M］. 上海：商务印书馆，1935.

［13］Honore De Balzac. *El Verdugo*［OL］. http：//ebooks. adelaide.

edu. au/d/doyle/arthur_conan/green/chapter4. html.

[14] James Hogg. *The Mysterious Bride* [OL]. http://www.readbookonline. net/readOnLine/7629/.

[15] Leo Tolstoy. *The Long Exile* [OL]. http://thunderbird. k12. ar. us/The%20Classics%20Library/Selected%20Short%20Stories/Files/Tolstoy，%20Leo/The%20Long%20Exile%20by%20Leo%20Tolstoy. htm.

[16] Leonid Andreyev：*Red Laugh* [OL]. http://www. amalgamatedspooks. com/red. htm.

[17] Mrs. Gaskell. *The Sexton's Hero* [OL]. http://www.readbookonline. net/read/7637/19882/.

[18] Styan，J. L. *The Elements of Drama* [M]. Cambridge：Cambirdge University Press，1960：367.

[19] Venuti，L. *Strategies of Translation* [A]. *Routledge Encyclopedia of Translation Studies* [C]. Baker，M&Mlmkj&London and New York：Routledge，2001.

[20] W. M. Thackeray. *Dennis Haggarty's Wife* [OL]. http://www. readbookonline. net/read/7637/19882/.

[21] Walter Scott. *The Tapestried Chamber* [OL]. http://gaslight. mtroyal. ca/tapchamb. htm.

中文文献

一、期刊类

[1] 爱楼.《游戏杂志》序 [J]. 游戏杂志，1913（1）.

[2] 包天笑.《小说画报》短引 [J]. 小说画报，1917（1）.

[3] 冰心. 从"五四"到"四五" [J]. 文艺研究（创刊号），1979.

[4] 陈言. 论20世纪中国文学翻译中的"直译""意译"之争 [J]. 首都师范大学学报，2009（2）.

[5] 陈言. 20 世纪中国文学翻译中的"复译""转译"之争 [J]. 四川外语学院学报, 2005, 21 (2).

[6] 陈独秀. 一九一六年 [J]. 青年杂志, 1916, 1 (5).

[7] 陈建华. 周瘦鹃"影戏小说"与民国初期文学新景观 [J]. 中国现代文学研究丛刊, 2014 (2).

[8] 陈寿朋, 邱运华. 二十世纪八十年代以来的高尔基学——高尔基学术史研究 [J]. 东吴学术, 2012 (2).

[9] 陈晓明. 现代性与文学研究的新视野 [J]. 文学评论, 2002 (6).

[10] 刁世存. 20 世纪中国人道主义思潮的历史轨迹 [J]. 天中学刊, 2004, 19 (6).

[11] 董丽敏. 翻译现代性: 剔除、强化与妥协——对革新时期《小说月报》英、法文学译介的跨文化解读 [J]. 学术月刊, 2006, 38 (6).

[12] 刚欣. 从叙述学的角度看周瘦鹃小说对传统小说的继承与创新 [J]. 山东省农业管理干部学院学报, 2002, 18 (5).

[13] 辜也平. 当代散文园地中的艺术奇葩——论周瘦鹃的散文小品 [J]. 福建师范大学学报 (哲学社会科学版), 1998 (3).

[14] 顾建新. 清末民初文学翻译方法与文学翻译文体的发展 [J]. 外语教学, 2004, 25 (6).

[15] 郭延礼. 中国近代文学翻译理论初探 [J]. 文史哲, 1996 (2).

[16] 胡适. 易卜生主义 [J]. 新青年, 1918, 4 (6).

[17] 胡庚申. 从术语看译论——翻译适应选择论概观 [J]. 上海翻译, 2008 (2).

[18] 胡庚申. 生态翻译学的研究焦点与理论视角 [J]. 译论研究, 2011.

[19] 胡庚申. 适应与选择: 翻译过程新解 [J]. 四川外语学院学报, 2008.

[20] 化鲁. 中国的报纸文学 [J]. 文学旬刊, 1922 (44).

[21] 李斌. 早期电影对通俗文学的影响——以《紫罗兰电影号》小说为例 [J]. 重庆邮电大学学报, 2012, 24 (2).

[22] 李大钊. 布尔什维克主义的胜利 [J]. 新青年, 1918, 5 (5).

[23] 李志奇. "赞助人"对晚清翻译活动的影响 [J]. 新乡师范高等专科学校学报, 2007, 21 (4).

[24] 梁启超. 评介新著: 原富 [J]. 新民丛报, 1902 (1).

[25] 鲁迅. 狂人日记 [J]. 新青年, 1918, 4 (5).

[26] 鲁迅. 上海文艺之一瞥 [J]. 文艺新闻, 1931 (7).

[27] 鲁毅. 论清末民初鸳鸯蝴蝶派作家的文化选择 [J]. 船山学刊, 2011 (3).

[28] 陆志国: 弱小民族文学的译介和圣化——以五四时期茅盾的翻译选择为例 [J], 外语教学理论与实践, 2013 (1).

[29] 茅盾. 译文学书方法的讨论 [J]. 小说月报, 1921, 12 (4).

[30] 茅盾. "被损害民族的文学号"引言 [J]. 小说月报, 1921, 12 (10).

[31] 茅盾. 一年来的感想与明年的计划 [J]. 小说月报, 1921, 12 (12).

[32] 梅川. 红的笑 [J]. 小说月报, 1921 (12).

[33] 倪育萍, 孙洁菡. 从文化交融的视角看翻译异化 [J]. 齐齐哈尔大学学报 (哲学社会科学版), 2009 (5).

[34] 潘正文. 沈雁冰提倡"新浪漫主义"新考 [J]. 文学评论, 2009 (2).

[35] 沈雁冰. 评《小说汇评》创作集二 [J]. 时事新报·文学旬刊, 1922 (43).

[36] 沈雁冰. 语体文欧化之我观 [J]. 小说月报. 1921, 12 (6).

[37] 石麟. "士风与文学"学术研讨会综述 [J]. 中南民族大学学报 (人文社科版), 2004 年, 24 (6).

[38] 时世平. 从传统到现代的衍变——文言白话转型论 [J]. 理论与现代化, 2013 (5).

[39] 瘦鹃. 女贞花 [J]. 小说大观, 1918 (11).
[40] 瘦鹃. 庞贝城之末日 [J]. 礼拜六, 1915 (32).
[41] 瘦鹃. 爱的供状 [J]. 紫罗兰 (后), 1944, 5 (13).
[42] 宋克夫. 论章回小说中的人格悲剧 [J]. 文艺研究, 2002 (6).
[43] 汤嘉卉. 论周瘦鹃的电影批评与早期中国本土电影观念的生成 [J]. 南京艺术学院学报 (音乐与表演版), 2013.
[44] 侗生. 小说丛话 [J]. 小说月报, 1911 (3).
[45] 王艳卿. 灵魂世界的协奏:《红笑》叙事的心理意义 [J]. 俄罗斯文艺, 2002 (5).
[46] 吴福辉. "五四"白话之前的多元准备 [J]. 中国现代文学研究丛刊, 2006 (1).
[47] 吴建国, 魏清光. 翻译与伦理规范 [J]. 上海翻译, 2006 (2).
[48] 王龙洋, 颜敏. 论文学现代性的三个维度 [J]. 内蒙古社会科学 (汉文版), 2012 (11).
[49] 徐志祥. 论画面感对影视文学的制约 [J]. 江汉论坛, 2002.
[50] 薛峰. "复线历史批评"与中国传统的现代回响——以 20 世纪二三十年代"鸳鸯蝴蝶派"文人的电影批评为中心 [J]. 当代电影, 2010 (5).
[51] 禹玲, 汤哲声. 翻译文学的引入与中国通俗文学的转型 [J]. 长江大学学报, 2010, 33 (2).
[52] 赵景深. 论翻译 [J]. 读书月刊, 1931, 1 (6).
[53] 周利荣. 鸳鸯蝴蝶派与民国出版业 [J]. 出版史料, 2005 (2).
[54] 郑逸梅. 记静思庐之昙花 [J]. 永安月刊, 1942 (40).
[55] 郑逸梅. 早年的文化娱乐刊物 [J]. 文化娱乐, 1993 (6).
[56] 郑逸梅. 周瘦鹃——伤心记得词 [[J]. 大成 (香港), 1990 (202).
[57] 纸帐铜瓶室主人. 记香雪园 [J]. 永安月刊, 1942 (38).
[58] 纸帐铜瓶室主人. 自说自话 [J]. 永安月刊, 1949 (116).
[59] 周瘦鹃.《乐观》发刊词 [J]. 乐观月刊, 1941 (1).

［60］周瘦鹃. 爱的供状［J］. 紫罗兰（后），1944（13）.

［61］周瘦鹃. 报复［J］. 小说月报，1920（11）.

［62］周瘦鹃. 笔墨生涯鳞爪［J］. 文汇报（香港），1963-6-16.

［63］周瘦鹃. 编辑室启事［J］. 礼拜六，1921（103）.

［64］周瘦鹃. 公敌［J］. 新中国，1919，1（8）.

［65］周瘦鹃. 怀兰室丛话［J］. 女子世界，1904（2）.

［66］周瘦鹃. 嚼蕊吹香录［J］. 永安月刊，1940（18）.

［67］周瘦鹃. 面包［J］. 小说月报，1918，9（9）.

［68］周瘦鹃. 情书话［J］. 紫罗兰，1927，2（13）.

［69］周瘦鹃. 少少许集［J］. 紫罗兰，1929（4）.

［70］周瘦鹃. 社会柱石［J］. 小说月报·小说新潮，1920（3）.

［71］周瘦鹃. 说伦理影片［J］. 儿孙福·特刊，1926（9）.

［72］周瘦鹃. 瘫［J］. 礼拜六，1921（125）.

［73］周瘦鹃. 提倡国产的有声影片［J］. 歌女红牡丹（特刊），1931（4）.

［74］周瘦鹃. 顽劣的孩子·弁言［J］. 紫罗兰，1929，4（2）.

［75］周瘦鹃. 十年守寡［J］. 礼拜六，1912（112）.

［76］周瘦鹃. 亡国奴家里的燕子［J］. 半月，1923，2（17）.

［77］周瘦鹃. 我的家庭［J］. 半月，1922，1（10）.

［78］周瘦鹃. 我翻译西方名家短篇小说的回忆［J］. 雨花，1957（6）.

［79］周瘦鹃. 我与中西莳花会［J］. 永安月刊，1940（20）.

［80］周瘦鹃. 呜呼……战［J］. 礼拜六，1915（33）.

［81］周瘦鹃. 周瘦鹃的新计划［J］. 半月，1922，1（16）.

［82］周瘦鹃. 紫兰小筑九日记［J］. 紫罗兰，1943（4）.

［83］周瘦鹃. 罪欤［J］. 小说大观，1917（9）.

［84］周作人. 人的文学［J］. 新青年，1918，5（6）.

［85］周作人. 陀螺·序言［J］. 语丝，1925（32）.

［86］周作人. 《齿痛》译者附记［J］. 新青年，1919，7（1）.

[87] 邹彬. 周瘦鹃文学翻译特征刍议 [J]. 长江大学学报（社会科学版），2013，36（8）.

二、学位论文、报纸

[1] 胡翠娥. 文化翻译与文化参与 [D]. 天津：南开大学，2003.

[2] 黄蕾. 从传统到现代——周瘦鹃短篇小说研究 [D]. 合肥：安徽大学，2013.

[3] 黄遥. 兰姆随笔在中国的传播和影响 [D]. 福州：福建师范大学，2009.

[4] 肖玉华. 江南士风：中国当代散文的一种文化选择 [D]. 苏州：苏州大学，2007.

[5] 薛峰. 1910—1930年代鸳鸯蝴蝶派和新感觉派文人的电影批评 [D]. 上海：上海大学，2010.

[6] 王少娣. 跨文化视角下的林语堂翻译研究——东方主义与东方文化情结的矛盾统一 [D]. 上海：上海外国语大学，2007.

[7] 周羽. 清末民初汉译小说名著与中国文学现代转型 [D]. 上海：上海大学，2009.

[8] 东枝. 小说世界 [N]. 晨报副刊，1923（1）.

[9] 鲁迅. 关于《小说世界》[N]. 晨报副刊，1923-1-15.

[10] 王艾宇. 白话文创建之功属于谁 [N]. 中国青年报，2003-8-26.

[11] 郑振铎. 介绍小说月报《被损害民族的文学号》[N]. 时事新报·学灯，1921-11-9.

[12] 周瘦鹃. 小说杂谈（九）[N]. 申报·自由谈，1919-8-16.

[13] 周瘦鹃. 申报·自由谈之三言两语 [N]. 申报，1925-12-25.

[14] 周瘦鹃. 申报·自由谈之三言两语 [N]. 申报，1925-8-5.

[15] 周瘦鹃. 申报·自由谈之三言两语 [N]. 申报，1921-1-23.

[16] 周瘦鹃. 申报·自由谈之三言两语 [N]. 申报，1921-3-13.

[17] 周瘦鹃. 申报·自由谈之三言两语 [N]. 申报，1921-1-30.

[18] 周瘦鹃. 申报·自由谈之三言两语 [N]. 申报，1921-3-20.

[19] 周瘦鹃. 申报·自由谈之三言两语 [N]. 申报, 1921-4-10.

[20] 周瘦鹃. 申报·自由谈之三言两语 [N]. 申报, 1921-4-3.

[21] 周瘦鹃. 申报·自由谈之三言两语 [N]. 申报, 1921-7-3.

[22] 周瘦鹃. 申报·自由谈之自由谈 [N]. 申报, 1921-2-13.

[23] 周瘦鹃. 笔墨生涯五十年 [N]. 文汇报（香港），1963-4-24.

[24] 周瘦鹃. 胡适之先生谈片 [N]. 上海画报, 1928-10-27.

[25] 周瘦鹃. 剧场陨泪记 [N]. 上海画报, 1926-11-12.

[26] 周瘦鹃. 贫富之界·前言 [N]. 先施乐园报, 1918-8-26.

[27] 周瘦鹃. 娶寡妇为妻的大人物 [N]. 上海画报, 1926-5-10.

[28] 周瘦鹃. 我与上海 [N]. 文汇报（香港），1963-9-28.

[29] 周瘦鹃. 小说杂谈（一）[N]. 申报·自由谈, 1919-7-2.

[30] 周瘦鹃. 影戏话（十）[N]. 申报·自由谈, 1919-11-13.

[31] 周瘦鹃. 影戏话（十三）[N]. 申报·自由谈, 1919-12-16.

[32] 周瘦鹃. 影戏话（一）[N]. 申报·自由谈, 1919-6-20.

[33] 周瘦鹃. 志《慈母》影片 [N]. 申报, 1924-12-14.

[34] 周瘦鹃. 紫罗兰庵谈荟 [N]. 申报·春秋, 1933-2-10.

[35] 周作人. 鲁迅与清末文坛 [N]. 文汇报. 1956-10-3.

三、专著类

[1]［美］詹姆斯·施密特. 启蒙运动与现代性——18世纪与２０世纪的对话 [M]. 徐向东，卢华萍，译. 上海：上海人民出版社，2005.

[2]［美］马斯洛. 人的潜能和价值 [M]. 北京：华夏出版社，1987.

[3]［英］艾弗·埃文斯. 英国文学简史 [M]. 蔡文显，译. 北京：人民文学出版社，1984.

[4]［英］吉登斯. 现代性的后果 [M]. 田禾，译. 南京：译林出版社，2011.

[5] 包天笑. 钏影楼回忆录 [M]. 北京：中国大百科全书出版社，2009.

［6］陈福康．中国译学理论史稿［M］．上海：上海外语教育出版社，1992．

［7］陈平原．二十世纪中国小说史（第1卷）［M］．北京：北京大学出版社，1989．

［8］陈平原．中国小说的现代起点——清末民初的小说研究［M］．北京：北京大学出版社，2010．

［9］陈平原．中国小说叙事模式的转变［M］．上海：上海人民出版社，1988．

［10］陈少峰．生命的尊严——中国近代人道主义思潮研究［M］．上海：上海人民出版社，1994．

［11］陈寿朋．高尔基美学思想论稿［M］．西安：陕西人民出版社，1982．

［12］邓伟．分裂与建构：清末民初文学语言新变研究（1898—1917）［M］．北京：中国社会科学出版社，2009．

［13］杜慧敏．晚清主要小说期刊译作研究（1901—1911）［M］．上海：上海世纪出版集团，2007．

［14］范伯群，汤哲声，孔庆东．20世纪中国通俗文学史［M］．北京：高等教育出版社，2006．

［15］范伯群，朱栋霖．1898—1949中外文学比较史［M］．南京：江苏教育出版社，2007．

［16］范伯群．中国新现代通俗文学史（下卷）［M］．南京：江苏教育出版社，2000．

［17］冯梦龙．警世通言［M］．北京：华夏出版社，2008．

［18］冯梦龙．情史［M］．杭州：浙江古籍出版社，1983．

［19］傅德峨．外国作家论散文［M］．乌鲁木齐：新疆大学出版社，1994．

［20］傅斯年．怎样做白话文·中国新文学大系［M］．上海：良友图书公司，1935．

［21］高尔基．文学论文选［M］．孟昌，曹葆华，译．北京：人民文

学出版社，1958.

[22] 郭延礼. 中国近代翻译文学概论［M］. 武汉：湖北教育出版社，1998.

[23] 郭延礼. 中国前现代文学的转型［M］. 济南：山东大学出版社，2010.

[24] 韩忠良. 2003年网络写作——21世纪中国文学大系［M］. 沈阳：春风文艺出版社，2004.

[25] 胡庚申. 翻译适应选择论［M］. 武汉：湖北教育出版社，2004.

[26] 黄遵宪. 日本国志·学术志（二）［M］. 上海：上海古籍出版社，2001.

[27] 老舍. 老舍全集（第十六卷）［M］. 北京：人民文学出版社，1999.

[28] 老舍. 我是怎样写小说［M］. 上海：文汇出版社，2009.

[29] 李安东，译. 现代性的地平线：哈贝马斯访谈录［M］. 上海：上海人民出版社，1997.

[30] 李大钊. 李大钊文集（下卷）［M］. 北京：人民出版社，1984.

[31] 廖七一. 中国近代翻译思想的嬗变——五四前后文学翻译规范研究［M］. 天津：南开大学出版社，2010.

[32] 列夫·托尔斯泰. 为了每一天［M］. 刘文荣，编译. 上海：文汇出版社，2006.

[33] 刘士林，查清华. 振衣千仞——江南文化名人［M］. 上海：上海人民出版社，2009.

[34] 刘宝楠. 论语正义·雍也［M］. 北京：中华书局，1990.

[35] 刘再复. 性格组合论［M］. 北京：人民大学出版社. 2010.

[36] 茅盾. 茅盾译文选集［M］. 上海：上海译文出版社，1981.

[37] 潘家洵. 易卜生戏剧四种［M］. 北京：人民文学出版社，1978.

[38] 钱津. 生存的选择［M］. 北京：中国社会科学出版社，2001.

[39] 乔曾锐. 译论：翻译经验与翻译艺术的评论和探讨［M］. 北京：中华工商联合出版社，2000.
[40] 宋炳辉. 弱势民族文学在中国［M］. 南京：南京大学出版社，2007.
[41] 孙克强. 雅俗之辩［M］. 北京：华文出版社，2001.
[42] 王佐良. 翻译：思考与笔试［M］. 北京：外语与外语教育出版社，1989.
[43] 王力. 中国现代语法［M］. 北京：商务印书馆，1985.
[44] 王诺. 欧美生态批评［M］. 上海：学林出版社，2008.
[45] 王栻. 严复集（二）［M］. 北京：中华书局，1986.
[46] 王秉钦，王颉. 20世纪中国翻译思想史（第二版）［M］. 天津：南开大学出版社，2009.
[47] 王大智. 翻译与翻译伦理——基于中国传统翻译伦理思想的思考［M］. 北京：北京大学出版社，2012.
[48] 汤显祖. 汤显祖诗文集［M］. 上海：上海古籍出版社，1979.
[49] 许怀中. 中国现代小说理论批评的变迁［M］. 上海：上海文艺出版社，1990.
[50] 袁进. 近代文学的突围［M］. 上海：上海人民出版社，2001.
[51] 张岱年，程宜山. 中国文化与文化论争［M］. 北京：中国人民大学出版社，1990.
[52] 赵孝萱. "鸳鸯蝴蝶派"新论［M］. 兰州：兰州大学出版社，2004.
[53] 郑逸梅. 郑逸梅选集·第1卷［M］. 哈尔滨：黑龙江人民出版社，1991.
[54] 周瘦鹃. 欧美名家短篇小说［M］. 长沙：岳麓书社，1987.
[55] 蔡新乐. 翻译学的"起点"问题——翻译学研究的中国哲学化刍议［M］//杨自俭. 译学新探，青岛：青岛出版社，2002.
[56] 蔡元培. 国文的将来——在北京女子师范学校演说词（1919年11月17日）［M］//蔡元培全集（第3卷），北京：中华书局，1984.

［57］陈建华. 论周瘦鹃"影戏小说"——早期欧美电影的翻译与文献文化新景观（1914—1922）［C］//"通俗文学和大众文化与中国现当代文学史关系研究"学术研讨会，2013.

［58］陈平原. 清末民初言情小说的类型特征［M］//陈平原小说史论集. 石家庄：河北人民出版社，1997.

［59］范烟桥. 民国旧派小说史略［M］//魏绍昌. 鸳鸯蝴蝶派研究资料（上卷）. 上海：上海文艺出版社，1984.

［60］范烟桥. 最近十五年之小说［M］//芮和师，范伯群等. 鸳鸯蝴蝶派文学资料. 福州：福建人民出版社，1984.

［61］范伯群. 周瘦鹃论［M］//范伯群. 周瘦鹃文集·小说卷. 上海：文汇出版社，2011.

［62］范伯群，周全. 周瘦鹃年谱［M］//范伯群. 周瘦鹃文集·杂俎卷. 上海：文汇出版社，2011.

［63］傅雷. 《高老头》重译本序言［M］//王秉钦，王颉. 20世纪中国翻译思想史. 南京：南京大学出版社，2009.

［64］高凤谦. 论偏重文字之害［C］//张枬，王忍之. 辛亥革命前十年间时论选集（第3卷）. 北京：三联书店，1977.

［65］胡适. 建设的文学革命论［M］//胡适精品集（第1卷）. 北京：光明日报出版社，1998.

［66］欧亨利. 最后一片叶子［M］//黄源深，译. 欧·亨利短篇小说选. 上海：上海译文出版社，2011.

［67］孔慧怡. 晚清翻译小说中的妇女形象［M］//翻译·文学·文化. 北京：北京大学出版社，2000.

［68］李青崖. 流浪人［M］//盛巽昌，朱守芬. 外国小说. 上海：东方出版中心，2001.

［69］梁启超.《十五小豪杰》译后语［M］//罗新璋，陈应年. 翻译论集. 北京：商务印书馆，1984.

［70］梁启超. 变法通议·论幼学［M］//陈平原，夏晓虹. 二十世纪中国小说理论资料（第一卷）（1897—1916）. 北京：北京大学

出版社，1989.

[71] 梁启超. 论小说与群治之关系［M］//陈平原，夏晓虹. 二十世纪中国小说理论资料（第一卷）（1897—1916），1989.

[72] 林纾. 译《孝女耐儿传》序［M］//罗新璋，陈应年. 翻译论集. 北京：商务印书馆，1984.

[73] 刘师培. 文章源始［M］//徐中玉. 中国近代文学大系·文学理论集·1. 上海：上海出版社，1995.

[74] 鲁迅，周作人. 鲁迅、周作人对本书的评语［M］//周瘦鹃. 欧美名家短篇小说. 长沙：岳麓书社，1987.

[75] 鲁迅. 致母亲［M］//鲁迅全集·书信（第12卷）. 北京：人民文学出版社，1981.

[76] 鲁迅. 文化偏至论［M］//鲁迅全集（第1卷）. 北京：人民文学出版社，1973.

[77] 鲁迅. 我怎么做起小说来［M］//鲁迅全集（第4卷）. 北京：人民文学出版社，2005.

[78] 鲁迅. 小约翰《引言》［M］//鲁迅全集（第10卷）. 北京：人民文学出版社，1981.

[79] 鲁迅. 《月界旅行》辨言［M］//鲁迅全集（第10卷）. 北京：人民文学出版社，1981.

[80] 茅盾. 商务印书馆编译所和革新《小说月报》的前后［C］//商务印书馆90年. 北京：商务印书馆，1987.

[81] 钱钟书. 林纾的翻译［M］//翻译研究论文集（下）. 北京：外语教学与研究出版社，1984.

[82] 施冰厚. 爱国小说的借镜［M］//芮和师，范伯群等. 鸳鸯蝴蝶派文学资料. 福州：福建人民出版社，1984.

[83] 天虚我生. 欧美名家短篇小说丛刊·序［M］//周瘦鹃. 欧美名家短篇小说. 长沙：岳麓书社，1987.

[84] 田本相. 鸳鸯蝴蝶派言情小说集粹·序［M］//向燕南，匡长福. 鸳鸯蝴蝶派言情小说集粹. 北京：中央民族学院出版社，1993.

[85] 觉我．余之小说观［M］//陈平原、夏晓虹．二十世纪中国小说理论资料（第一卷）（1897—1916）．北京：北京大学出版社，1989.

[86] 姚鹏图．论白话小说［M］//陈平原，夏晓虹．二十世纪中国小说理论资料（第一卷）（1897—1916）．北京：北京大学出版社，1989.

[87] 郁达夫．现代小说所经过的路程［M］//郁达夫文集（第6卷）．广州：花城出版社，1983.

[88] 袁进．试论近代翻译小说对言情小说的影响［M］//王宏志．翻译与创作：中国近代翻译小说论．北京：北京大学出版社，2000.

[89] 张养浩．牧民忠告［M］//田晓娜．礼仪全书（下）．北京：人民中国出版社，1998.

[90] 郑正秋．中国影戏的取材问题［M］//中国电影资料馆．中国无声电影．北京：中国电影出版社，1996.

[91] 周全．怀念父亲——种花人［M］//周瘦鹃．拈花集．上海：上海文化出版社，1983.

[92] 周桂笙．歇洛克复生侦探案［M］//陈平原，夏晓虹．二十世纪中国小说理论资料（第一卷）（1897—1916）．北京：北京大学出版社，1989.

[93] 周瘦鹃．薄命女［M］//范伯群．周瘦鹃文集·翻译卷．上海：文汇出版社，2011.

[94] 周瘦鹃．秋兰送满一堂香［M］//花木丛中．南京：金陵书画社，1981.

[95] 周瘦鹃．传言玉女［M］//范伯群．周瘦鹃文集·翻译卷．上海：文汇出版社，2011.

[96] 周瘦鹃．悼念鲁迅先生［M］//范伯群．周瘦鹃文集·杂俎卷．上海：文汇出版社，2011.

[97] 周瘦鹃．杜鹃枝上杜鹃啼［M］//岑献青．中国现当代方法名

篇佳作选·散文卷（一）．北京：中国少年儿童出版社，2000．

[98] 周瘦鹃．福尔摩斯新探案全集·序［M］//福尔摩斯新探案全集．上海：大东书局，1925．

[99] 周瘦鹃．红楼琐话［M］//范伯群．周瘦鹃文集·散文卷．上海：文汇出版社，2011．

[100] 周瘦鹃．花花草草·前记［M］//花花草草．上海：上海文化出版社，1956．

[101] 周瘦鹃．花雨缤纷春去了［M］//范伯群．周瘦鹃文集·散文卷．上海：文汇出版社，2011．

[102] 周瘦鹃．末叶［M］//范伯群．周瘦鹃文集·翻译卷．上海：文汇出版社，2011．

[103] 周瘦鹃．畸人［M］//范伯群．周瘦鹃文集·翻译卷．上海：文汇出版社，2011．

[104] 周瘦鹃．绛珠怨［M］//范伯群．周瘦鹃文集·翻译卷．上海：文汇出版社，2011．

[105] 周瘦鹃．咖啡谈屑［M］//拈花集．上海：上海文化出版社，1983．

[106] 周瘦鹃．劳者自歌［M］//范伯群．周瘦鹃文集·散文卷．上海：文汇出版社，2011．

[107] 周瘦鹃．良缘．［M］//范伯群．周瘦鹃文集·翻译卷．上海：文汇出版社，2011．

[108] 周瘦鹃．说觚［M］//小说丛谈．上海：大东书局，1926．

[109] 周瘦鹃．骆无涯［M］//小说丛谈．上海：大东书局，1926．

[110] 周瘦鹃．绿水青山两相映带的富春江［M］//范伯群主编．周瘦鹃文集·散文卷．上海：文汇出版社，2011．

[111] 周瘦鹃．拈花集·前言［M］//拈花集．上海：上海文化出版社，1983．

[112] 周瘦鹃．盆盎纷陈些子景［M］//拈花集．上海：上海文化出版社，1983．

[113]周瘦鹃．人生的片段［M］//范伯群．周瘦鹃文集·翻译卷．上海：文汇出版社，2011．

[114]周瘦鹃．世界秘史·前言［M］//范伯群．周瘦鹃文集·杂俎卷．上海：文汇出版社，2011．

[115]周瘦鹃．听雨听风入雁山［M］//范伯群．周瘦鹃文集·散文卷．上海：文汇出版社，2011．

[116]周瘦鹃．万古飞不去的燕子［M］//范伯群．周瘦鹃文集·散文卷．上海：文汇出版社，2011．

[117]周瘦鹃．献花迎新［M］//范伯群．周瘦鹃文集·散文卷．上海：文汇出版社，2011．

[118]周瘦鹃．新西湖［M］//范伯群．周瘦鹃文集·散文卷．上海：文汇出版社，2011．

[119]周瘦鹃．雪窦山之春［M］//范伯群．周瘦鹃文集·散文卷．上海：文汇出版社，2011．

[120]周瘦鹃．雁荡奇峰怪石多［M］//范伯群．周瘦鹃文集·散文卷．上海：文汇出版社，2011．

[121]周瘦鹃．杨彭年手制的花盆［M］//范伯群．周瘦鹃文集·散文卷．上海：文汇出版社，2011．

[122]周瘦鹃．欲写龙湫难下笔［M］//范伯群．周瘦鹃文集·散文卷．上海：文汇出版社，2011．

[123]周瘦鹃．枣［M］//拈花集．上海：上海文化出版社，1983．

[124]周瘦鹃．闲话《礼拜六》［M］//范伯群．周瘦鹃文集·散文卷．上海：文汇出版社，2011．

[125]周作人．平民文学［M］//中国新文学大系·建设理论集（影印本），上海：上海文艺出版社，2003．

[126]周作人．人的文学［M］//周作人文类编·本色，长沙：湖南文艺出版社，1998．

[127]周作人．拾遗（癸）［M］//知堂回想录．香港：三育图书有限公司，1980．

后记

四年的苏州大学求学生涯转瞬即逝，蓦然回首，百感交集涌上心头。然而千言万语只汇成一句话，那就是用一颗感恩的心，为我的师长、亲人和朋友写下自己由衷的谢意和祝福。

　　首先，我要特别感谢我的导师朱栋霖教授。他使我重回课堂聆听师长教诲的愿望最终得偿。在过去几年里，尽管朱老师教学繁忙、公务缠身，但从没有放松对我们学习的要求，总是抽出时间和我们讨论学术问题，听取我们的学习汇报，及时给我们提供参考资料。从论文选题的确定到框架的搭建，再到内容的丰富和语言的完善，无一不浸透着老师的辛勤教导和良苦用心。

　　其次，还要感谢苏州大学的杨新敏教授、刘祥安教授、汤哲声教授、汪卫东教授、李勇教授、陈霖教授在我论文开题、预答辩和答辩的过程中给予的宝贵的建议和热诚的鼓励。在各位师长的帮助下，我得以在这条研究的道路上向着预定目标一步步迈进。

　　感谢苏州大学共同奋战的同学们：柳士军、刘媛、张丽燕、朱全定、尹传兰，他们对我学术上的帮助和我们之间的友谊始终让我感到温暖如春。感谢他们在我灰心失望的时候，给予鼓励和支持，在我踌躇彷徨的时候，给予建议和帮助。

　　再次，感谢我的家人和孩子。他们为我论文的撰写付出了难以计数的时间和精力，他们的关心和体谅又给了我无限前进的动力。

　　最后，感谢苏州市职业大学、苏州市职业大学吴文化传承与创新研究中心副院长宋桂友教授的建议和支持，本书的出版得到苏州市职业大学吴文化传承与创新研究中心基金资助。

　　本书行文仓促，错误、不当之处敬请各位专家、读者批评指正。

写于独墅湖图书馆
2015 年 3 月